Lukas Hartmann
Der Sänger

ROMAN

Diogenes

Covermotiv:
Copyright © Joseph Schmidt-Archiv

Alle Rechte vorbehalten
Copyright © 2019
Diogenes Verlag AG Zürich
www.diogenes.ch
150/19/44/1
ISBN 978 3 257 07052 1

I

Gegen Ende September konnten im Süden die Abende, auch auf achthundertfünfzig Meter über Meer, noch angenehm warm sein. Darum hatte sich die Gruppe bis zum Dunkelwerden draußen im Garten unterhalten, ein wenig Schafkäse und Brot vom Vortag gegessen, sich gegenseitig vom Landwein eingeschenkt. Ein paar Flaschen waren schon leer. Aus einem Keller in der Nähe roch es nach Trester, der Duft der letzten Rosen lag in der Luft, irgendwo raschelte etwas im Herbstlaub. Eine Eidechse, dachte der Sänger. Er hatte zu den Fluchtrouten, die am Tisch erwogen wurden, kaum etwas gesagt, sein geographisches Vorstellungsvermögen war gering, er hatte sich bloß ab und zu geräuspert, er wusste ja, wie heiser seine Stimme inzwischen war, und schämte sich deswegen. In Clermont-Ferrand würden Helfer auf sie warten, anderswo auch, das Netz der Résistance war mittlerweile erprobt. Er wehrte die Mücken ab, die um seine Ohren sirrten, diesen Ton ertrug er schlecht, zudem brachte die Nacht einen kühleren Hauch auf die Haut.

»Du singst uns doch etwas zum Abschied, Jossele«, sagte Lucie, die Hausherrin. Sie bat die Gäste ins Innere des Hauses, in den Salon, wo das Klavier stand.

Schmidt spürte, wie abgekämpft er war, doch er folgte Lucies Wunsch und ging mit Mühe über die drei Steinstufen hinein, aber stützen ließ er sich nicht. Drinnen hatte Lucie, zusammen mit Selma, die ihn auf der Flucht begleiten würde, ein paar Kerzen angezündet, die Gäste hatten sich im Halbkreis gesetzt, um ihm ein letztes Mal zuzuhören. Lucie mit dem dunklen Lockenhaar, Selma die Sanftmütig-Helle, und doch hätten es Schwestern sein können. Er schraubte den Stuhl herunter, so dass seine Füße die Pedale erreichen konnten. Ob die Stimme ihm gehorchen würde, wusste er nicht, aber er wollte es versuchen, und schon lange war ihm klar gewesen, dass er als Letztes in der Villa Phoebus, die nun ein paar Wochen seine Zuflucht gewesen war, die *Elegie* von Massenet vortragen würde. Etwas Passenderes gab es nicht für diese Stunde. Er spielte, ohne in die Runde zu blicken, die Einleitung. Das Klavier war leicht verstimmt, das obere G zu hoch, das durfte ihn jetzt nicht stören. Die ersten Akkorde, dieser Abstieg in Halbtönen, erklangen, eigentlich hätte ein Cello sie spielen müssen, aber die Töne unter seinen Fingern klangen sanft, so wie es sein musste. Dann setzte er mit seiner Tenorstimme ein und staunte, wie gut sie trotz aller Beschwerden klang, wie die Trauer gleichsam durch sie schimmerte. Er sang die französische Version wie bei seinem letzten Konzert in Avignon, vor einem knappen halben Jahr, es war ihm untersagt gewesen, auf Deutsch zu singen.

Rêve d'un bonheur effacé, / mon cœur lassé / T'appelle en vain dans la nuit.

Geliebte hatte er, der Sänger, viele gehabt und sie immer wieder verlassen, wie er nun auch diesen Ort verlassen würde. Nicht um der Einen die Treue zu halten, der Mutter, die starrsinnig in Czernowitz bleiben wollte, sondern dieses Mal, um der Deportation zu entgehen und sein Leben zu retten. Die Deutschen waren unterwegs in Pétains Rumpf-Frankreich und durchsuchten es nach versteckten Juden, sie würden auch nach La Bourboule kommen.

La paix du soir vient adoucir nos douleurs, / Tout nous trahit, tout nous fuit sans retour, sang er. *Tout nous trahit sans retour.* Ohne Wiederkehr, das waren die letzten Worte, er ließ sie verschweben, die Klaviertöne verklingen. Es blieb lange still im Salon, draußen meldeten sich einzelne Vögel, als würden sie das Konzert auf ihre Weise fortsetzen. Er blieb sitzen, aufgewühlt und doch, wie fast immer, getröstet von der Musik, dann sagte Mary Solnik: »Wie wahr, wie traurig!« Sie war die dritte der Schönen, neben Lucie und Selma, er mochte, nein, er liebte jede auf ihre Weise; er hatte nie aufgehört, Schönheit zu lieben und um sie zu werben.

Erstickte Geräusche, jemand weinte in ein Taschentuch, vielleicht noch jemand Zweites. Wie oft hatte er sein Publikum zu Tränen gerührt, und wie oft hatte er es ausgekostet, mit seiner Stimme so viele Menschen zu bannen. Er war sicher, dass Caruso Massenets *Elegie* nicht besser gesungen hatte als er, Joseph Schmidt, aber Caruso, seit zwei Jahrzehnten tot, war kein Jude gewesen, und er wurde, wie Beniamino Gigli, der Mussolini bewunderte, nach wie vor in Nazideutschland verehrt. Er hingegen, der Sänger Joseph Schmidt, den man als den deutschen Caruso bejubelt hatte, war aus den Blättern und Radiosendern verschwunden, aus Filmen herausgeschnitten, die Schallplatten gab es nicht mehr in den Läden. Ein Verbot nach dem anderen hatte nach 1933 das Wirken der Juden im deutschen Musikleben eingeschränkt, schließlich unmöglich gemacht; wer konnte, war rechtzeitig geflüchtet. Und trotzdem galt vielen das Verstörende, das man jetzt über die Lager vernahm, immer noch als bloßes Gerücht. Nicht bei Schmidt. Er wusste, worum es ging: um die Ausrottung des Judentums in Europa. Den Nichtsahnenden konnte er nicht mehr spielen; zu viel hatte er in den letzten Monaten gehört. Auch die Hoffnung schwand, dass er seiner Mutter im Ghetto von Czernowitz aus der Ferne beistehen könnte.

Zaghafter Applaus setzte ein, er brachte ihn mit einer Handbewegung zum Verstummen. Es blieb still, abgesehen von vereinzelten Vogelrufen. Dann kam jemand unbeholfen die Treppe herunter, Guy, Lucies dreijähriger Sohn, für den die Stufen noch fast zu hoch waren.

»Mama«, sagte er, »ich will die Musik auch hören.«

»Sie ist zu Ende«, sagte Lucie, »aber du hast sie ja oben gehört, oder nicht?«

Das Kind wurde von der Mutter auf den Schoß gehoben, in die Arme geschlossen, und nun fingen einige der Gäste halblaut miteinander zu reden an. Mit Guy hatte Joseph in den letzten Tagen oft gescherzt, er hatte mit ihm gesungen, auch jiddische Lieder, obwohl Lucie das nicht mochte und noch weniger ihr Mann, der Textilunternehmer mit dem weichen Gesicht. Der Gast hatte Ringelreihen mit Guy getanzt, ihn im Takt an den Armen herumgeschwungen. Er mochte diesen Jungen mit dem

Lockenkopf, der so unbändig lachen konnte, er erinnerte ihn entfernt an seinen jüngeren Bruder, der in der Bukowina geblieben war. Aber jetzt von Guy Abschied zu nehmen, brachte er nicht über sich. Der Kleine würde morgen gewiss nach Joschi fragen, und Lucie würde ihre Locken schütteln und ihm vorlügen, der Onkel sei abgereist und komme bestimmt bald wieder.

Schmidt stand auf, er fühlte sich körperlich besser als zuvor, aber es lag so viel Unbekanntes vor ihnen, den Fluchtwilligen, dass ihm von Minute zu Minute banger wurde.

»Wir müssen aufbrechen«, sagte er zu Lucies Mann, den er einst in Berlin kennengelernt hatte. Der nickte, ein bisschen zu nachdrücklich. Der *Passeur,* der Fluchthelfer, war inzwischen eingetroffen und stand bei der Tür im Schatten, ein junger Mann aus der Umgebung, Mitglied der Résistance, er war dunkel gekleidet, mit breitkrempigem Hut. Er würde sie zu Fuß in die Nähe von Clermont-Ferrand bringen; in einem Auto um diese Zeit aus dem kleinen Kurort wegzufahren, wäre zu auffällig gewesen. Wer genau ihre Route vorbereitet hatte, wusste Schmidt nicht, er wollte es auch nicht wissen. Falls die Deutschen ihn erwischen und im berüchtigten Gefängnis von Lyon foltern würden, konnte man ihm keinen Namen abpressen oder höchstens erfundene. Er hatte zu lange gezögert, das wusste er, er hatte die Mutter, die in Czernowitz ausharrte, nicht im Stich lassen wollen. Wer hätte sich vor wenigen Monaten vorstellen können, dass in Europa als mögliches Exil für Juden und Nazigegner bloß noch die Schweiz übrigbleiben würde? Er hatte eigentlich andere Pläne gehabt. Mit größter Mühe war er in Nizza, in der unbesetzten Zone, zu einem Visum für Kuba gekommen; und dann, am Vortag seiner vorgesehenen Abfahrt, hatten die Japaner Pearl Harbour überfallen. Kuba hatte an der Seite der USA den Achsenmächten den Krieg erklärt, und deshalb war nun der Schiffsverkehr ab den französischen Häfen lahmgelegt. Keine Möglichkeit mehr wegzukommen, die Restriktionen von Vichy-Frankreich verschärften sich, jeden zweiten Tag mussten sich die Flüchtlinge bei den Behörden melden. Man wies Schmidt als vorläufigen Aufenthalt den Kurort La Bourboule, in der Auvergne, zu. Lucie und Ernst, die dort noch vor dem Krieg ein Anwesen gekauft hatten, boten ihm Gastrecht an, das ersparte ihm das Internierungslager im Ort. Es waren von Nizza aus zehn Stunden bis dorthin gewesen, in vier verschiedenen Zügen. Schmidts Verzweiflung nahm auf dieser Fahrt zu, er konnte sie nicht mehr mit kleinen Späßen oder beim Singen überspielen, denn auch die Musik, die er als seine eigentliche Heimat ansah, hielt die Realität immer weniger von ihm ab.

Nun also die Schweiz, das hieß: fünfzig Kilometer bis Clermont-Ferrand, danach fast dreihundert bis Genf. Über die Grenze zu gelangen, auch das hatte man ihm gesagt, würde nicht einfach sein. Die Schweiz hatte in den letzten Monaten ihre Abwehrmaßnahmen gegen Flüchtlinge rigoros verstärkt, Juden, erkennbar meist am J im Pass, wurden seit August konsequent zurückgewiesen. Man könne bloß hoffen, dass alles gutgehen würde, hatte Mary gesagt. Sie und ihr Mann waren, der Kinder wegen, nicht bei der Flüchtlingsgruppe, sie hofften, sie würden mit gefälschten Pässen in einem Dorf in der Haute-Savoie der Gefangennahme entgehen. Aber Selma Wolkenheim kam mit, die auf die Hilfe ihres wohlhabenden Bruders, Zigarrenfabrikant in Zürich, setzte, dazu zwei Männer, Jakob und Arnold, die Joseph kaum kannte, Juden wie Selma und er. Erst seit drei Tagen waren sie in La Bourboule, fürchteten um ihr Leben und lachten trotzdem noch. Sie waren aus einem Internierungscamp entwichen, wurden inzwischen gesucht, auch sie verfügten über gefälschte Papiere. Darauf hatte Schmidt verzichtet, er galt als staatenlos, obwohl er noch den alten rumänischen Pass auf sich trug. In den neuen Identitätspapieren, die man ihm, noch in Nizza, ausgehändigt hatte, war das J eingestempelt. Gegen alle Vernunft vertraute er darauf, dass er in der Schweiz, wo er vor zwei Jahren letztmals als gefeierter Sänger aufgetreten war, bevorzugt behandelt würde. Am meisten fürchtete er sich vor den Strapazen, die ihm bevorstanden, er wusste nicht, ob er sie durchstehen würde, er wusste nicht, ob sein Husten ihn und die anderen unterwegs irgendwann verraten würde. Aber er hatte sich entschieden, er würde in dieser Nacht losmarschieren, am Rücken den Rucksack, den er, zusammen mit Selma, gepackt hatte. Schwer war er, und doch hatte aus seinem Überseekoffer, mit dem er angekommen war, viel zu wenig darin Platz gefunden: Ersatzwäsche, ein zweiter Pullover, ein eng zusammengerollter Anzug, eine Thermosflasche, drei Langspielplatten, geschützt von mehreren Hemden, es waren nur drei von den vielen mit Arien und Liedern, die im Umlauf gewesen waren. Unmöglich schien es ihm nicht, dass sie ihn in einer gefährlichen Situation retten könnten. Aus Vorsicht hatte er aber keine Platten mit Synagogengesängen eingepackt, die im jüdischen Osten populär waren.

Fast Mitternacht, seine Uhr mit Leuchtziffern hatte er noch nicht weggegeben. Zum Schlafen, auch bloß zu einer kurzen Rast, war keine Zeit, der Passeur drängte zum Aufbruch. Er sei ein Hirt, hatte er gesagt, mit Schafen unterwegs, er kenne die Wege bis zur Stadt, aber sie könnten vor Sonnenaufgang nur die halbe Strecke zurücklegen, müssten dann an einem vereinbarten Ort eine Weile ausruhen. Wenn alles gutgehe, werde sie danach ein Auto bis Clermont-Ferrand bringen. Dort, unter den vielen Menschen, seien sie weniger auffällig. Nachdem er dies auf Französisch mit rollendem R erklärt hatte, schwieg er ausdauernd. Der Abschied von denen, die im Haus blieben, war kurz, trotz der Tränen, die flossen. Am längsten wurde Joseph von Mary umarmt, im Flackerschein der Kerzen leuchtete ihr Gesicht wie ein Versprechen, an das er nicht mehr glauben mochte. Selma zog ihn von ihr weg.

Die Männer warteten draußen, im schwachen Mondschein. Zum Glück ließen die Wolken immer wieder Lücken frei. Ernst Mayer, Lucies Mann, der die Umarmung bloß andeutete, hatte Schmidt ein Couvert zugesteckt, darin waren die sechstausend Francs, um die er ihn gebeten hatte, er bekomme sie von künftigen Gagen zurück, hatte er Mayer zugesichert, war aber keineswegs sicher, ob dies möglich sein würde. Erst ein paar Jahre war es her, da hatte er sehr viel Geld verdient. Ein Drittel davon bekam sein Onkel Leo Engel, der Impresario, ein Drittel die Mutter und die Geschwister in Czernowitz; das letzte Drittel, das ihm selbst, dem Sänger, zustand, war stets viel zu rasch weggeronnen, er hatte es verschenkt, leichtfertig ausgegeben, alle stets eingeladen: Jossele, der Bonvivant, der Freigebige, der Verschwenderische; vor allem Frauen, die ihm gefielen, meist einen halben Kopf größer als er, hatte er beschenkt.

Sie gingen auf Nebenwegen, einer hinter dem andern. Wenn das Mondlicht verschwand, war es mühsam voranzukommen. Dann wieder verwirrten ihn fahle Lichtstreifen links und rechts. Er stolperte oft, fühlte sich zeitweise blind, die Rucksackriemen schnitten sich in die Schultern ein, trotz des Leinenkittels, den ihm Lucie überlassen hatte. Das lange Gehen hatte ihn schon als Kind rasch ermüdet, nicht aber das Singen und Tänzeln. Und jetzt schmerzten ihn nach einer Stunde die Oberschenkel, die Füße; ja, solche Anstrengungen waren ihm fremd, aber er musste sich durchbeißen, in der Nähe von Häusern den Hustenreiz unterdrücken, die Halsschmerzen, den Druck auf der Brust ignorieren. Man konnte versuchen, in eine Art Trance zu gelangen, innerlich zu singen, was er doch am besten konnte, und weil nun ab und zu Sterne zu sehen waren, versuchte er, sich an *E lucevan le stelle* aus der *Tosca* zu erinnern. Schwer fiel es ihm nicht, er war bekannt dafür, wie viele Opernpartien er auswendig konnte. Als der Fluchthelfer plötzlich stehen blieb und ihn mit scharfem Flüstern zurechtwies, fuhr er zusammen; hatte er wirklich gesummt, ohne es zu merken?

»Du musst still sein, Joseph«, flüsterte Selma, die hinter ihm ging.

Sie war eine der wenigen Vertrauten, die ihn nicht Jossele oder Joschi nannten, und er wusste gar nicht, ob ihm dies gefiel oder nicht.

Wie lange gingen sie schon? Zwei Stunden, drei? Er zwang seine Füße, ihm zu gehorchen, widerstand dem Drang, einfach hinzusinken ins feuchte Gras. Es gab Weiher, denen man ausweichen musste, hin und wieder das Quaken von Fröschen, Entengeschnatter. Oder waren es menschliche Stimmen? Die Angst stieg in ihm hoch wie etwas Hartes, Scharfkantiges, er fürchtete, dass er plötzlich wieder Blut spucken würde wie vorgestern. Er hatte es niemandem gesagt, sie hätten ihm sonst die Flucht ausgeredet, alle miteinander, mehrstimmig, dachte er, und nun musste er doch für ein paar Schritte lächeln. Jeder Grund zum Lächeln lenkte ihn ab. Doch diesem Chor der Besorgten konnte sein strahlender Tenor nicht mehr wie einst im *Sch'ma Israel,* in der großen Synagoge von Berlin, entsteigen. Diese Zeit würde nicht wiederkommen. Nur der eine oder andere Funken Hoffnung blieb noch: in einem freien Land bleiben zu können und dort neue Zuversicht und ein wenig Wärme zu finden, denn trotz der dauernden Bewegung fror er, es war ein Frieren von ganz innen.

2

Sie gelangten auf eine ungeteerte Straße mit Radspuren und kamen zu ein paar Gehöften, knapp erkennbar im schwachen Licht, ein Hund begann zu bellen. Am Rand der Siedlung gab es, als Anbau zu einem Bauernhof, einen Stall, vor dem der namenlose Passeur ihnen zu warten befahl. Er klopfte an eine Tür, jemand öffnete, der Hund verstummte, ein Mann, dessen Gesicht nicht zu erkennen war, wies ihnen den Weg in den Stall, brachte ihnen einen großen Krug Wasser. Sie lagerten sich in der vorderen Hälfte auf einer Schicht Stroh. Es war angenehm warm hier drin. Schmidt trank ein paar Schlucke, reichte den Krug weiter an Selma, die ihn aufgefordert hatte, sich sitzend an sie zu lehnen. Hinter ihnen, vermutlich neben einer Futterkrippe, lagen, dem Geruch und den Geräuschen nach, ein paar Kühe. Eine, die sich gestört fühlte, muhte unwillig. Es war aber noch zu früh, um sie zu melken. Ein Glöckchen klingelte kaum hörbar, vermutlich gab es auch die eine oder andere Ziege hier drin. Wie lange war es her, dass er sich in einem Stall aufgehalten hatte. Und doch war ihm all das, was er roch und hörte, tief vertraut. In Davideny, vor dem Umzug nach Czernowitz, hatte der Vater, der fromme Mann, einen kleinen Pachthof mit drei Kühen und etwas Acker- und Weideland bewirtschaftet. Aber das Beten und das Studium der Thora war ihm wichtiger gewesen als der landwirtschaftliche Ertrag. Die tägliche Arbeit hatten hauptsächlich die Ehefrau und die Töchter zu erledigen. Töne hatten Jossele von klein auf magisch angezogen, auch die Stimmen von Tieren, die er bald nachzuahmen versuchte, so wie er im Bethaus schon mit drei, vier Jahren in die gesungenen Gebete einstimmte, oft zum Verdruss des Vorsängers. Vom Singen ließ er sich nicht abhalten, sang oft lieber, als dass er sprach, und wenn irgendwo Musik im Dorf zu hören war, von einer Zigeunerkapelle, von einem Grammophon, zog es ihn dorthin. Nahe beim Primgeiger schaute er gebannt dem Hin und Her des Bogens zu, und in den großen Schalltrichter wäre er am liebsten hineingekrochen. Heftig wehrte er sich dagegen, wenn ihn die Schwestern, die ihn gesucht hatten, von der Musik wegzogen und mit Mühe nach Hause brachten, wo die Mutter ihn tadelte, der Vater ihn aber mit Schlägen bestrafte, die ihm weniger weh taten als der Zwang, der Musik fernzubleiben. Ja, Töne überall, zarte und mächtige Klänge, zwischen denen der Geist wanderte. Es gab, wenn er im Stall allein sein wollte, Klanggeplätscher von Bächen und Brunnen, es gab die Tonkaskaden von den kleinen Wasserfällen im Fluss, es gab die Klangwogen von den Glocken der Christenkirche am Sonntagmorgen, es gab im Sommer den Gewitterdonner, der auch eine Art Musik war, eine furchteinflößende. Aber am schönsten war es, wenn ein Chor sang, diese Klänge umschlossen das Kind und bargen es, fast so schön wie die Arme der Mutter, die sich um ihn schlangen. Ja, das alles gab es, und man konnte versuchen, es mit der Stimme nachzuahmen, eine ganze eigene Welt aus Tönen zu schaffen, und manchmal war es nicht mehr klar, ob sein Singen zu den anderen Tönen ging oder diese zu ihm kamen und mit seinen verschmolzen. »Der Junge singt und summt die ganze Zeit, statt mir die Verse nachzusprechen«, hatte der Rebbe in der Schul sich über ihn beschwert, aber er war auch Vorsänger im Bethaus, und da stellte er Jossele mit seinem glockenreinen Sopran als Solisten schon früh nach vorne in die Mitte und war stolz auf ihn. Der Vater indessen verlangte vom Sohn Demut und Gottesfurcht, der Ruhm mache doch bloß hoffärtig. Die Mutter widersprach, denn der Gesang im Bethaus war doch zu Gottes Preis bestimmt. Sie stritten sich seinetwegen, das war dem Kleinen nicht recht, er hätte gerne beiden gefallen, aber das ging nicht.

Auch Schlafen ging jetzt nicht, die Brust schmerzte, einer der Begleiter schnarchte laut, die Tiere waren zu unruhig, er selbst ja auch, bloße Hoffnungen, dass die Flucht glücken würde, halfen nicht. Die Erinnerungen an das Kind in Davideny hatten auch das Bild von Otto aus der Versenkung geholt, Otto, der doch gar nicht sein Sohn sein sollte und es trotzdem war, knapp sieben nun. Er hatte Lotte geschwängert und es erst nicht geglaubt, denn er war doch geübt darin aufzupassen. In Wien, auf einer Gesellschaft, hatte er sie kennengelernt, eine elegante Bewunderin, jünger als er und verheiratet, er hatte gedacht, es sei eine Affäre, dann war sie ihm, schwanger, nachgereist, hatte Geld und eine legale Verbindung gewollt, er war zu schwach, sie abzuschütteln, und dass sie in der Tat ein Kind bekam, rührte ihn. Aber die Vaterrolle im Ernst übernehmen, das konnte er nicht, er reiste zu viel herum. Das Kind, das sie ihm bei ihren Begegnungen in die Arme legte, war ihm fremd, sein Kopf schien zu groß, nie streckte es die Ärmchen nach ihm aus, und so unbeholfen ging Schmidt mit ihm um, dass es jedes Mal rasch zu weinen begann. Seiner Mamuschka wagte er gar nicht, deswegen zu schreiben. Es war unschön, wie er sich als Vater benommen hatte, unwürdig. Das schlechte Gewissen brachte ihn dazu, vor einem Rabbiner in Nizza, wo Juden sich noch frei bewegen konnten, das Eheversprechen abzugeben, ohne es allerdings besiegeln zu lassen, und danach hatte sich Lotte mit ihm derart gestritten, dass sie anderntags mit Otto bei ihrem momentanen Liebhaber Zuflucht suchte. Und doch war sie bei seinem letzten Konzert im Theater von Avignon, zusammen mit Otto, überraschend aufgetaucht, hatte, ganz vorne im Publikum stehend, den unglücklichen Jungen zu ihm emporgehoben, und es hatte ihm einen Moment beinahe die Stimme verschlagen. Auch nach dem Konzert gelang es Lotte nicht, zu ihm vorzudringen, dafür hatten seine Beschützer gesorgt. Er winkte ihr zu, immerhin, und wendete sich dann ab. Das Geld war ja auch ihm nach der Emigration nahezu ausgegangen, es zerrann ihm jetzt, wo die Einnahmen drastisch schrumpften, noch schneller als sonst zwischen den Fingern, das hielt ihm der strenge und geldgierige Leo oft genug vor. Es war wohl seine größte Schuld, dass er auch in dieser Situation nur eines sein wollte, Sänger, nichts als ein Sänger, der Musik ganz hingegeben, er konnte dem eigenen Kind, obwohl er es anders wollte, nicht anders begegnen als einem fremden.

Dann schlief er doch eine Weile, Selma hatte

ihn sanft von ihrem Schoß auf den Boden gebettet. Plötzlich stand er auf einer Bühne und war immer noch viel zu klein, trotz hoher Absätze, aber mit seiner Stimme konnte er im Traum einen beinahe greifbaren Raum um sich schaffen, niemand durchbrach die tönende Grenze. Solange er sang, blieb er unversehrt, so war es doch, immer wieder hatte die Musik ihn gerettet.

Näher kommendes Motorengeräusch weckte ihn aus dem Halbschlaf, im Dunkel flüsterte Selma ihm zu: »Steh auf, wir müssen weiter«, da wusste er gleich, dass er nicht dort war, wohin er sich gewünscht hatte, im Land der Kindheit, in der Bukowina, auch der Passeur, Antoine, ließ sich, nahe bei ihm, vernehmen: »Vite maintenant, vite!« Einer der zwei halbfremden Begleiter, es war Jakob, zündete ein Streichholz an, das aber Antoine gleich zornig ausblies. Sie tappten hinaus ins Freie, wo es um eine Spur heller war. Fast hätte Schmidt den Rucksack vergessen. Das Auto stand auf der Straße, schwarz wie ein urweltliches Tier, der Motor war abgestellt, die Scheinwerfer brannten nicht. Der Chauffeur winkte sie zu sich heran, auch er schien jung zu sein. »Montez, vite!«, befahl er. Sie stiegen ein, Selma zuerst, nach ihr kam Schmidt, dann die zwei andern, Jakob und Arnold, der Passeur – ein freundlicheres Wort für Menschenschmuggler, dachte Schmidt – setzte sich neben den Fahrer. Sie drückten sich eng aneinander auf der Rückbank, Selmas Wärme war ihm angenehm. Sie fiebere nun wohl auch, sagte sie; beim Husten lösten sie einander ab. Der Motor stotterte beim Start, nachdem der Fahrer halblaut geflucht hatte, lief er besser. Sie fuhren langsam, zunächst ohne Licht. Es wurde zwar unmerklich heller, aber wie der Fahrer, wohl auch ein Ortskundiger, die Straße erkannte, war Schmidt ein Rätsel, er fühlte sich unwohl, gefährdet, doch das war er ohnehin, jederzeit konnte eine Straßensperre sie aufhalten, dann würden sie verhaftet, und er hatte genug darüber gehört, dass staatenlose Juden ohne Erbarmen, zusammengepfercht wie Vieh, in den Osten transportiert würden, tage- und nächtelang, man drohte zu verdursten, zu ersticken. Wollte man der Deportation entgehen, kam es auf das Wohlwollen der Polizei an, auf die Höhe der Bestechungsgelder. Sechstausend Francs hatte ihm Lucies Mann zugesteckt, es würde kaum reichen, sich überall loszukaufen, aber zweitausend sollten für die Fluchthelfer genug sein. Die schlechte Federung des Vorkriegsrenaults malträtierte ihn, er memorierte, wie oft in schwierigen Situationen, Arien aus seinem Repertoire, das half auch dieses Mal, und er war nun diszipliniert genug, stumm zu bleiben, Töne und Worte jedoch gingen ihm, ohne dass er sie herbeirief, durch den Kopf, *O wär vorbei die Nacht, Donna non vidi mai, Alles ist nun vorbei*, nichts passte zusammen, es war ein Durcheinander, das ihn beinahe amüsierte, eine Kakophonie, hätte es seine Lehrerin, Felicitas Lerchenfeld, die er oft geneckt hatte, mit gespieltem Schrecken genannt.

Nun wurde es deutlich heller, sie waren im freien Feld, weit und breit keine Gehöfte, der Fahrer traute sich, die Scheinwerfer einzuschalten. Das Lichtband vor ihnen schien zu tanzen, dann wieder zu ermatten, brachte in den angrenzenden Weiden Momente lang Kühe ins Licht, die man draußen gelassen hatte, vorbeigleitende Fellflecken, Hörner, es wurde, und das war ein Trost, alles zu Rhythmus, den die Musik vorgab, die in ihm erklang, so lange, bis die Augen ihm zufielen und er nur noch eine Weile den Schweißgeruch ringsum in der Nase hatte, auch seinen eigenen, grundiert von Selmas schwachem, schon fast verduftetem Parfum. So eng zu sitzen wurde zur Qual, auch der Rucksack auf seinen Knien wurde immer schwerer, er ruckte hin und her. Arnold protestierte. »Du bist doch der Kleinste«, fuhr er ihn an, »halt dich still, andere leiden bei Gott stärker als du.« Selma ertrug es besser, obwohl er deutlich hörte, wie erkältet auch sie war. Das hatte ihm Lotte oft genug vorgeworfen: »Frauen halten mehr aus als Männer wie du.« Er sei ein Luftibus, hatte sie ihn angeschrien, ein Traumtänzer, der in den Wolken lebe, unfähig, Verantwortung für das Kind zu übernehmen, das er gezeugt habe. Selma, die sich in La Bourboule entschieden hatte, an seiner Seite zu bleiben, verstand ihn besser in seiner Hinwendung zur Musik, die so weit gehen konnte, dass er sich selbst gleichsam als Körper auflöste und vor einem tausendköpfigen Publikum, dessen Energie auf ihn überging, nur noch Stimme war. »Für wen singst du eigentlich?«, hatte ihn Mary, die Klügste seiner Geliebten, einmal gefragt. »Für dich? Für deine Mamitschka? Für dein Publikum? Für Gott?«

Er hatte die Antwort verweigert, er wusste ja auch keine eindeutige. All das mochte stimmen oder nichts, das Wesentliche war, dass sich beim Singen seine Existenz erweiterte, über ihn selbst hinauswuchs. Es sei seine Form von Frömmigkeit, hatte er Mary später gesagt, sie hatte ihn ausgelacht auf ihre Weise, nie hätte sie ihn angeschrien wie Lotte. Und jetzt, in die Enge getrieben, war ihm seine Stimme abhandengekommen. Von Tag zu Tag verlor sie mehr von ihrem Schmelz, ihrer Tiefe; die Heiserkeit, die schon lange im Hintergrund gelauert hatte, sein Schreckgespenst, nahm hinterhältig Besitz von ihr. Er spürte, dass ihm die Tränen kamen, und legte, in einer nur halb bewussten Geste, schutzsuchend seine Hand auf Selmas Schoß. Sie schob sie zur Seite, nicht unwirsch, nicht feindselig, aber deutlich genug. Die Männer unterhielten sich leise, auf Deutsch und Französisch, er hörte erst weg, verstand dann doch, dass sie berieten, ob sie tatsächlich am hellen Tag nach Clermont-Ferrand hineinfahren und in der Pension, die man benachrichtigt hatte, absteigen sollten wie normale Touristen, die es allerdings, so wendete Jakob ein, in der *zone libre* kaum noch gab. Abgesehen davon hatte man offenbar gehört, die Deutschen würden planen, den unseligen Präsidenten Pétain zu entmachten und mit regulären ss-Einheiten und nicht bloß mit Kleingruppen die Deportationen zu beschleunigen.

Judenfrei – Jakob spuckte das Wort beinahe aus – solle nun auch Vichy-Frankreich werden, durch das sie, als Juden, ja gerade fuhren. Die Wehrmacht, sagte er, werde die ganze Südzone besetzen, als Antwort auf das Vorrücken der Alliierten in Nordafrika; die Vichy-Truppen seien dort vernichtend geschlagen. Schmidt spürte, wie sich seine Brust wieder zusammenschnürte, wie es ihn beinahe würgte vor Angst. Wäre er doch schon in der Schweiz! Wunderdinge hatte er gehört vom Kleinstaat, der eingekesselt war von Nazis und Faschisten und doch bisher, unter Entbehrungen, seine Unabhängigkeit gewahrt habe, es gebe dort noch Kaffee, Butter, Schinken, auch Konzerte fänden weiterhin statt und nicht bloß Auftritte von Militärkapellen. Die Schweiz, schalt er sich selbst, kam ihm gegen alle Vernunft vor wie das gelobte Land, in das die verfolgten Juden von allen Seiten gelangen wollten, dabei wusste er, dass man sie mit allen Mitteln davon abhielt, die Grenze zu überqueren, und die Juden inzwischen wie Straftäter behandelte. Nun war er unterwegs dorthin, er ließ die Stimmen in seiner Nähe verschwimmen, das hatte er schon als Junge geübt. Was im Auto beschlossen wurde, wollte er gar nicht wissen.

3

Gegen halb neun erreichten sie Clermont-Ferrand, bei trübem Tageslicht, unter verhangenem Himmel. Man hatte beschlossen, das vorgesehene Hotel nun doch für einen längeren Zwischenhalt tagsüber aufzusuchen, dann am frühen Abend Richtung Lyon weiterzufahren, außerhalb der Großstadt erneut eine Weile zu schlafen, notfalls unter freiem Himmel, wenn der neue Fluchthelfer nicht am vorgesehenen Ort auf sie warten würde. Und am übernächsten Tag sollten sie zu Fuß weiter bis zur Schweizer Grenze. All dem hatte Schmidt, dank Selma, wieder aufmerksam zugehört, sie hatte ihn in den Arm gekniffen und ihn beschworen, jetzt gefälligst die Ohren zu spitzen. Das Hotel hieß Ravel, es machte einen heruntergekommenen Eindruck; deutsche Offiziere, die den Luxus suchten, logierten hier nicht, auch keine hochrangigen Gendarmen, eher Handwerker auf Montage, Vertreter. Der Wirt, in einer fleckigen weißen Schürze, empfing sie mit einem Nicken am Eingang.

»Er gehört zu uns«, sagte der Fahrer, der ihm die Hand drückte. »Er mag die Deutschen nicht, er will ihren Gegnern helfen, auch wenn es Juden sind.«

Dann sagte der Wirt doch einen Satz, den Arnold übersetzte: »Von den Leuten hier drin verrät keiner was. Dafür verbürge ich mich.« Er streckte die Hand aus, Schmidt gab ihm ein paar Scheine von der Summe, die Mayer ihm überlassen hatte, er zählte sie nicht nach, und Selma sagte: »So idealistisch sind sie gar nicht, diese Leute.«

»Sie können es sich in dieser Zeit wohl auch nicht leisten«, entgegnete Schmidt.

Ihr Gepäck ließen sie hinter der Schranke der Rezeption. Ein Zimmer mit drei Betten, auf deren Matratzen bloß ein Leintuch lag, wurde ihnen zugewiesen. In der schmutzigen Etagentoilette konnten sie sich erleichtern, flüchtig Hände und Gesicht waschen. Sie zogen die Schuhe aus, Schmidt legte sich auf das Bett beim Fenster, neben Selma, die ihn mit einer Geste zu sich einlud. Wenn er im Auto die bedrängende Körpernähe kaum noch ertragen hatte, so suchte er sie jetzt wieder, und Selma ließ es zu, dass er seinen Kopf in die Beuge ihres ausgestreckten Arms legte und sich seitlich zu ihr hin kuschelte. Wie ein kleines Kind, dachte er, aber er kam jetzt nicht aus ohne diese Nähe, ohne das Gefühl von Wärme, die von ihr ausging. Sie ließ zwischendurch dem Husten freien Lauf, während im Nachbarbett der eine der zwei Jüngeren schnarchte und der Fluchthelfer – Antoine, zumindest nannte er sich so – auf dem dritten saß und eine Landkarte studierte. Eine ältere Frau brachte auf einem Servierwagen eine Suppenschüssel mit Tellern, Löffeln, geschnittenem Brot. Sie ging gleich wieder hinaus, ohne etwas zu sagen, ohne die Gäste zu mustern. War Schmidt überhaupt hungrig? Er hatte das Gefühl, alles, was er schluckte, würde seinen Magen in Aufruhr versetzen. Doch Selma schöpfte Suppe in die Teller, nötigte auch ihn dazu, ein paar Löffel hinunterzuschlucken: »Du musst essen, Joseph, du musst dich kräftigen, wir haben noch eine lange Strecke vor uns.«

»Ich weiß nicht, wie lange ich das durchstehe«, murmelte er.

»Ich auch nicht, aber wir müssen es versuchen.« Ihre Stimme war inzwischen belegter als seine, zeitweise fast nur noch ein Flüstern. »Mein Bruder wird uns helfen und die verlangte Kaution hinterlegen. Ich bin sicher.«

»Wirklich?« Er dachte an Zürich, wo Selmas Bruder, Julius Orlow, als Zigarrenfabrikant in einem herrschaftlichen Haus residierte. Wenn sie Glück hatten, würden sie dorthin gelangen, zu ihm, in die Stadt am See, die ihm noch vor zweieinhalb Jahren im kalten Februarlicht, bei seinem damaligen Konzert, so proper vorgekommen war, ohne Hakenkreuzfahnen, durch und durch rechtschaffen bürgerlich, und doch schien Angst unter den Dächern, in den engen Gassen der Altstadt zu nisten, ein verstohlener Gehorsam gegenüber dem mächtigen Nachbarn, der auf den Schlachtfeldern in diesen Monaten unbesiegbar schien. Trotzdem stand nun Zürich vor ihm wie eine strahlende Verheißung. Woran konnte er sich sonst noch festhalten, nachdem alle Sicherheiten in seinem Leben zerfallen waren wie schadhaftes Gemäuer und auch der Glaube an einen gütigen Gott sich beinahe ganz zu verflüchtigen drohte?

»Schlafen wir ein bisschen«, murmelte Selma an seinem Ohr. Dann wendete sie sich von ihm ab, um qualvoll zu husten. Dennoch nickte er ein, verfolgt von unklaren Traumbildern. Es war ein Schlaf aus Erschöpfung und Schwäche, keiner, der dem Eros, der Lust folgte, die er so oft als einen alle Fasern erfüllenden vollen Klang des Körpers empfunden hatte, auch noch mit Selma in La Bourboule; dass ihre Zimmer nebeneinanderlagen, hatte sie zusammengebracht.

Ein hartes Klopfen an der Tür schreckte ihn auf. Es ging gegen sechs Uhr abends.

»Wir müssen los«, sagte Antoine, der energisch

ins Zimmer trat. »Vor neun Uhr gibt es weniger Kontrollen.«

Die bessere Kleidung zog Schmidt noch nicht an, er sparte sie für den Grenzübertritt auf; Selma hatte sie, samt Krawatte, sorgsam für ihn eingepackt. Ganz obenauf lag sein Hut, ebenfalls zusammengefaltet, er hatte gar nicht gewusst, dass das möglich war. In einem Seitenfach des Rucksacks gab es Zahnbürste, Zahnpasta und eine Seife, und so versuchte er sich in der Etagentoilette, trotz der staubigen Hose, das Aussehen eines zivilisierten Mannes zu geben. Sie aßen vor dem Aufbruch ein wenig Brot, aus einer Thermoskanne gab es einen Schluck Schwarztee. »Um die Lebensgeister anzuregen«, sagte Arnold mit einem halben Lachen; er kam Schmidt sehr jung vor, trotz erster eingegrabener Falten rund um den Mund, er war, wie er sagte, Ingenieur, hatte als Jude mit gefälschten Papieren in einem von den Deutschen übernommenen Flugzeugwerk im Norden Frankreichs gearbeitet und war nach ersten Luftangriffen der Alliierten – auch um der drohenden Enttarnung zu entgehen – Richtung Süden geflüchtet.

»Ich sehe ja«, sagte er mit einem lauteren, aber unglücklichen Lachen, »als Blondschopf doch etwa so aus wie ein reinrassiger Arier. Oder zweifelt da jemand daran?«

Wieder die schwer erträgliche Enge im Renault. Das Blut in Schmidts Beinen schien zu stocken, die Unterschenkel schmerzten immer stärker. Das Husten musste nun keiner mehr unterdrücken, es war ein misstönendes Konzert.

Sie kamen ohne Zwischenfälle aus Clermont-Ferrand hinaus, fuhren bei schwachem Verkehr über Landstraßen, einmal hatten sie am Straßenrand zu warten, bis eine Panzerkolonne vorbeigefahren war, deutsche Soldaten, denen der Fahrer durchs heruntergekurbelte Fenster zuwinkte, der Renault hatte ja ein legales französisches Nummernschild. Die Soldaten winkten zurück, jung waren sie, noch jünger als der Ingenieur Arnold. In ihrem Alter war Schmidt nach der eigenen öden Militärdienstzeit voller Hoffnungen gewesen, und die erfüllten sich wie durch Zauberei, eine nach der anderen. Eine Märchenkarriere, so stand es in den Zeitungen, erst in Czernowitz, wo sich seinetwegen die Synagoge gefüllt hatte, dann in Berlin, am Rundfunk, dann fast überall in Europa. Ein Star, so hieß es, sei er trotz seiner geringen Körpergröße, bejubelt und umschwärmt; *the tiny man with the great voice* wurde er in den USA genannt. Wäre er kindlich fromm geblieben, müsste er jetzt glauben, er werde als Vertriebener und Verfolgter für die Sünde der Hoffart bestraft. Aber warum sollten Millionen, die gottesfürchtiger gelebt hatten als er, ebenfalls bestraft werden? Seinen Abstieg, die Verfolgung aus dem einzigen Grund, dass er Jude war, konnte er weder begreifen noch akzeptieren.

Es wurde wenig gesprochen im Auto, trotz der kleinen Scherze, die Jakob zu machen versuchte. Drei, vier Jahre älter als Arnold war er, Beruf unklar, aber auch Jude, leider ein beschnittener, also rasch erkennbar, wie er erklärt hatte, auf der Flucht seit fast einem Jahr. Eine Geliebte hatte ihn bei sich versteckt, aber er wollte sie, als die Deutschen in der unbesetzten Zone mit Razzien begannen, nicht gefährden. Wo die Sieger auch waren, sie gingen gegen die aus ihrer Sicht Minderwertigen mit brutalster Willkür vor, sie gaben sich, den Reinrassigen, das Recht dazu, wurden nachgeäfft von Mussolinis Schergen, und gerade jetzt noch, offenbar auf dem Rückzug in Russland, verdoppelte sich ihr Furor gegenüber Juden, Zigeunern, Homosexuellen, Zeugen Jehovas. So hatte es Schmidt gehört und wollte es doch gar nicht hören, denn es betraf immer auch die Mutter, seine Mamitschka in Czernowitz, ihre und seine Stadt, die inzwischen von Deutschen und Sowjets erbittert umkämpft wurde. Seine Vorstellungsgabe hatte von Kind an ausgereicht, sich Märchenhandlungen und später Opernszenen vor Augen zu stellen, in denen er, *the tiny man*, Tamino spielte, Rodolfo, Manrico. Er ließ sich wegtragen von der Musik in seinem Kopf, aber den Schmerz der Mutter damals beim Tod seines Vaters hatte er nach Möglichkeit ausgeblendet, ihn ganz nachzufühlen, hätte ihm die Stimme geraubt. Und auch jetzt versuchte er, den Gedanken von sich abzuhalten, in was für einer Lage sie sich befand.

Den Vater hatte er zum letzten Mal am Czernowitzer Benefizkonzert im Herbst 33 gesehen, als das Unheil sich abzuzeichnen begann, aber die freie Ausreise noch möglich war. Im Winter 36 war Wolf Schmidt an einem Hirnschlag, so hieß es, gestorben. Da ließ man den Sohn nicht mehr über die Grenzen reisen, und eigentlich war er froh darüber, es gab ja die Geschwister, die die Witwe trösten konnten. Nein, den Vater, der die ganze Familie in autoritärem Bann hielt, hatte er nicht geliebt, sich vergeblich nach Zuwendung, nach Lob gesehnt. Die Wünsche dieses Manns, der wollte, dass Jossele fehlerlos den Talmud rezitierte, konnte er nicht erfüllen. Doch bei diesem Konzert in Czernowitz war er in der ersten Reihe gesessen, aufrecht und starr, die Mutter hatte ihn überredet, dem berühmten Sohn die Ehre seiner Anwesenheit zu gewähren. Ihm zuliebe hatte der Sohn einen religiösen Hymnus gesungen, »Dank sei dir, Gott« von Händel, aber im Gesicht des Vaters hatte sich nichts gerührt, zu oft hatte der

Sohn im weltlichen Teil des Programms Glück und Unglück der Liebe beschworen. »Er verschwendet das von Gott geschenkte Talent«, hatte er einmal der Mutter gesagt, und sie hatte es vor dem Sohn kopfschüttelnd wiederholt. Sie hatte dabei ein wenig gelacht, er hatte mit den Schultern gezuckt und zuinnerst gelitten. Nein, es war einer Ehefrau in diesem orthodoxen Milieu nicht möglich, sich von einem solchen Mann zu lösen, und trotzdem war sie dann bei seinem plötzlichen Tod, wie die Schwester schrieb, fast mitgestorben. Seither warf sich der Sohn vor, seine Pflicht nicht erfüllt zu haben, und mehr noch, von der Religion weggeglitten zu sein, obwohl er doch tief religiöse Menschen, sofern er in ihnen zumindest einen Funken Liebe erkannte, immer hochgeachtet hatte. Die Mutter hätte er zu sich genommen, wenn es gegangen wäre. Zwei, drei Mal war sie, auf seine Kosten, zu Konzerten gekommen, in Antwerpen und anderswo, er hatte sie verwöhnt, mit Geschenken überhäuft, dem Publikum vorgestellt, aber er hatte zu viele Verpflichtungen, er musste reisen, sie konnte nicht an seiner Seite bleiben, war dann wieder zurückgefahren, zu den Töchtern, die sie, dank der Zuschüsse des Sohns, willig betreuten. Dennoch war seine Schuld nicht gutzumachen, und dann hatte der Krieg sie endgültig getrennt. Er werde noch lange dauern, hatte

Mayer, der die Geschehnisse verfolgte, in La Bourboule gesagt, Hunderttausende würden noch sterben, bis die Nazis besiegt seien. Auch dies wollte Schmidt nicht glauben, zugleich war ihm klar, dass seine Musik niemanden vor Verfolgung und Bombentod rettete. Ein Trost war sie, allenfalls eine eigene Welt, die das Bessere durchscheinen ließ, obwohl es in vielen Opern Mord und Zerstörung gab. Wie es sein konnte, dass sogar im *Don Giovanni*, wo ein düsterer Geist auftrat, Mozarts Musik das innere Leiden linderte, zumindest seines, das hatte er nie herausgefunden.

Die Stimmen im Renault waren lauter geworden. Wenn Hitler vor ihm stünde, hörte er Jakob mit erhobener Stimme sagen, würde er keinen Moment zögern, ihn umzubringen, mit der Pistole, mit einem Messer, egal, sogar erwürgen würde er ihn, ohne das geringste Bedauern. Und mit Goebbels und Göring würde er gleich verfahren. Wieder sein abgehacktes Lachen. Und eigentlich sei er doch lange ein Pazifist gewesen.

»So etwas ist leichter gesagt als getan«, hielt ihm Selma entgegen. »Auch solche Verbrecher sind erkennbar Menschen, wenn sie dir nahe genug sind, das macht es ja so schwierig.«

»Nein, sie sind entmenscht, es sind Bestien«, widersprach Jakob mit Härte.

Arnold schnaufte schwer und schwieg. Es wurde wieder still im Auto.

Was konnte Schmidt dazu sagen? Auch er pflichtete Jakob nicht bei. Er verachtete sich selbst für seine Feigheit, sogar wenn es bloß um wütende Rhetorik ging. Er konnte kein Blut sehen. Dabei zu sein, wenn Tiere geschächtet wurden, hatte er stets vermieden. Das einzige Mal, als Mitschüler ihn genötigt hatten, von einem Dach aus in den Hinterhof einer Metzgerei zu spähen, war er halb ohnmächtig geworden; sie hatten ihn als Schwächling verspottet, aber danach in Ruhe gelassen. Sein größter Mut war es gewesen, vor Tausende hinzustehen und sie mit seiner Stimme, einzig mit ihr, zu bannen, zu rühren, zum Jubeln zu bringen. Wie sehr hatte er sich die ersten Male auf der Konzertbühne überwinden müssen und dann doch der Musik vertraut. Am Anfang war es erleichternd gewesen, die Tausende, die vor den Rundfunkempfängern saßen, nicht leibhaftig vor sich zu sehen. Die gleichen Massen bei einer Rede des Führers brüllen zu hören, hatte ihn jedoch tief erschreckt. Die donnernden Heil-Rufe empfand er als Schläge ins Gesicht, er hielt sie nicht aus. Der Beifall, der ihm, dem Sänger galt, kam aus einer anderen Sphäre, er war eine große Umarmung, doch keine erstickende. Und das Publikum wollte, dass es nicht endete. Deshalb hatte er in seinen besten Zeiten Zugabe um Zugabe gesungen, bis zur Erschöpfung, auch er wollte, dass es nicht endete, dass er in diesem warmen Strom, der ihn umflutete, wusste, wer er war: der Sänger Joseph Schmidt und kein anderer.

Die beiden jüngeren Männer wollten sich in der Nähe der Grenze von der Gruppe trennen und auf eigene Faust in die Schweiz gelangen; Schmidts Absicht, sich, wie Mayer geraten hatte, bei einem Grenzposten in Annemasse zu melden und, mit seinem bekannten Namen, um Asyl zu ersuchen, schien ihnen viel zu unsicher, geradezu naiv. Sie planten, nach ausführlichem Studium ihrer Karte, bei Carouge auszusteigen, übers freie Feld zur Arve zu gelangen, sie zu überqueren, notfalls schwimmend, und sich dann eine Zeitlang bei Bekannten zu verstecken, deren Adresse sie auswendig gelernt hatten. Notfalls schwimmen, das konnte sich Schmidt nicht vorstellen, er schwamm ohnehin schlecht. Wie stand es da um Selma? Sie schwieg.

Der Fahrer hielt auf freier Strecke an, nun wieder bei Dunkelheit, in der Ferne gab es ein paar Lichter. Das sei Neydens, ein Kaff, ein paar Kilometer von Genf entfernt, sagte Arnold, das würden sie umgehen, und für die Hunde hatten sie Wursthäute dabei. Die zwei verabschiedeten sich mit Händedruck, stiegen aus mit ihren Rucksäcken. Nun wollte überraschend auch Antoine, der Fluchthelfer, mit ihnen gehen, er habe, sagte er, übermorgen schon den nächsten Auftrag, werde allein den Rückweg finden, vermutlich mit der Bahn, die fahre nämlich unter deutscher Kontrolle wieder zuverlässig, leider auch mit vollgepferchten Waggons bis zu den Lagern in den besetzten Gebieten im Osten.

Schmidt blieb mit Selma und dem Fahrer zurück; auf dem Hintersitz gab es jetzt ausreichend Platz. Es ging ihm trotzdem nicht gut, die Angst vor dem Kommenden saß als stechender Schmerz in der Brust und im Kopf, er hatte das Gefühl zu fiebern und zitterte gleichzeitig vor Kälte, geriet immer wieder ins Husten, das bellend wurde und schrecklich klang. Nur Selmas Hand auf seiner Herzgegend milderte die Symptome ein wenig, sie bewegte sich unter seiner schlecht gefütterten Jacke, die sie aufgeknöpft hatte, leicht und wohltuend hin und her.

Er blickte auf die Taschenuhr. »Wollen wir es jetzt versuchen? Es ist bald halb elf.«

»Nein«, sagte sie. »Lieber erst morgen. Ich fühle mich sehr schwach, muss mich eine Weile ausruhen. Ich halte sonst dem Druck nicht stand, wenn man uns verhört.« Schmidt nickte gutwillig und kämpfte gegen seine Angst.

4

Sie fuhren bis Annemasse. Der Fahrer hatte endlich seinen Namen genannt, Daniel. Er kannte dort, im Westen des Grenzstädtchens, erneut eine Pension, die zum wachsenden Netz des Widerstands gehörte. Kein Licht von drinnen. Eine Straßenlampe in der Nähe zeigte, dass die Fensterläden im ersten Stock geschlossen waren, man sah den abblätternden Anstrich und den verwahrlosten, von Unkraut überwachsenen Vorgarten. Es wirkte, als wäre das Gebäude schon lange verlassen, der Eingang zugesperrt. Doch der Fahrer sagte, er habe ein Kennwort, und ging zur Hinterseite. Sie hörten ein Klopfen in einem bestimmten Rhythmus, ein Knarren, Geflüster, nach einiger Zeit öffnete jemand vorsichtig die Vordertür. Es war ein kleiner Mann, kleiner noch als Schmidt, mit einer schwach leuchtenden Taschenlampe, er bedeutete ihnen einzutreten, half mit dem Gepäck, schloss dann sogleich die Tür. Sie hörten das Auto wegfahren, der Fahrer hatte sich nicht einmal verabschiedet.

Schmidt wusste, dass sie von nun an auf sich allein gestellt waren. Wieder ein spartanisch eingerichtetes Zimmer mit zwei Betten, eine nackte Glühbirne an der Decke. Aber der Mann, der sie hereingelassen hatte, war freundlich und gesprächig, sein kahler Schädel glänzte im Licht. Merkwürdigerweise sprach er überlaut. Er glaubte wohl, damit Schmidts mangelnden Französischkenntnissen nachzuhelfen. Schmidt verstand immerhin, dass der Mann wissen wollte, ob sie Juden seien. Er nickte. Selma hatte sich gleich, schwer atmend, hingelegt und die Augen geschlossen. Der Mann brachte Wasser in zwei Gläsern, versprach Tee für den frühen Morgen, ein wenig altes Brot, mehr könne er leider nicht offerieren, sonst mache er sich verdächtig, das ließ sich aus einzelnen Wörtern und Gebärden deuten. Schmidt legte sich aufs andere Bett, die Glühbirne schwankte leicht. Sie husteten beide abwechselnd, tranken Wasser, und Schmidt sagte, als er den Atem dafür hatte: »Das ist das berühmte Hustenduett aus *La Speranza* von Maladier.« Selma versuchte zu lachen.

Die Nacht war endlos, sie bestand aus kurzen Schlafphasen und einander überlagernden Bildern aus Czernowitz, manchmal schien ihm, der Wurzelgrund seiner Existenz sei diese Stadt mit ihren Gerüchen, dem Rumpeln der Wagenräder morgens vor dem väterlichen Haus, Stimmen, manchmal fernem Gesang. Und dem Schlurfen der alten, bärtigen Männer, die zum Bethaus gingen. Auch hier, in Annemasse, fing nach halb sechs Uhr früh die Geschäftigkeit an, Autos fuhren vorbei, jemand schimpfte unverständlich in der Nähe. Die Glühbirne war erloschen. Aber es wurde heller, die Ritzen der Fensterläden schimmerten; wenn er eine Hand hob, zeichnete sich ein Lichtmuster darauf ab.

»Schläfst du noch?«, fragte er leise Selma, von der er ab und zu ein Seufzen hörte, sogar eine Art Röcheln, als ob sie kaum noch Luft bekäme. Doch dann antwortete sie: »Nein, wie könnte ich.«

»Wir sollten bald aufbrechen«, sagte er.

»Ich nicht, geh du allein.«

»Nein, bitte, begleite mich.« Die Bitte auszusprechen, machte ihm Mühe.

»Ich kann nicht. Ich komme nach, sobald es geht. Es ist ohnehin besser, wenn du es ohne mich versuchst.«

Jemand kam ins Zimmer, eine Frau, sie knipste das Licht wieder an, brachte den versprochenen Tee, entschuldigte sich, dass sie nichts anderes habe, nicht einmal Brot, wollte dennoch Geld. Sie schien, trotz ihrer Höflichkeit, voller Misstrauen. Erst als Schmidt ihr einen Geldschein gab, lächelte sie kurz, verschwand dann ohne Umstände. Der Tee war lau, beinahe geschmacklos, aber er löschte den Durst und verminderte den Hustenreiz. Er setzte sich mit dem vollen Glas an Selmas Bett, sie versuchte zu trinken, er musste ihr den Becher an den Mund halten und konnte trotzdem nicht verhindern, dass ein Rinnsal von ihrem Mundwinkel übers Kinn lief.

»Morgen oder übermorgen ist es bestimmt besser«, flüsterte sie.

Schmidt öffnete den Koffer, nahm die saubere Kleidung samt weißem Hemd heraus, er zog sie an, machte sogar, ohne Spiegel, einen Krawattenknoten. Am Schluss gab er auch dem Hut wieder eine passable Form.

»Gut siehst du aus«, sagte Selma, die ihn beobachtet hatte. »Respektabel, vermögend. So lassen dich die Schweizer bestimmt über die Grenze.«

»On verra«, sagte Schmidt. Er roch nicht gut, und die Schuhe waren schmutzig, er hatte kein zweites Paar mitgenommen, aber das konnte er jetzt nicht ändern.

»Bis bald in Zürich«, sagte er, er nahm den Hut ab, beugte sich zu Selma hinunter und küsste sie auf die Wange. Auch sie roch nicht mehr wie das elegante Fräulein, das sie noch vor zwei Tagen gewesen war. Vielleicht hatte sie ja später die Gelegenheit, sich zu waschen.

Er ging mit dem Koffer hinaus. Die Frau wartete

draußen, öffnete ihm die Tür, machte sogar, als sie seinen Anzug und den Lederkoffer bemerkte, einen kleinen Knicks. Der Mann vom Vortag ließ sich nicht mehr blicken.

»Vielleicht komme ich wieder«, sagte Schmidt.

»Je sais«, entgegnete die Frau und fügte mit überraschender Herzlichkeit hinzu: »Bonne chance.« Sie wies ihm die Richtung, in zehn Minuten sei er am Zoll. Er dankte, er hatte wenig Kraft, das Gewicht des Koffers erschwerte ein rascheres Vorankommen. Er hielt sich am Rand der asphaltierten Straße, erst wenige Autos waren unterwegs, dafür umso mehr Radfahrer, die offenbar zu einer Fabrik in der Nähe fuhren. Einige klingelten, als sie ihn sahen, winkten ihm zu. Links und rechts von der Straße liefen Stacheldrahtverhaue durch offenes Gelände, trennten Häuser voneinander. Es war nun so hell, dass er von weitem die Schlange der Wartenden vor der Schranke des französischen Zolls sah. Er reihte sich ein, man grüßte sich knapp, Schmidt lüftete bei Frauen den Hut, es gab Gutgekleidete unter ihnen, andere, die einen abgerissenen Eindruck machten, als wären sie schon lange unterwegs. Er stellte rasch fest, dass die Gutgekleideten, zu denen er gehörte, bevorzugt behandelt wurden. In der freien Hand hielt er einen Zwanzig-Francs-Schein; Mayer hatte ihm geraten, es bei Problemen am Zoll mit Bestechung zu versuchen, nicht aber auf der Schweizer Seite, da würden die Vorgesetzten empfindlich darauf reagieren. Es ging schneller voran, als er gehofft hatte, manchmal schwankte er, wenn er den Koffer wieder heben musste, einmal stürzte er fast. Einen Ausweis wollte der Gendarm mit dem weiß umrandeten Tschako und der umgeschnallten Pistole erstaunlicherweise gar nicht sehen. Auch der deutsche ss-Mann, der danebenstand, griff nicht ein. Schmidt wurde weitergewinkt durch die offene Schranke, und nun war er im Niemandsland zwischen den Grenzposten, wo sich die Kolonne staute. Neben ihm schob eine junge Frau einen Kinderwagen voran, sie wirkte wie versteinert vor Angst. Schmidt sprach sie in seinem schlechten Französisch an, sie reagierte nicht. Als die Warteschlange längere Zeit stockte, setzte Schmidt sich auf den Koffer, kämpfte ums Gleichgewicht. Er war jetzt schon erschöpft, hustete in unregelmäßigen Abständen, traute sich nicht auszuspucken. Nun sah ihn die Frau doch mitleidig an, legte einen Moment ihre Hand auf seine, die den Koffergriff umklammert hielt. Es ging weiter. Er hätte später nicht sagen können, wie lange es dauerte, bis er bei den Schweizer Grenzwächtern stand, die einen Helm trugen, lange Uniformröcke und ein Gewehr am Rücken. Zu dritt fertigten sie die Grenzgänger ab, gaben die Ausweise zur Kontrolle in das kleine verglaste Gebäude am

Rand, wo zwei weitere Männer saßen. Immer wieder hob und senkte sich die Schranke, manchmal zählte Schmidt, um sich abzulenken, wie lange sie unten blieb. Er zählte bis hundert, zweihundert. Einige, das hatte er schon vorher bemerkt, wurden abgewiesen, von einem Soldaten zurückgeleitet zum französischen Zoll. Schmidt zeigte seinen rumänischen Pass, der, wie er wusste, nicht mehr gültig war. Der Zöllner schüttelte den Kopf: »Haben Sie nichts anderes? So kann ich Sie nicht durchlassen.« Schmidt klaubte mit zitternden Fingern das Papier mit den vielen Stempeln aus der Gesäßtasche, das ihm in Nizza ausgestellt worden war, darauf war deutlich seine jüdische Herkunft vermerkt. Der Beamte hielt das Papier nahe vors Gesicht. »Sie sind Sänger?«, fragte er in passablem Deutsch. »Jude? Also staatenlos? Und kein Visum für die Schweiz?« Es klang sachlich, beinahe freundlich. Schmidt nickte. »Ich werde in Deutschland verfolgt.« Er begann zu stottern. »Ich ersuche um Asyl in Ihrem Land.« Der Beamte mit seinem unsauber rasierten Kinn schüttelte den Kopf. »Das tun leider viel zu viele. Juden können wir an der Grenze nicht mehr aufnehmen. Das ist ein Regierungsentscheid seit diesem Sommer.« Er gab das zerknitterte Identitätspapier zurück. Schmidt wurde es schwarz vor den Augen, er schwankte.

»Pas de chance?«, fragte er.

»Pas ici«, sagte der Beamte, er stützte Schmidt einen Augenblick und bedeutete einem der behelmten Soldaten, die den Stacheldraht bewachten, den Flüchtling zurückzuführen. Es war ein Deutschschweizer, er ging langsam, trug sogar den Koffer, er passte sich Schmidts unsicheren Schritten an, sagte in gemütlichem Ton: »Das kommt schon wieder gut.« Am französischen Zoll ließ der Soldat ihn und den Koffer stehen, gab sich barscher, als er war. Schmidt fürchtete, er werde auf Befehl des ss-Offiziers, der den Grenzverkehr überwachte, festgenommen, aber man ließ ihn nach kurzer Musterung durch, und so fand er sich wieder im besetzten Frankreich, wo er der Willkür der Deutschen ausgesetzt war. Das Hin und Her hätte ihn zu einem ironischen Scherz gereizt, wären die Umstände andere gewesen. Deine Ironie, hatte ihm Mary in La Bourboule gesagt, kommt mir vor wie Schlittschuhlaufen über dünnes Eis. Und sie hatten beide kurz und stürmisch gelacht, trotz ihrer Angst. Sollte er nun warten, bis am Schweizer Zoll ein Schichtwechsel erfolgte? Drei, vier Stunden oder länger? Und es dann nochmals versuchen, in der Hoffnung, jemand erkenne ihn? Das war wohl eine Illusion. Und doch blieb er unter der wartenden Menge, die inzwischen angewachsen war; er setzte sich auf den Koffer, hustete mit der Hand vor dem Mund.

5

Der Himmel hatte sich aufgehellt, es wurde herbstlich schön, er stellte sich vor, in welchen Farben nun das Weinlaub im Süden glühte. Seit er dieses Spiel von Rot- und Gelbtönen zum ersten Mal bewusst wahrgenommen hatte, war es ihm immer besonders lieb gewesen, eine Art Rausch, ein letztes Aufbäumen gegen die Übermacht von Braun und zerfallendem Braunschwarz. Als Kind hatte er verdorrte Buchenblätter zwischen den Fingern zerrieben, die Blattkrümel von der Handfläche weggeblasen, sie dem Wind überlassen, so wie nun Tausende von Flüchtlingen im menschengemachten Kriegssturm herumgetrieben wurden. Er blieb sitzen, nickte ein, rutschte halb vom Koffer, doch jemand fing ihn auf, er wirkte im Zweireiher merkwürdig elegant, als wäre er am falschen Ort, ebenso wie Schmidt in seinem Anzug, der bereits erheblich gelitten hatte.

»Sie wollen hinüber, ja?«, sagte der Mann in fehlerhaftem Deutsch, mit französischem Akzent.

Schmidt versuchte, das Gleichgewicht auf dem Koffer zu behalten; er stemmte sich mit den Füßen gegen den Boden, er zögerte, nickte dann.

Der Mann trat näher, er roch nach einem Rasierwasser, das Schmidt kannte, es war blau, gehörte in besseren Hotels oft zu der Ausstattung im Bad.

»Ich habe hier in der Nähe einen Wagen«, sagte der Mann in werbendem Ton. »Ich bringe Sie in der Nacht nach Genf, zum Bahnhof, wenn Sie wollen. Ich kenne die Wege.«

»Und wie viel kostet das?«, fragte Schmidt, den Mayer genau vor solchen seriös scheinenden Schleppern und Glücksrittern, die auf vermögende Kunden hofften, gewarnt hatte.

»Das kommt drauf an«, sagte der Mann.

»Ich versuche es nochmals auf legale Weise.« Schmidt schaute dem Mann in die Augen. »Wenn es wieder nicht klappt, können wir verhandeln.«

Ein patrouillierender Gendarm näherte sich, streng um sich schauend; der Schlepper nahm den teuren Hut ab, um weniger aufzufallen, verschwand geschickt in der Menge. Sobald die Luft rein war, dachte Schmidt, würde er wohl das Paar wenige Meter hinter ihm ansprechen; die Dame trug eine Pelzstola, eine ähnliche, wie er sie Lotte in besseren Tagen, als er zeitweise in Geld zu schwimmen schien, geschenkt hatte.

Er nahm also erneut den Weg zum Schweizer Zollhäuschen auf sich; hier irgendwo über die Zäune und Abschrankungen zu gelangen, schien unmöglich zu sein, gerade für ihn in seinem entkräfteten Zustand. Jemand in der Menge bot ihm Wasser an, er trank dankbar in großen Schlucken. Er nahm nun ebenfalls seinen Hut ab, und man erkannte ihn offenbar in der Tat nicht wieder; mit aufgesetztem Hut war er ja oft in seinen Filmen aufgetreten. Wie beim ersten Mal kam er ohne Schwierigkeiten bis zum Schweizer Kontrollpunkt. Und die Szene spielte sich gleich ab wie ein paar Stunden vorher, bloß dass der Beamte schroffer und einsilbiger vorging. Doch Schmidt hatte mit seinen dürftigen Papieren und ohne Empfehlung eines Schweizer Konsulats keine Chance. Er musste zurück. Kaum war er drüben, hatte ihn der Schlepper, der offenbar auf ihn gewartet hatte, entdeckt und fragte halblaut, schon fast an Schmidts Ohr: »Und?«

»Wie viel?«

»Zweitausend.« Die Antwort kam dieses Mal ohne langes Überlegen, es schien ein festgelegter Preis für Flüchtlinge in guten Anzügen zu sein. Er war hoch, man nützte die Notlage aus. Schmidt hatte zuerst verhandeln wollen, aber es nützte ja doch nichts, er stimmte zu. »Die Hälfte jetzt«, sagte er. »Die andere nach Ankunft auf Genfer Boden.«

Sie reichten sich die Hände, die des Schleppers – sein Alter ließ sich nicht schätzen – war weich und erfüllte Schmidt mit Widerwillen. Es gelang ihm mit Mühe, aus der inneren Brusttasche des Sakkos das Bündel Banknoten hervorzuholen, er zählte die Summe, gab sie dem Mann.

»Nennen Sie mich Gaston«, sagte der und nahm ihm den Koffer ab. »Folgen Sie mir. Sind Sie nicht der Sänger? Keine Angst, das verrate ich niemandem.«

Schmidt hatte damit gerechnet, dass er jetzt noch hier und dort von Musikbegeisterten erkannt wurde, sein Foto hatte man oft genug in Zeitungen oder auf Plakaten sehen können, und offenbar war der Schlepper ein Opernkenner, denn während sie von der Grenzstraße weg und durch ein Gewirr von Gassen gingen, pfiff er leise eine Arie aus *Turandot*, *Non piangere,* und fast lag in dieser Aufforderung, nicht zu weinen, etwas Spöttisches. Wie gerne wäre Schmidt häufiger auf der Bühne gestanden, und wie oft war er am Anfang seiner Karriere bedrückt gewesen, dass seine geringe Größe – er maß einen Meter vierundfünfzig – ihn daran hinderte. Da nützten auch Schuhe mit hohen Absätzen nichts und noch weniger der halb versteckte Steg quer über die Bühne, den ein Regisseur für ihn hatte bauen lassen, damit er, *the tiny man with the great voice,* größer wirkte. Er hatte sich damit abfinden müssen, dass er den feurigen Liebhaber einer Angebeteten, die ihn um einen Kopf überragte, nicht glaubwürdig spielen konnte, ohne sich Pfiffen und Lachern aus den oberen Rängen auszusetzen. Ohne die Teilanonymität des Rundfunks wäre er nie ein Star geworden.

Das Auto, ein alter Peugeot, stand irgendwo am Rand eines kleinen Parks, unter Bäumen, die schon ihr Laub verloren. Gaston wischte es vom Autodach und öffnete die Türen. »Steigen Sie ein, dann haben wir's bequemer. Wir müssen warten, bis es ganz dunkel ist.« Er holte vom Hintersitz eine Flasche Wasser und in Papier eingewickelte Schinkenbrote. »Sie müssen sich stärken«, sagte er, reichte Schmidt die Flasche, nachdem er selbst getrunken hatte, und eines der Brote. »Es soll aussehen, als würden wir picknicken.« Schmidt gehorchte, er trank und aß, pickte mit der angefeuchteten Zeigefingerkuppe die Brosamen auf, die das Polster verunreinigten. Er fügte sich, um keinen Anstoß zu erregen; ihm blieb in diesen Tagen nur übrig, Anweisungen, von wem auch immer, zu befolgen.

Hin und wieder kamen Spaziergänger mit Hunden vorbei, misstrauisch sahen sie sich das Auto mit den offenen Türen und die essenden Insassen an, gingen dann weiter, den bellenden Hund an der Leine hinter sich herziehend. Gaston lächelte.

»Gendarmen zeigen sich hier kaum. Und sonst erwarten sie einfach einen kleinen Schein. Manchmal leider auch einen größeren.«

Sie warteten, man hörte das Rauschen des Verkehrs aus der Stadt. Regelmäßig schaute Schmidt auf seine Uhr mit den Leuchtziffern, wahrscheinlich würde er auch sie versetzen müssen.

»Wer sind Sie?«, fragte er Gaston. »Warum machen Sie das? Aus Not?«

»Ich will Leuten wie Ihnen helfen«, sagte er zu Schmidts Überraschung. »Ich finde es schrecklich, wie die Deutschen und meine Landsleute Sie behandeln.«

»Und das Geld?«

»Ist ebenso wichtig, das gebe ich zu. Ich habe meine Stelle als Krankenpfleger verloren, angeblich wegen Sparmaßnahmen. Ich gelte als kritisch gegenüber Pétain, habe den Mund nicht halten können, das wird der wahre Grund sein. Darum spiele ich jetzt den Chauffeur für vermögende Flüchtlinge, arbeite mit drei andern zusammen, einem jenseits der Grenze. Ich habe Familie, zwei kleine Kinder. Wie soll ich sonst überleben?«

Schmidt schwieg, er kämpfte gegen sein Schlafbedürfnis, gegen die Halsschmerzen, gegen den Hustenreiz, der ihn zwischendurch erfasste, gegen den Druck auf der Brust, der kam und ging, und am meisten gegen die Resignation, die auf der Flucht von Tag zu Tag stärker geworden war, obwohl er sie zu überspielen versuchte. Er war ja nicht bloß Sänger, sondern, wenn es sein musste, auch Schauspieler. Nicht auf der Bühne, die seine Kleinheit verriet, aber im Film, wo man das Publikum mit Tricks täuschen konnte, und im wirklichen Leben, wo er zu viele Frauen, die an seiner Berühmtheit teilhaben wollten, im Stich gelassen hatte.

Gaston fragte, ob sein Fahrgast sich nicht umziehen wolle, er tue es auch, sie müssten später einen Bach überqueren, da sei es an den Ufern ein wenig sumpfig.

Schmidt sah ein, dass er keine Wahl hatte. »Und dann?«

»Jemand wartet auf Sie, dann kehre ich zurück.«

»Bezahle ich den auch noch?«

Gaston reagierte mit einem unwilligen Laut. »Nein, das ist inklusive. Ich bin doch kein Halsabschneider.«

Sie zogen sich um. Schmidt holte aus dem Koffer die Kleider hervor, mit denen er die Flucht begonnen hatte, die Hosenbeine waren starr vor Dreck, fast fehlte ihm die Kraft, sie anzuziehen. Schuhe zum Wechseln hatte er nicht. Gaston, der rasch aus dem Kofferraum ein Übergewand genommen hatte, half ihm dabei; mit dem Pullover, den er übers

Hemd streifte, ging es besser. Er half ihm auch, den Anzug, so gut es ging, zusammenzufalten und im Koffer zu verstauen, das restliche Geld steckte Schmidt in die Hosentasche.

Sie fuhren noch vor Mitternacht los, wohin genau, war Schmidt unklar. Rasch kamen sie in schwach besiedeltes Gebiet, vermutlich im Südosten von Genf, folgten eine Zeitlang einem Grenzzaun, der im Scheinwerferlicht des Autos sichtbar wurde, sie erreichten einen Wald, wo der Zaun aufhörte. »Hier ist es.« Gaston ließ den Peugeot stehen, er schulterte einen Rucksack, leuchtete mit einer Taschenlampe, führte Schmidt, der sich mit dem Koffer abmühte, über einen Pfad in einen jungen Tannenwald hinein, und dann erreichten sie in der Tat einen Bach, der schon beinahe ein Flüsschen war. Gaston zog sich die Schuhe aus, krempelte die Hosenbeine hoch, forderte Schmidt auf, das Gleiche zu tun, nahm ihm freundlicherweise den Koffer und die Schuhe ab, ging als Erster mit dem Koffer hinüber, kam zurück, reichte Schmidt, der vor Kälte zitterte, die Hand, um ihn vor einem Sturz zu bewahren. Bis weit über die Knöchel kam das kalte, leicht dahinstrudelnde Wasser, das Schlimmste waren die empfindlichen Fußsohlen, jeder Stein schmerzte und ließ ihn aufstöhnen. Er dachte an Davideny, wo er als Kind im Sommer barfuß herumgetollt war, weder Kies noch

Schotter hatte ihm etwas ausgemacht. Wie sich das Leben in dreißig Jahren verändern kann, zum Guten und zum Schlechten, alles von Gott gesandt, hätte der Vater gesagt. Schmidt versuchte, den ärgsten Dreck mit einem Taschentuch von den Schuhen zu wischen, schlüpfte mühsam in sie hinein.

Irgendwo deutete Gaston auf den Moosboden: »Passen Sie auf!« Da lag niedergetretener Stacheldraht. »Die Drahtschere brauche ich heute nicht«, sagte er erleichtert und nach ein paar vorsichtigen Schritten. »Wir sind drüben, auf Schweizer Gebiet.« Als sie Gebell von weitem hörten, befahl er Schmidt, keine Bewegung mehr zu machen. Das Gebell näherte und entfernte sich, die lähmende Angst, gefasst und geschlagen zu werden, nahm ab. Nach einigen Windungen in leicht abfallendem Buchenwald kamen sie zu einem Feldweg, und dort stand, wie vorgesehen, ein Auto, dieses Mal mit Schweizer Kennzeichen, das in den schwankenden Lichtkegel von Gastons Taschenlampe geriet. Der Mann, der gewartet hatte, zeigte sich freundlich. Schmidt gab Gaston die Geldscheine, die er vorher schon abgezählt hatte, der dankte, umarmte sogar flüchtig seinen Klienten, wünschte ihm alles Gute, tauchte dann zurück ins Dunkle.

»Ich bringe Sie zum Bahnhof«, sagte der Neue. »Haben Sie Schweizer Franken dabei?«

Schmidt schüttelte, benommen vor Erschöpfung, den Kopf.

»Wir werden wechseln«, sagte der Neue, der entschlossener wirkte als Gaston, aber weniger zugänglich.

Schmidt döste während der Holperfahrt, schlief zwischendurch richtig ein, schreckte bei heftigen Bewegungen hoch, wusste sekundenlang nicht, wo er war, wohin es gehen sollte, tastete nach der Herzgegend, wo es ihn stach wie immer wieder seit dem Beginn dieser Reise ins Ungewisse. Plötzlich glaubte er, dass Selma hinter ihm sitze und ihm warm in den Nacken hauche. Aber es war ein Irrtum.

Irgendwann hielten sie an. Sie seien am Ufer des Genfersees, sagte der Fahrer. Ein Schimmer von Helligkeit zeigte sich schon, man ahnte das Wasser als graudunkle Fläche. Der eine oder andere Lastwagen fuhr an ihnen vorbei, Kisten schlugen auf der Ladefläche aneinander. »Das sind Marktfahrer«, sagte der Neue. »Die achten nicht auf uns.«

Die Umgebung wurde städtischer. Gegen sieben Uhr gab es noch Sterne am Himmel, auch düstere Wolkenschleier. Sie warteten neben einem Bistro, das eben aufschloss. Der Neue – Schmidt hatte keinen Namen für ihn – holte für beide einen lauwarmen Kaffee in alten Tassen, Schmidt trank, war froh um den Geschmack und ein wenig Wärme im Magen. Wieder waren, wie in Annemasse, plötzlich viele Velofahrer unterwegs, vor allem stadtwärts, und wurden von Autos überholt.

Den *Jet d'eau* hatte Schmidt schon auf Bildern gesehen, nun fuhren sie an ihm vorbei. Das Rauschen, das durch den Fensterspalt drang, erinnerte ihn ein wenig an das anschwellende Stimmen der Orchesterinstrumente, bevor der Vorhang sich hebt. Er schlief wieder ein, erwachte vom eigenen Schnarchen.

Auf dem Vorplatz des Bahnhofs Cornavin ließ der Neue den Fahrgast aussteigen.

»Ich will nach Zürich«, sagte Schmidt, er dachte an Selma und an ihren Bruder, den Zigarrenfabrikanten, der für ihn bürgen würde. Er schätzte Selma, aber er liebte sie nicht und hatte doch Sehnsucht nach ihrer Nähe, ihrer Stimme, ihren kleinen Scherzen. Neben ihr einzuschlafen, war schön gewesen, aber die Erkältungssymptome, seine und ihre, hatte es nicht gemildert.

Der Neue erklärte ihm, wo im Bahnhof die Wechselstube war, wo er Fahrkarten bekommen würde. Ob Schmidt den Koffer wirklich mitschleppen wolle, er könne ihn per Bahnpost nach Zürich senden. Er, der Neue, tue das für ihn, sofern er ihm das Geld dafür gebe. Schmidt dankte, willigte aber nicht ein, sein Misstrauen war zu groß. Er ahnte, wie abgerissen er inzwischen wirkte, er musste sich wieder umziehen, am besten in der Bahnhoftoilette. Und so überquerte er mit dem Koffer den Vorplatz, versuchte, Dreckspuren von seiner Jacke zu entfernen. Für seine restlichen Francs bekam er tatsächlich von einem mürrischen Wechselhändler, der nicht einmal einen Ausweis sehen wollte, Schweizer Franken ausgehändigt, vermutlich mit einem viel zu großen Verlust. An einem Zeitungskiosk, mitten im morgendlichen Stimmengewirr, den Lautsprecherdurchsagen, dem Lärm ankommender und wegfahrender Züge, kaufte er Schokolade. Gegen ein Fünfzigrappenstück gewährte ihm die Toilettenfrau Einlass in den gekachelten Raum für Männer, wo es nach Putzmitteln roch. Es gab WC-Abteile und sogar eine Umkleidekabine. In der schloss er sich ein, samt dem Koffer, er sah mit Erleichterung das Waschbecken, den Hahn, Seife, ein frisches Handtuch. Er zog sich aus, nahm den Anzug aus dem Koffer. Im Spiegel schaute er sich an, magerer war er geworden, man konnte sogar die Rippen zählen. Er wusch sich, roch gleich besser, und das stimmte ihn ein wenig zuversichtlicher. Im Anzug, den er mit der flachen Hand zu glätten versuchte, stellte er, das sah man gleich, sogar mit den schmutzigen Schuhen jemanden dar, den Sänger Schmidt; er lächelte sich zu, kämmte sich mit den Fingern die nassen Haare. Ein Schönling war er nicht, aber ganz ansehnlich, und der Stimme wegen lange ein Frauenschwarm gewesen. Er dachte an die Karikatur im *Stürmer,* die ihm jemand gezeigt hatte: der Sänger Joseph Schmidt als hässlicher Ostjude mit Segelohren, viel zu langer Nase, struppigem Haar. Zorn stieg in ihm auf wie ein schriller Ton, der den Grundakkord der Angst, die zeitweise alles in ihm besetzte, zu übertönen vermochte. Das tat ihm gut. Aber als er den Koffer hochhob, kämpfte er wieder mit dem Gleichgewicht. Er zog ihn an der Schlaufe hinter sich her über den nassen Boden, niemand half ihm. Noch vor zwei Jahren waren ihm bei solchen Gelegenheiten vier und mehr Hände beigesprungen. Man musste kämpfen, das hatten Selma und Lotte ihm gesagt; der kleine Otto wusste es noch nicht, der kleine Jossele in ihm drin, im Sänger, dessen Ruhm verblasst war, wusste es auch nicht.

6

Man weiß in diesen Zeiten manchmal nicht mehr, wo einem der Kopf steht. Auch als Doktor der Jurisprudenz in der Eidgenössischen Polizeiabteilung droht man, was das Flüchtlingsproblem angeht, die Übersicht zu verlieren und Entscheidungen zu treffen, die sich im Nachhinein als falsch erweisen könnten. Dabei bemühen wir uns intensiv, das Wohl der Einzelnen, zunächst der Einheimischen, der hier Aufgewachsenen, im Auge zu behalten und ebenso das Gesamtwohl des Vaterlandes. Und dennoch dürfen wir gegenüber dem wachsenden Flüchtlingselend, das uns aus den Akten entgegenschreit, nicht unempfindlich werden. Je mehr bei uns über die – im Übrigen nicht immer belegbaren – Greueltaten in Konzentrationslagern bekannt wird, zu desto harscheren Reaktionen führen unsere Rückweisungen in einem Teil der Bevölkerung, zu immer deutlicheren Protesten in der linken Presse und bei den jüdischen Organisationen, während die andere Seite unsere Entschei-

dungen, die an die Gesetze und die Beschlüsse des Bundesrates gebunden sind, durchaus billigt. Der illegale Zustrom, nun auch vom besetzten Frankreich her, geht mittlerweile in die Tausende, er wird, das muss allen Klarsehenden einsichtig sein, inzwischen gewerbsmäßig gefördert durch Fluchthelfer, sogenannte Passeure, die miteinander vernetzt sind und von hohen Summen, die sie bekommen, erheblich profitieren. Gegenwärtig halten sich mindestens neuntausend Flüchtlinge in der Schweiz auf, und ihre Weiterreise in Länder des europäischen Kontinents oder nach Kanada ist, angesichts der Kriegslage und der fortdauernden deutschen Dominanz, nicht mehr möglich. Sie werden bei uns bleiben und die Bundeskasse mit Millionenkosten belasten, so lange, bis der Krieg irgendwann zu Ende ist. Siebzehn Millionen haben wir dafür seit Kriegsbeginn ausgegeben, und nach wie vor sind nur wenige Kantone bereit, sich spürbar daran zu beteiligen. Ja, oft ist es kaum zu ertragen, wie unsere Bemühungen auch von kirchlicher Seite als unmenschlich und unchristlich angeprangert werden. Dabei geht es uns darum, skrupulös abzuwägen zwischen den Erfordernissen des Landesschutzes und der Humanität; wir können und dürfen die schweizerische Bevölkerung, die ohnehin von Monat zu Monat den Gürtel enger schnallen muss, einer zunehmenden

Überfremdung durch Heerscharen hauptsächlich jüdischer Flüchtlinge nur mit gebührender Vorsicht aussetzen. Es gab letzte Woche die Sitzung mit dem Zentralkomitee des Schweizerischen Israelitischen Gemeindebundes. Wir wurden, zum Glück hinter verschlossenen Türen, mit Vorwürfen überhäuft. Eine unserer letzten Weisungen wurde am stärksten attackiert, dass nämlich jüdische Zivilisten, die nach schwarzem Grenzübertritt aufgegriffen werden, nicht mehr als asylwürdige Flüchtlinge gelten sollen. Ich sah meinen Chef, der sich als Unmensch abgestempelt fühlte, erbleichen, stumm ließen wir die neuesten Berichte aus den Lagern im Osten über uns ergehen. Einige der anwesenden Juden schienen über Kenntnisse aus erster Hand zu verfügen, der Begriff »Leichenberge«, der einige Male verwendet wurde, ließ uns schaudern. Dr. R. hatte uns kürzlich über seinen Besuch an der Grenze in Boncourt berichtet, da hatte er eine zu Fuß geflüchtete und eben von den Grenzorganen verhörte elfköpfige jüdische Familie angetroffen, vom Großvater bis zu den Enkelkindern, die als Fluchtgrund nur ihr Judentum anführen konnten. Allein der Anblick dieser Leute in Todesangst, sagte Dr. R., habe ihn stark mitgenommen, umso mehr, als dann der zuständige Grenzschutzkommandant die Rückweisung verfügt habe und er diesem mit sich kämpfenden

Mann nicht habe dreinreden wollen. Die halbe Nacht habe er, Dr. R., nach seiner Heimkehr nicht schlafen können. Unaufhörlich müssten wir uns in dieser Zeit fragen: Tun wir das Rechte? Und doch dürften wir das übergeordnete Landesinteresse keinesfalls aus den Augen verlieren. Immerhin bot das Zentralkomitee an, dem Bund weiterhin genügend Geldmittel für die Ernährung und Unterbringung jüdischer Flüchtlinge zu überweisen, und mein Vorgesetzter, der auf die Knappheit unserer Ressourcen hingewiesen hatte, dankte dafür, in der Hoffnung, dass sich dieser schreckliche Krieg, der nun ganz Europa verwüstet, nicht noch über Jahre in die Länge ziehen werde. Es gab kein Amen hinterher, aber es wäre am Platz gewesen.

7

Der Zug fuhr mit viertelstündiger Verspätung ab. Schmidt hatte gefürchtet, die Polizei werde die Abteile nach Flüchtlingen durchsuchen. Auch deshalb hatte er am Schalter eine Fahrkarte erster Klasse gekauft und dafür fast sein letztes Geld ausgegeben. Aber es hatte genützt, in seinem Abteil blieb er bis Lausanne allein, der Kondukteur hatte das Billett ohne Nachfrage geknipst. Ohnehin wäre er nicht zurückgeschickt worden, von Selma wusste er, dass jeder, der es weit genug ins Landesinnere geschafft hatte, ein Asylverfahren durchlief, aber während der Entscheidungsphase, die lange dauern konnte, interniert wurde. Er zählte nach, seine Barschaft war auf unter fünfzig Franken geschmolzen, es blieben ihm zudem seine Uhr, ein Siegelring und die paar gut verpackten Schallplatten in seinem Gepäck, die beweisen sollten, wer er war. Er hatte sich vorgestellt, dass die Erleichterung, in einem freien Land zu sein, überwältigend wäre, erlösend, aber bei jedem Halt, bei jedem Menschen, der am Abteil vorbeiging und flüchtig zu ihm hineinschaute, gewann gleich wieder die Angst die Oberhand, die ihn seit Monaten begleitete, dieses Gefühl des Erstickens, dem er bloß ein bewusstes tiefes Atmen entgegensetzen konnte, so wie er es in den ersten Gesangstunden, als ihm seine Stimme regelmäßig versagte, gelernt hatte. »Sei ruhig, mein Junge«, hatte die Lehrerin ihm zugeredet. »Stell dir vor, du ziehst einen goldenen Faden aus dir heraus, durchschneide ihn auch nicht, wenn du atmest.« Damit hatte sie die kaum wahrnehmbare Heiserkeit, die seiner Stimme anhaftete, in die Tiefe verbannt, die Höhe klang makellos. Doch nicht er, sondern was nun in der Welt geschah, hatte den goldenen Faden durchtrennt; er zweifelte, ob es je wieder möglich sein würde, ihn zusammenzuknüpfen. Die lähmende Angst vor Schmerzen, vor Verlust und Tod, das Wissen um die Lager im Osten: Das kam nun alles zusammen. Er wusste auch, dass die Sowjets, zusammen mit den Rumänen, die Bukowina inzwischen von den Deutschen unter großen Verlusten zurückerobert hatten. Dem Schrecken hatte er sich lange verschließen wollen, nun ging es nicht mehr. Und seine Mutter irgendwo mittendrin, noch nicht wirklich alt, aber hilflos. Ihre Brillengläser seien zerschlagen worden, warum, von wem, hatte sie nicht geschrieben, es war der letzte Brief von ihr gewesen, der ihn erreicht hatte. Das Geld, sich neue Gläser zu kaufen, habe sie nicht, sie müsse die gesprungenen notdürftig zusammenkleben. Er hatte Geld geschickt, es war in den Kriegswirren wohl nie angekommen.

Ein Klopfen schreckte ihn auf, jemand schaute durch die verglaste Abteiltür zu ihm hinein, er blinzelte, glaubte, das Gesicht zu kennen. Die Tür wurde zurückgeschoben, der Mann, im Mantel und mit Hut, trat stark hinkend zu ihm ins Abteil: »Du lieber Himmel, das bist du, Jossele, ausgerechnet du! Wer hätte das geglaubt!«

»Ernst? Tatsächlich?« Auch Schmidt hatte nun den Mann mit den Flatterohren, der langen Nase erkannt, es war Ernst Neubach, der Drehbuchautor aus Wien, mit dem er bei Filmaufnahmen monatelang eng zusammengearbeitet hatte. Freunde waren sie nicht geworden, befreundet war Schmidt ohnehin eher mit Frauen, aber sie hatten sich gut leiden mögen, ihren gelegentlichen Zwist mit dem einen oder andern Glas Heurigen heruntergespült.

Schmidt stand auf, sie umarmten sich flüchtig, auch Neubachs Kleider rochen schlecht, nach Nächten in feuchten Räumen, nach Latrine, nach Küchenabfällen. Dabei hatte Neubach damals sehr auf seine Reinlichkeit geachtet.

»Bist du auch …?«, fragte Schmidt und ließ die Frage in der Schwebe.

Neuhaus schlug ihm auf die Schulter. »Mein Gott, du bist ja richtig heiser.« Er stockte, nickte dann. »Abgehauen aus dem Reich, jawohl. Und ich will in der Schweiz bleiben. Was du offenkundig auch im Sinn hast.«

Schmidt nickte, setzte sich wieder, fiel vor Erschöpfung beinahe in den Sitz hinein. »Ich will nach Zürich.« Er entschloss sich zu einer halben Lüge. »Dort habe ich eine Adresse, jemand wird mir beistehen.«

Neubach hielt sich an der Abteiltür fest, er redete langsam, seltsam verschwommen. »Ich bin schon 38 nach Frankreich gegangen. Als die Deutschen kamen, war mein Ausweg die Fremdenlegion, sonst hätten sie mich zurückgeschoben. Nordafrika, die reinste Hölle. Das hättest du nie gedacht von mir, ja? Ich war doch ein erklärter Pazifist. Aber der Ernst hat getötet, der Ernst wurde verwundet.« Er griff sich an die Hüfte. »Ein Steckschuss. Müsste operiert werden. Schmerzt je nach Witterung, macht mich zum Hinkebein.« Er versuchte ein Lachen, das kläglich misslang und in einem Husten endete. Es war wie ein Echo auf Schmidts eigenes Husten, das auch er nicht mehr zurückhalten konnte.

»Fährst du erste Klasse?«, fragte er und streckte die Beine aus, wie um zu verhindern, dass Neubach sich neben ihn setzte.

»Nein, ich habe mich bloß ein wenig bewegt und gehofft, den einen oder anderen Bekannten zu finden. Und siehe da.« Neubach zwinkerte heftig, rieb sich das eine Auge, stützte sich erneut mit beiden Händen ab.

Von Satz zu Satz fiel Schmidt das Sprechen schwerer. »Man sollte uns hier nicht zu zweit finden, das macht uns verdächtig.«

»Ach so, der kleine Mann will mich loswerden?« Neubach stutzte, seufzte. »Das hätte ich nicht von dir gedacht. Dann also servus.« Er drehte sich um, hinkte von der Tür weg, schloss sie hinter sich, er verschwand, ohne Abschiedsgeste, ohne zurückzublicken.

Sogleich bereute Schmidt seine Worte. Wie viel sagt man doch aus der Angst, verhaftet, den Deutschen ausgeliefert zu werden. Aber er konnte Neubach nicht zurückrufen. Und er fürchtete, aus Schwäche zu straucheln, wenn er aufstehen und versuchen würde, ihm nachzulaufen.

Er sank zurück ins Polster, wäre am liebsten weggedämmert, ohne von den Gespenstern der Vergangenheit verfolgt zu werden. Ja, ein Dämmerschlaf wie so oft in den letzten Monaten, aber ein Schlafmittel hatte er nicht in seinem armseligen Gepäck, auch keine Hustenpastillen mehr, die ihm Selma noch zugesteckt hatte. Wo sie jetzt wohl war? Hatte sie die Grenze ebenfalls überquert? Das fragte er sich immer wieder. Und doch hielt sich Neubachs Bild hartnäckig im Vordergrund. Obwohl Schmidt ihn weggeschickt hatte, stand er vor ihm, nicht mehr so ausgemergelt und abgekämpft wie vorher, sondern straff und energisch, in eleganter Kleidung, mit der Zigarette im Mundwinkel, es war der Neubach der frühen dreißiger Jahre, die unendlich weit weg schienen und doch plötzlich greifbar nahekamen. Bei den Dreharbeiten zu Schmidts erstem großen Spielfilm war er dabei gewesen, er hatte am Drehbuch mitgearbeitet, die Liedtexte geschrieben. Er war es gewesen, der Schmidts kleine Statur zu einem Hauptmotiv der Handlung gemacht hatte. Schmidt hatte sich erst dagegen gewehrt und dann nachgegeben, er spielte den kleingewachsenen Tenor in Venedig, der mit einem Musikclown zusammenhaust, beide verlieben sich in eine Schallplattenverkäuferin, und die verliebt sich in Schmidts Stimme, die sie für die seines Freundes hält. Dann wird er, der kleine Rigo, durch seine Auftritte im Rundfunk berühmt, Nina entdeckt, wer er ist, liebt aber doch den weit attraktiveren Ricardo, dessen Stimme allerdings für einen Operntenor zu wenig Stärke und Ausdruck hat. Der Film endet so, wie Neubach es wollte: Rigo verzichtet auf die Liebe und widmet sich ganz der Musik. Für Schmidt schrieb er die

Lieder, die das Publikum rührten, das berühmteste, das dem Film den Titel gab, ist nun, neun Jahre später, wieder da, Wort für Wort: *Ein Lied geht um die Welt / Ein Lied, das euch gefällt / Die Melodie erreicht die Sterne / Jeder von uns hört sie so gerne.* Neubach hatte ihn überzeugt, den kitschigen Text mit Inbrunst und größter Überzeugung zu singen, es war ja eigentlich seine Geschichte, die der Film erzählte, den Aufstieg des kleinen Juden aus Czernowitz zum Star. Gerade dieser Film, gedreht in teuren Venedig-Kulissen, hatte die kleinen Leute erreicht, jene, die sich eine Karte für die Oper nicht leisten konnten und Schlager und Chansons mehr liebten als die Arien von Verdi. Sie jubelten Rigo, dem Sänger, nun zu. War es denn falsch, sie mit seiner Stimme zu rühren, glücklich zu stimmen? Natürlich war es auch Onkel Leo gewesen, der Bruder der Mutter und sein Impresario, der ihn überredet hatte, die Chancen des Unterhaltungsgenres offensiv zu nutzen, so könne Joseph seine Honorare mindestens verdoppeln. Damit hatte er recht, auch mit seinem Kalkül, dass die prozentuale Beteiligung des Impresarios entsprechend anwachsen würde. Journalisten hatten dem Sänger den Abstieg in seichte Gewässer vorgeworfen. Und wenn schon! Es sang auch jetzt noch weiter in ihm, ganz von selbst, entgegen aller Düsternis: *Von Liebe singt das Lied / Von Treue singt das Lied / Und es wird nie verklingen / Man wird es ewig singen / Flieht auch die Zeit / Das Lied bleibt in Ewigkeit.* Alles war plötzlich wieder da, sogar das Datum der Premiere im übervollen Berliner UFA-Palast. Diese begeisterte Menschenmasse, über dreitausend seien es gewesen, frenetisch applaudierend, sie wollten Schmidt sehen. Man hatte ihm gesagt, der Reichspropagandaminister, der ihn, den Juden, angeblich verehre, sitze als Zuschauer in einer Loge. Schmidt blieb deshalb der Premiere fern, aus trotzigem Widerwillen, er wollte nicht, dass sich seine Kunst mit Politik vermischte. Vielleicht war es auch ein wenig Feigheit, vielleicht wollte er der Begegnung mit Goebbels, der ihn bestimmt in die Loge gebeten hätte, ausweichen. Doch man holte ihn zu Hause ab, er trat, die Aufführung war gerade zu Ende, vors Publikum, wurde mit Ovationen überschüttet, er musste das Titellied mehrere Male als Zugabe singen, da war Goebbels zum Glück schon verschwunden. Es war der 9. Mai 1933, seit Ende Januar war Hitler Reichskanzler. Wie sollte sich ihm dieses Datum nicht eingebrannt haben? Am folgenden Tag wurden missliebige Bücher von SA-Helfern, von Mitläufern und Studenten beschlagnahmt und öffentlich verbrannt. Schmidt hatte sich unmittelbar nach diesem Auftritt entschieden,

Deutschland zu verlassen; er war, auch unter dem starken Druck von Onkel Leo, auf dem Weg nach Wien, wo er bleiben wollte, vorläufig zumindest. Aber wie lange wohl? Viele seiner Freunde hatten sich nach Hitlers Machtübernahme eingeredet, der Spuk werde in kurzer Zeit vorbei sein. Doch schon jetzt, im Mai, hatte sich gezeigt, dass die Nazis weit skrupelloser und geschickter waren, als ihre Gegner gemeint hatten. Goebbels, hieß es, habe Schmidt, wie andere beliebte Juden im Reich, zum Ehren-Arier ernennen wollen und diese Idee dann doch wieder fallenlassen. Als Schmidt später davon erfuhr, wusste er nicht, ob er diese zweifelhafte Ehre, wäre sie konkret geworden, angenommen hätte. Wohl nicht, redete er sich ein, schwierigen Entscheidungen war er wiederholt aus dem Weg gegangen, indem er sie aufschob. Das Wiener Exil hatte er noch gerade rechtzeitig erreicht. Dass die Flucht – denn es war eine – weitergehen würde nach Belgien, nach Holland, nach Frankreich, immer die deutsche Wehrmacht im Nacken, das hatte er nicht geahnt. Und nun blieb ihm als sicherer Hafen bloß noch die Schweiz.

Der Genfersee, der grau gewesen war unter grauem Himmel, und die Stadt Lausanne lagen hinter ihm. Wie wenig er von diesem Land kannte. Der Zug fuhr durch Rebberge, die das Grau mit verfärbtem Laub auflichteten, sogar die Sonne brach für kurze Zeit durchs Gewölk. Der Konduktuer, ein neuer, betrat das Abteil, ein junger Mann mit der hohen Schirmmütze, auf der rund eingefasst das Schweizer Kreuz unter einem Doppelflügel den Eindruck von Solidität erweckte. Er musterte den Passagier aufmerksam, aber nicht unfreundlich, und Schmidt hatte den Reflex, sich zu ducken und den Blick zu senken, wie er es schon als Kind gelernt hatte, wenn irgendwo Soldaten in der österreichisch-ungarischen Uniform aufgetaucht waren; auf Juden, besonders auf solche mit langen Bärten, prügelten sie gerne grundlos ein. Ja, zu seiner Geschichte gehörte es, dass man Uniformen, wo auch immer, zu fürchten hatte. Er sprach sich Mut zu und wies dem Mann, ein wenig schwerer atmend, sein Billett vor, das ebenfalls solide war, auf Halbkarton gedruckt, *Genf / Genève – Zürich* stand darauf, darüber eine eingestanzte Nummer, so klein, dachte Schmidt, und doch die Eintrittskarte für Schutz und Sicherheit. Der Uniformierte knipste ein zweites Loch hinein. Er zögerte einen Moment, sagte dann: »Falls Sie bei uns um Asyl ersuchen wollen, müssen Sie sich in Zürich bei den Behörden melden.«

Schmidt nickte, beinahe wie ein übereifriger Schüler: »Das weiß ich.« Man sieht mir den Flüchtling also an, dachte er und nickte nochmals.

»Und wenn es eine Polizeikontrolle gibt, müssen Sie sich ausweisen«, fügte der Kondukteur an. »Ich hoffe, Sie haben einen Pass.«

Schmidt nickte, als sei er zu keiner anderen Reaktion fähig. »Gewiss.« Er sah, dass seine Hand, in der er das Billett hielt, zu zittern begann.

Der Kondukteur, der wohl auch dies bemerkte, verabschiedete sich, nicht unfreundlich, wandte sich aber noch einmal um. »In der ersten Klasse wird nur oberflächlich kontrolliert. Vielleicht beruhigt Sie das.«

Sein beflissenes Nicken konnte sich Schmidt nicht abgewöhnen, obwohl der Kondukteur es gar nicht mehr sehen konnte. Freundlich sein zu allen, das hatte ihm die Mutter Sara beigebracht. Sich nicht gegen das Unvermeidliche auflehnen. So vieles hatte er von ihr übernommen, um sie nicht zu enttäuschen; seine Wutanfälle hatte er hinuntergeschluckt und später in Töne verwandelt. An die Arie des Vasco da Gama in Meyerbeers *L'Africaine* erinnerte er sich, in Konzerten hatte er sie gesungen, wie stets bejubelt vom Publikum. Als der Großinquisitor ihm kein neues Schiff überlassen will, gerät der Entdecker Vasco derart in Zorn, dass er die ganze Versammlung im Sitzungssaal des Hohen Rates stimmkräftig beschimpft und deswegen gefangen gesetzt wird. Danach hatte er, als Gegensatz, das sehnsüchtige *Pays merveilleux, ô paradis* gesungen, die Frauen zu Tränen gerührt und damit einen weiteren Applaussturm entfesselt. Freundlich musste er nun auch zu den Schweizern auf ihrer Friedensinsel sein, damit man ihn, den Sänger, aufnahm und gut behandelte.

Er schlief ein, schreckte auf, er war froh, dass niemand ihn behelligte. In Bern musste er umsteigen, er hatte Mühe, mit dem Koffer übers Trittbrett auf den Perron zu gelangen, noch schwerer fiel es ihm, sich zu orientieren. »Nach Zürich?«, fragte er. »À Zurich?« Ein paar Reisende halfen ihm, dem schwankenden kleinen Mann mit dem schief aufgesetzten Hut, über Treppen und durch Gänge den wartenden Zug zu erreichen. Der Lärm dröhnte in seinen Ohren. Er hoffte, doch noch einmal Neubach zu sehen, sich bei ihm für seine Unhöflichkeit zu entschuldigen, aber vielleicht war er schon vorher oder weiter hinten ausgestiegen. Ein aufdringlicher Gepäckträger nahm ihm den Koffer ab, ging Schmidt voran zum Zug, zur ersten Klasse, wie Schmidt mehrmals sagte. Er wollte Geld, Schmidt gab ihm, ohne hinzuschauen, einen Schein, den er aus der Brusttasche zog, jetzt hatte er fast nichts mehr. Die Honorare für die letzten Konzerte, die er noch gegeben hatte, waren auf die Konten von Onkel Leo überwiesen worden. Solange der ihm ein Drittel ausbezahlt hatte, oft in bar, waren dem Neffen Verträge nicht wichtig gewesen, er hatte, meist ohne nachzulesen, die Papiere unterzeichnet, die der Onkel ihm vorlegte. Nun war Leo in seinem Brüsseler Versteck und verwendete wohl das Geld, das Schmidt gehörte, für sich. Wenig war ihm geblieben, viel zu wenig, einiges, was er selbst bei deutschen Banken angelegt hatte, war ohnehin konfisziert worden. Selmas vermögender Bruder Julius Orlow jedoch würde ihm helfen, sie hatte es ihm versichert. Selma schien ja zum Bruder immer noch ein enges Verhältnis zu haben.

»Die Butter aufs Brot«, hatte Selma mit halbem Lachen gescherzt, »wirst du auf jeden Fall bekommen.« Ihre Scherze waren immer erzwungener geworden, er hatte getan, als merke er es nicht, und er hatte sich seiner Mittellosigkeit wegen vor ihr zeitweise geschämt. Nach ihrer zupackenden Art sehnte er sich mehr, als er gedacht hatte. Nur einen Menschen in der Nähe haben, der einem gut zuspricht, nur einen.

In Zürich kam er gegen Abend an, er fühlte sich fremd und elend wie in allen Bahnhöfen auf der Flucht. Niemand wartete auf ihn, niemand holte ihn ab. Wie auch?, sagte er sich. Wer hätte denn wissen können, wann er ankam? Welche hübsche

Dame hätte ihm, wie vor zwei Jahren, als er hier sein letztes Konzert gab, zur Begrüßung einen Blumenstrauß überreichen und ihn, sich niederbeugend, auf die Wangen küssen sollen? In das Hotel Schweizerhof hatte ihn sein Konzertagent, Kantorowicz, damals mit betonter Feierlichkeit geführt, eines der ersten und teuersten Häuser am Platz, aber dieses Mal hatte er bloß einen kleinen, mehrfach gefalteten Zettel bei sich, mit der Adresse der Pension, an die Schmidt sich wenden solle. Selmas Bruder hatte dazu geraten; in einer vornehmeren Lokalität abzusteigen, mache den Sänger mit seinem ungültigen rumänischen Pass verdächtig. Er solle bescheiden wirken, sich für jegliche Hilfe dankbar zeigen, dies werde von ihm mit Bestimmtheit erwartet, nicht bloß von den Behörden.

Er kämpfte sich durch das Gewühl in der Bahnhofhalle, an Militäruniformen vorbei, überwand einen Schwächeanfall, hielt sich weiter aufrecht. Ein wenig Schweizer Kleingeld hatte er in der Hosentasche, er bat – hier sprach man ja überall Deutsch – einen der herumstehenden Jugendlichen in Knickerbockers, ihm den Koffer zu tragen, drückte ihm eine Münze in die Hand; überraschend willig ließ sich der Angesprochene darauf ein. Schmidt fragte sich zur Pension Karmel durch, sie lag nahe beim Bahnhof, in der Löwenstraße, nicht weit weg vom

Schweizerhof. Er geriet rasch außer Atem, musste alle paar Schritte verschnaufen, den Husten abklingen lassen. Der Träger folgte ihm, half sogar dabei, das Gebäude zu finden, und trug den Koffer hinein zum Empfangspult der Pension, und dann gab er Schmidt, zu dessen Erstaunen, die Münze zurück.

»Ich habe zwar keine geregelte Arbeit«, sagte er in seinem rauhen Deutsch, das wie Dialekt klang, »aber Ihnen wollte ich jetzt einfach helfen.« Er klingelte mit der Glocke auf dem Pult, um jemanden herbeizurufen, ging dann mit einem kurzen Gruß hinaus; Schmidt wollte ihm einen Dank nachrufen, aber die Stimme versagte ihm, und er musste sich am Pult festhalten. Es roch nach Kohl, ein Geruch, den er auch zu Hause nie gemocht hatte. Die Inhaberin war eine bäurisch wirkende Frau in gestreifter Schürze mit einem grauweißmelierten Haarknoten, sie machte einen strengen Eindruck, ihre Züge weichten sich aber sogleich auf, als sie Schmidts Zustand wahrnahm. Ja, sie habe noch freie Zimmer. Sie verzichte bei seinem Zustand auf die Anmeldeformalitäten, sagte sie und führte den Gast hinauf in den ersten Stock. Das Zimmer war klein, bescheiden eingerichtet, immerhin gab es eine Deckenlampe und einen Schrank.

»Ich bin müde«, murmelte Schmidt, »ich brauche Ruhe, Schlaf, verzeihen Sie. Mein Koffer, bitte …«

Er legte sich in den Schuhen aufs Bett, schloss die Augen, merkte kaum, dass ein Gehilfe den Koffer ins Zimmer stellte, sich dann zu ihm bückte, ihm die Schuhe auszog und gleich hinausging. Es war Nacht geworden. Schmidt hatte weder Hunger noch Durst; wenn er entschlossen genug gewesen wäre, das Licht zu löschen, hätte er's getan, aber auch so schlief er im matten Lichtkegel von oben ein, denn die Matratze war weich, und deutsche Uniformen gab es keine in der Nähe, er hatte nur schweizerische gesehen und durfte sich in Sicherheit glauben.

8

Als er erwachte, wusste er erst nicht, wo er war. Mühsam drang die Realität durch Traumfragmente zu ihm. War er nicht auf einer Bühne gestanden? Ja, er hatte in einem leeren Theater gesungen, doch ganz vorne waren zwei gesessen, die er kannte: Lotte mit Otto auf den Knien. Und das Kind, sehr klein noch, hatte plötzlich mitgesungen, eine seltsame Melodie, lauter als er, der Sänger. Er rieb sich die trockenen Augen. Keine Träne für den Sohn, ein seltsames Licht im Zimmer. Die Lampe brannte immer noch, aber draußen, hinter den schmutzigen Vorhängen, war es hell, Stadtgeräusche, missmutige Stimmen von irgendwo. Ein wenig hatte er sich doch erholt. Er setzte sich auf, ohne gleich zurückzusinken, ging barfuß, in Unterhosen und Hemd, auf dem Bretterboden hinaus in den Gang, fand ohne Hilfe die Etagentoilette, benutzte die Handtücher über einem verkalkten Lavabo. Notdürftig wusch er sich das Gesicht, den Oberkörper, benutzte die Toilette. Kein Mensch außer ihm schien hier zu logieren. Er zog sich in seinem Zimmer an, das bei Tageslicht noch schäbiger wirkte als in der Nacht. Es waren die gleichen Kleider wie gestern, was blieb ihm anderes übrig? Er hielt sich am Treppengeländer fest, als er unsicher zur Réception hinuntertappte. Aber die Inhaberin stand dort, lächelte ihm zu.

»Halb neun, Herr Schmidt«, sagte sie. »Haben Sie gut geschlafen?«

Er nickte, sein Lächeln misslang, sie wies auf den Tisch in der kleinen Halle, um den mehrere Stühle standen, sie brachte ihm warme Milch, ein Stück Brot mit wenig Butter und Konfitüre. Deren Geschmack erkannte er sogleich, er brachte Bilder vom Beerensammeln an Waldrändern zurück, Erinnerungen an zerstochene Finger und Hände, an die verschmierten Lippen der Schwestern, ihr gemeinsames Lachen und die Süßigkeit im Mund. »Brombeeren«, sagte er und schloss kauend die Augen. Er trank, gierig beinahe, obwohl die Milch einen ungewohnten Geschmack hatte. Es war ja auch lange her, dass er frische Milch gekostet hatte; wie gerne war er übers Fell der Kühe, die der Vater molk, mit der Hand gestrichen. »Ich gehe zur Polizei«, sagte er, »zur Anmeldung, ich will hier alles richtig machen.«

»Sie sind krank, Herr Schmidt«, sagte die Wirtin. »Sie sollten sich mindestens zwei Tage schonen.«

Er schüttelte den Kopf. »Ich ersuche um Asyl, ich habe gehört, dass man sich unverzüglich anmelden muss. Ich bin Gast hier und will die hiesigen Vorschriften befolgen. Verstehen Sie das nicht?«

Die Wirtin wiegte zweifelnd den Kopf. »Eigentlich schon. Aber die Polizei ist strenger geworden, der Andrang ist zu groß, viele tauchen unter bei Bekannten oder gutwilligen Helfern.«

»Nein. Ich lehne es ab, mich zu verstecken.« Und beinahe hätte er hinzugefügt, er sei doch hier bei vielen immer noch ein bekannter Mann.

»Dann trinken Sie wenigstens mehr von der Milch, Sie sind schwach, Sie müssen sich stärken.«

Sie goss ihm aus dem Krug nach, er dankte, trank gehorsam in kleinen Schlucken.

»Und Ihr Husten«, sagte die Wirtin. »Ich habe Sie in der Nacht gehört, Sie müssen zu einem Arzt.«

»Eins nach dem anderen«, sagte Schmidt. »Man wird mich erkennen, man wird mir helfen.«

Zwei andere Gäste waren mittlerweile aus ihren Zimmern gekommen, Mann und Frau, etwas jünger als er, sie grüßten ihn scheu, redeten beinahe flüsternd miteinander in einer Sprache, die Schmidt als Polnisch erkannte; aus Polen, wo sie verheiratet gewesen war, kam ja auch Selma, verheiratete Wolkenheim, geborene Orlow. Aber Polen war das erste Angriffsziel der Deutschen vor drei Jahren gewesen, das Land gehörte nun zum Dritten Reich, es lag am Boden, wie alle wussten, die es wissen wollten. Die Hetzjagd auf die Juden nahm kein Ende, von einem abgesperrten Ghetto in Warschau war die Rede, das unter scharfer Bewachung stand, von Massentötungen. Genaues wusste man trotzdem nie.

Die beiden Gäste am Frühstückstisch sahen abgerissen aus, beinahe zerlumpt. Schmidt erschrak. Wirkte er auch so? Im Spiegel hatte er sich nur flüchtig angeschaut. Immerhin trug er ja seinen Anzug, graublau, feines Grätenmuster, und doch, kaum zu übersehen, schmuddelig genug, um vermuten zu lassen, dass er ein Flüchtling sei.

Schmidt fragte sie nach ihrer Herkunft. In gebrochenem Deutsch antwortete der Mann, sie kämen aus Krakau, dort gebe es laufend Erschießungen, sie hätten Glück gehabt, bis hierher zu gelangen.

»Juden also?«, fragte Schmidt.

Der Mann verneinte, sie seien katholisch, aber auch Katholiken, die man als Widerstandskämpfer verdächtige, würden verfolgt. Er sei an einem Theater beschäftigt gewesen, als Bühnenbildner.

»Und ich war Sänger«, sagte Schmidt.

Das Gesicht des Mannes hellte sich auf. »Natürlich, Sie sind Joseph Schmidt, nicht wahr? Ich kenne Sie aus Illustrierten.«

Auch die Frau lächelte; ihr Deutsch war besser

als das des Mannes. »Ich habe vor dem Krieg immer gehofft, Sie würden einmal in Krakau singen. Es ist eine Schande, dass man einen Künstler wie Sie verjagt hat.«

Die beiden aßen wenig, sie hatten sich auf ihrem verschlungenen Fluchtweg wohl daran gewöhnt, mit fast nichts auszukommen.

Vor dem Gang zur Polizeikaserne wollte Schmidt die Synagoge besuchen, die, wie ihm die Wirtin erklärt hatte, am Weg lag. Seinem Kinderglauben war er entfremdet, von der Einhaltung der strengen Vorschriften, die der Vater den Kindern vorlebte, hatte er sich von Jahr zu Jahr deutlicher abgewendet. Und doch war eine Art Glaubenssubstanz in ihm lebendig geblieben, er spürte plötzlich, dass er in einem Gebet aus Kindertagen ein wenig Ruhe und Zuversicht finden wollte. Die Schwäche holte ihn alle paar Schritte ein, er sammelte seine Kräfte, zwang sich zum Weitergehen, stand dann vor dem Gebäude mit den zwei Türmen, den Säulen im gedeckten Eingangsbereich, den zweifarbigen orientalisch wirkenden Sandsteinmauern. Er wollte hinein, aber die Portale waren abgeschlossen, und draußen stumm zu beten, ging nicht. Er klopfte mit dem Knöchel ans Portal: »Jemand da?« Schon wieder brach seine Stimme. Ein gutgekleideter Passant, der ihn beobachtet hatte, redete ihn an: »Wissen Sie, die Gemeinde hat Angst vor antisemitischen Übergriffen.« Abschätzend musterte er Schmidt. »Die Stimmung gegen die Juden hat sich auch bei uns verstärkt. Das war noch anders vor dem Krieg. Nun ducken sich ja alle vor einem möglichen Überraschungsangriff der Wehrmacht.«

»Ich weiß«, murmelte Schmidt und ging weiter, wobei der Passant sich eine Weile neben ihm hielt und kaum noch etwas sagte. Immerhin zeigte er ihm den Weg zur Polizeikaserne, der zum Glück nicht weit war. Er fragte sich zum Warteraum für Asylsuchende durch, er wurde, nachdem er in einer Reihe von Bittstellern eine Stunde oder länger gewartet hatte, von einem schlecht gelaunten Uniformierten in ein Büro mit verstaubtem Mobiliar geführt. Sogleich fühlte er sich beengt; in diesem Raum gab es ein einziges kleines Fenster, die Luft war stickig. Der Diensttuende, ebenfalls in Uniform, aber mit den Abzeichen eines höheren Grades, musterte ihn hinter seinem von verschiedenfarbigen Formularen bedeckten Schreibtisch.

»Darf ich mich setzen?«, fragte Schmidt mit einer Untertänigkeit, die ihn beschämte. »Mir ist nicht gut.«

Er hielt sich am Schreibtischrand fest. Der Beamte wies auf einen Stuhl, Schmidt war erleichtert über die Erlaubnis. Sein Husten suchte ihn in unerwarteten Momenten heim wie ein böser Geist. Stirnrunzelnd durchblätterte der Beamte den rumänischen Pass, den Schmidt ihm übergab. Sein Gesicht verriet keine Regung.

»Der ist ungültig geworden«, sagte er, »der nützt Ihnen nichts. Folglich unerlaubter Grenzübertritt. Das müssen wir registrieren.« Er hielt mit ermüdend langsamem Schreibmaschinengeklapper Schmidts Personalien fest, Herkunft, Beruf, Konfession, die Namen der Eltern, letzter Aufenthaltsort, es nahm kein Ende. Schmidt gab Auskunft, auch über seine letzten Konzerte, ihm war sogar im Sitzen schwindlig, er fürchtete, vom Stuhl zu rutschen.

»Also Jude«, sagte der Befrager und wiederholte, beinahe mit Genugtuung: »Ein jüdischer Sänger, offenbar bekannt.«

Das schrieb er auf, nun etwas fingerfertiger. Dann musste Schmidt berichten, auf welchem Weg er in die Schweiz gekommen war. Ab und zu sah der Befrager vom eingespannten Blatt auf und nickte bestätigend, als habe er dies alles ohnehin schon gewusst. Er würde hier gerne Konzerte geben, sagte Schmidt, ohne Honorar, aus Dankbarkeit für sein Gastland. Und Herr Orlow, fuhr er fort, der Bruder seiner Freundin Selma Wolkenheim-Orlow, wolle für die Kosten, die er als Flüchtling verursache, aufkommen.

»Immerhin dies«, sagte der Befrager. »Sie wissen ja, dass unser kleines Land nicht unbegrenzt Flüchtlinge aufnehmen kann, auch nicht vorübergehend. Sie werden sehr schnell zur Last, auch volkswirtschaftlich gesehen.«

Er tippte weiter, fasste Schmidt erneut scharf ins Auge, auf seiner Stirn bildete sich eine tiefe Doppelfalte. »Um aufzutreten, brauchen Sie eine amtliche Bewilligung. Und in Ihrem Fall scheint mir das unmöglich zu sein.« Er nahm das Blatt aus der Schreibmaschine, er las vor, was er geschrieben hatte, forderte Schmidt auf zu unterschreiben. Der tat es, setzte mehrmals die Feder an, er kannte seine Schrift kaum wieder und hatte plötzlich das Bedürfnis, das Fenster mit den trüben Scheiben aufzureißen, sich weit hinauszulehnen, frische Luft einzuatmen und dann ein paar Töne zu singen, nein, den Anfang einer Arie, *O wär doch vorbei die finstere Nacht*, so dass die Passanten stehen bleiben und zu ihm hinaufsehen würden, und einer würde rufen: »Das ist doch der Schmidt, der Joseph Schmidt!«, und man würde ihm applaudieren, ihm, dem unerwünschten Flüchtling. Aber die Stimme hatte er schon halb verloren, er blieb zusammengesunken sitzen, erhob sich wie ein alter Mann, als der Befrager ihm erstaunlicherweise die Hand reichte. Das Protokoll, sagte er, gehe nun ans Territorialkommando, das werde über seine Aufenthaltsberechtigung entscheiden. Er, Schmidt, solle sich in seiner provisorischen Unterkunft, der Pension Karmel, zur Verfügung halten, einen anderen Aufenthaltsort innerhalb der Schweiz zu wählen, sei ihm untersagt. Erst nachdem er diese Formeln in raschem Tempo gesagt hatte, ließ er die Hand los, und Schmidt ging oder taumelte eher hinaus, fand dennoch den Ausgang. Er hätte die Tür aber nicht aufstoßen können, wenn es nicht der Türsteher für ihn getan hätte. Draußen wusste er nicht mehr, in welche Richtung er sich wenden sollte. Er ging ein paar Schritte, der Asphalt schien unter seinen Füßen nachzugeben, da waren Rinnen, Löcher, er atmete viel zu schnell, viel zu schwere Wolken hingen über ihm, es wurde dunkel, er glaubte, auf freiem Feld zu sein, nachts. Kniete er, sollte er beten zu Sternen und Mond, zu einem Gott, der ihm fern war? Und nun lag er da in Finsternis, in großer Schwäche, wo denn, Stimmen ringsum, er schlug die Augen auf, Leute beugten sich über ihn, redeten durcheinander.

»Er ist zusammengebrochen«, verstand er. »Man muss die Sanität herbeirufen.«

Jemand fragte, wohin er wolle.

»Pension Karmel«, murmelte er.

Man flößte ihm Wasser ein, schob einen zusammengerollten Mantel unter seinen Kopf. »Es ist nichts«, murmelte Schmidt. »Bloß eine Schwäche.« Er versuchte sich aufzurappeln, es ging nicht.

In einem Auto wurde er zur nächstgelegenen Arztpraxis gebracht. Ein streng blickender Arzt maß ihm den Puls, der schnell und unregelmäßig war. Er fand, die Symptome seien nicht besorgniserregend; der Mann, sagte er über Schmidts Kopf hinweg zu den beiden Sanitätern, die ihn hergebracht hatten, müsse gesünder essen, sich mehr bewegen, genug schlafen. Die Arztgehilfin gab ihm etwas Bitteres zu schlucken.

Bald war er wieder in der Pension Karmel, er wusste kaum, wie er dorthin gelangt war. Die Wirtin zeigte sich erschrocken, wies den Begleiter an, Herrn Schmidt zu helfen, sich in seinem Zimmer aufs Bett zu legen. Das alles bekam er nur verschwommen mit, er wollte dem Rat der Wirtin folgen, sich jetzt auszuruhen und nach all den Aufregungen möglichst lange zu schlafen.

Es war später Nachmittag, als er mit trockenem Mund erwachte. Er blinzelte, im Zimmer war es schon beinahe dämmrig, nur fragmentarisch erinnerte er sich an die Szene in der Polizeikaserne. Er musste nun warten, das hatte er behalten, und vielleicht schickte man ihn über die Grenze zurück nach Frankreich. Gleich krampfte sich sein Magen zusammen. Und alles nur, weil er Jude war und sich, auch in Zeiten der größten Erfolge, geweigert hatte zu konvertieren, obwohl ihm Onkel Leo, der Geschäfte wegen, dringend dazu geraten hatte. Eigentlich könnte er genauso gut Christ sein, hatte er sich oft genug gesagt, ein gläubiger Jude war er nicht, und doch widerstand ein Kern zuinnerst in ihm der Versuchung, sich ein einfacheres Leben zu erkaufen. Oder eher zu erheucheln? Das Judentum gehörte zu seiner Vergangenheit, zu dem Jungen mit den schmutzigen Füßen und der schönen Stimme, sie machte einen Teil seines Wesens aus, sie ließ ihn nicht los.

Er glaubte, von draußen Schritte zu hören, und suchte eine bequemere Lage auf dem Bett, er stellte fest, dass er angekleidet war und die Decke halb über sich gezogen hatte, und plötzlich merkte er, dass da jemand bei ihm auf dem Bettrand saß, eine Frau. Sie trug einen aufgeknöpften dünnen Mantel, sie schaute ihn an, die Locken fielen über ihre Ohren, es war Selma, und vor Freude erschrak er, richtete sich halb auf, sank wieder zurück.

»Grüß dich«, sagte sie in ihrer kurz angebundenen Art, »du bist krank, streng dich nicht zu sehr an.«

»Danke.« Seine Stimme war noch heiserer geworden. »Danke, dass du gekommen bist. Wie hast du mich denn gefunden?« Er konnte trotz des schlechten Lichts sehen, dass sie jetzt lächelte.

»Julius hat uns ja die Adresse der Pension genannt.« Nun lachte sie sogar leise und strich ihm flüchtig übers Haar. »Frau Fröhlich hat mir das Zimmer neben dir gegeben. Das ist doch gut, ja?«

»Du bist mir also schnell nachgereist. Dann geht es dir besser, nicht wahr?«

»Ja, ich habe mich aufgerafft, es musste sein.«

»Du bist stärker als ich, das ist mir klargeworden.« Es klang resigniert, bittend zugleich.

»Ach was«, entgegnete sie. »Unkraut vergeht nicht, so ist es doch.« Und wieder ihre warme Hand, dieses Mal auf seiner Wange. Wie gut tat es ihm.

»Hattest du keine Schwierigkeiten an der Grenze?«

Sie schüttelte den Kopf. »Ich hatte einen erfahrenen Begleiter. Aber du, du machst mir gar keinen guten Eindruck.«

»Ich bin einfach erschöpft.« Er schnüffelte und unterdrückte den Hustenreiz. »Wie soll ich sagen? Total entkräftet.«

»Hier sind wir erst mal in Sicherheit, oder nicht? Keine Deportation, kein Dahinserbeln im Ghetto, kein Geschrei von ss-Leuten. Und zu essen bekommen wir auch. Das ist doch prima.«

Er nickte. »Legst du dich eine Weile zu mir?«

Sie zögerte. »Wie meinst du das?«

»Einfach so. Ich möchte bloß merken, dass du wirklich da bist.«

»Das bin ich doch.«

»Ich glaube, dich nah zu haben gibt mir Kraft.« Er wich ihrem Blick aus, schaute zum Lampenschirm hoch, der nun wie ein sinnloser Fremdkörper, über den eben eine Fliege spazierte, an der Decke hing.

»Also gut. Aber nur kurz.« Sie zog die Schuhe aus, hängte den Mantel an den Türhaken, er rutschte zur Seite, und sie legte sich neben ihn, erst auf dem Rücken wie er, dann wandte sie sich ihm zu und er sich ihr, es wurde eine Umarmung daraus, für ihn war es ein Trost, die Wärme eines Frauenkörpers durch die Kleiderschichten zu ahnen, wie von ferne den schwer beschreibbaren Duft einzuatmen, der zu Selma gehörte.

»Wir stecken uns schon nicht an«, sagte sie, fast flüsternd. »Wir sind doch schon längst immun geworden gegen unsere Bazillen.«

»Das will ich hoffen«, flüsterte er zurück. »Du bist mein Wolkenheim«, hatte er manchmal, in der kurzen Zeit, als sie ein Liebespaar gewesen waren, mit ihr gescherzt und sich vorgestellt, in einer großen weißen Wolke zu hausen, ganz im Weichen. So fiel es ihm leicht, noch einmal einzuschlafen und auf der Wolke fortzusegeln; er stand aber nicht vor einem begeisterten Publikum wie in anderen

Träumen, sondern war wieder in Davideny, im Stall, dem heimlichen Zufluchtsort des Kindes, wo die Tiere leise Laute von sich gaben. Er ahmte sie nach, damals, es wurden kleine Lieder daraus, Muhlieder mit langgezogenen klagenden Tönen.

Es war schon dunkel, als Julius Orlow eintraf. Die Wirtin klopfte, meldete ihn an; Selma, die schon vorher aufgestanden war, holte ihn unten ab, Joseph, sagte sie, müsse sich von seiner Ohnmacht erholen, er bleibe am besten noch liegen. So trat Orlow, mit dem Hut in der Hand, ins enge Zimmer, gefolgt von Selma, die ihm den Stuhl hinschob. Er wollte aber stehen bleiben, so standen sie nebeneinander, Bruder und Schwester, vor dem Bett, von dem aus Schmidt, der inzwischen die Decke ganz über sich gezogen hatte, zu ihnen aufsah. Er und Orlow begrüßten sich, vermieden es aber, einander die Hand zu geben.

»Es ist schwierig mit den Behörden«, sagte Orlow. Er war elegant angezogen, hatte ein scharf geschnittenes Gesicht, das dem runden von Selma überhaupt nicht glich, und seine Stimme war markant, befehlsgewohnt. »Ich war in mehreren Büros, um für Sie zu bürgen. Man hat mich vom einen zum anderen geschickt. Sie sind prominent, Herr Schmidt, man ist sich offenbar nicht einig, wie man mit Ihnen verfahren soll. Möglichst kein Aufsehen erregen, keine unnötige Provokation der Nazis, das scheint die Devise zu sein.«

»Die Prominenz«, sagte der Sänger mit einem Anflug von Sarkasmus, »verfliegt rasch, wenn sie nicht mehr genehm ist.« Er redete halblaut hinter vorgehaltener Hand. »Und ich will gar keine Sonderbehandlung.«

Orlow erhob die Hände, ließ sie sinken. »Darauf läuft es wohl hinaus. Dieser Joseph Schmidt, hat mich ein Subalterner angebellt, werde behandelt wie jeder andere, der in der Schweiz Gastrecht beanspruche.«

»Hast du nicht insistiert?«, fragte Selma den Bruder mit scharfem Unterton.

»Ich habe«, sagte er, »mehrfach angeboten, deinen Schützling vorläufig bei mir unterzubringen, in meiner Privatwohnung. Bis zur genauen Abklärung der Fakten gehe das nicht, hat man mir versichert. Herr Schmidt muss in ein Auffanglager und auf die Entscheidung aus Bern warten. Das kann Wochen dauern.« Er knurrte leicht, fast wie ein gereizter Hund. »Für dich, kleine Schwester, gibt es keine solche Einschränkung. Du kannst bei mir bleiben, solange du als krank giltst. Rigorose Vorschriften sind das. Engherzige.«

Schmidt hatte nur halb zugehört, nur halb verstanden. »Ich gehe, wohin man mich schickt«, sagte er. »Das schulde ich meinem Gastland. Ich akzeptiere, dass ich gleich behandelt werde wie alle Übrigen, die hier um Asyl ersuchen.«

»Das ist ein dummer Ehrbegriff«, rügte ihn Selma. »Der sichert dir dein Überleben nicht. Und verschafft dir auch nicht die nötige medizinische Betreuung. Und krank bist du ohnehin. Das wird dir jeder seriöse Arzt attestieren.«

Schmidt machte sein eigensinniges Gesicht. »Ich halte daran fest.« Aber zugleich stiegen Tränen in ihm auf; er versuchte, sie zu unterdrücken, wischte sich mit dem Ärmel über die Augen, was Selma nicht entging. Sie hatte sich inzwischen gesetzt und streckte die Hand aus, um ihn zu berühren, zog sie aber unter den Blicken des Bruders wieder zurück.

»Ich wünsche Ihnen das Allerbeste«, sagte Orlow. »Ich setze mich nach Möglichkeit weiter für Sie ein.« Er gab Schmidt jetzt doch flüchtig die Hand, es waren aber bloß die Fingerspitzen, die er ihm überließ. An der Tür blieb er stehen. »Eine Zigarre wollen Sie vermutlich nicht, Herr Schmidt. Oder doch? Ich habe immer ein paar Muster bei mir.« Er griff in seine Manteltasche und offerierte ihm zwischen Daumen und Mittelfinger eine bauchige Zigarre mit roter, goldbedruckter Banderole. »Beste Provenienz.«

Es war eine irritierende Geste. Schmidt schüttelte den Kopf. »Jetzt zu rauchen wäre wohl nicht gerade klug.«

»Julius«, mahnte Selma. »Das ist ziemlich dumm.«

»Na gut.« Orlow ließ die Zigarre wieder verschwinden. »War ja so etwas wie ein Trostversuch.« Ohne ein weiteres Wort verließ er das Zimmer.

Selma blieb noch eine Viertelstunde, schweigsam, in sich versunken, dann ging sie auch. Und später, es war bereits Nacht, kam die Witwe Fröhlich und brachte ihm Hustentee, den er nicht mochte, aber trotzdem folgsam trank. Sie stand dabei und bestand darauf, dass er die Tasse ganz leerte, es sei Huflattichtee, sagte sie, lindernd, schleimlösend, Zytröseli heiße das im Dialekt. Ein schönes Wort, dachte Schmidt. Huflattich war auch am grasigen Ufer des Pruth gewachsen. Die Mutter – immer wieder sie – hatte die Namen vieler Feldblumen gekannt, aber er hatte sich, anders als die Schwestern, eher Tonarten und die Namen von Komponisten gemerkt. Dass er nicht größer als sie, die Mutter, geworden war, hatte ihr geschmeichelt; auch als er schon berühmt war, hatte sie ihn bisweilen »meyn kleyn zun« genannt. Und dieser Kosename hatte ihm heimlich gefallen, trotzdem war er ihr über den Mund gefahren und hatte ihr untersagt, ihn so zu nennen, vor allem, wenn andere Ohren mithörten. Aber sie hatte sich nicht daran gehalten und beteuert, der Kosename entschlüpfe ihr einfach, ob sie wolle oder nicht.

9

Ende Oktober fand die Unterredung mit dem Vorstand des Schweizerischen Vaterländischen Verbandes statt, bei der ich wieder am Tisch des Protokollanten saß. Die fünf Herren forderten von den Polizeibehörden und vom Grenzschutz ultimativ eine – allenfalls befristete – Schließung der Grenzen, da man eine Flüchtlingsschwemme zwingend verhindern müsse. Zudem müssten wir verlangen, dass alle illegal eingereisten Personen sich bei den Behörden meldeten, und androhen, dass diejenigen, die dies nicht getan hätten, unverzüglich ausgeschafft würden. Hier erhitzte sich einer unserer Mitarbeiter und fragte, ob denn der Vaterländische Verband im Ernst verlange, Leute an der Westgrenze in den Tod zu schicken (ins Gas, diesen Ausdruck, den man ebenfalls nicht vergessen kann, hatten die jüdischen Interpellanten verwendet). So sei das nicht gemeint, schwächten die Herren ihre Forderung ab, doch eigentlich meinten sie es genau so – zu diesem Schluss gelangten wir hinterher, bei der Auswertung des

Gesprächsverlaufs. Wir sollten auch, das war eine weitere Forderung, die Ankömmlinge obligatorisch in Lager schicken, wo sie, ohne Urlaubsgewährung, bis zur endgültigen Ausreise bleiben müssten. Abgesehen davon sollte in diesen Lagern ab sofort eine unbedingte Arbeitspflicht zugunsten der Landesversorgung gelten. Und die Wiederausreise, das wurde einige Male wiederholt, müsse mit allen Mitteln gefördert und gegegebenfalls erzwungen werden. Es nützte nichts, dass Dr. R. erklärte, wir sollten auch die menschliche Seite der Emigrantenfrage im Auge behalten. Der Wortführer des Vaterländischen Verbands, ebenfalls Doktor der Jurisprudenz, wie fast alle im Raum, postulierte in aller Schroffheit, diese menschliche Seite habe hier hinter dem höheren Landesinteresse zurückzutreten. Uns war klar, dass sich diese Haltung des Verbands vornehmlich gegen jüdische Internierte richtete.

Das Manifest, das der Verband kurz darauf veröffentlichte, enthielt diese Forderungen in verschärfter Form und führte zu einer Entgegnung des Schweizerischen Evangelischen Hilfswerks unter dem Titel »Judennot und Christenglauben«. Es war eine Stellungnahme gegen den Antisemitismus; das Schweizervolk wurde aufgerufen, sich der Fremdlinge zu erbarmen, die in seinem Hause Schutz suchten, und dafür auch finanzielle Opfer in Kauf zu nehmen. Die Bekennende Kirche in Deutschland forderte zudem, alte Leute und Kinder sollten nicht in Arbeitslager eingewiesen, sondern bei Familien untergebracht werden dürfen. Sonst – diesen Satz las Dr. R. an einer Kadersitzung vor – seien wir nicht mehr weit von den deutschen Konzentrationslagern entfernt, über die wir so viel Schreckliches wüssten, was sich von Woche zu Woche weiter erhärte. Aber, so fragte Dr. R. abschließend, sei nicht genau das unser Dilemma? Wie sollten wir bei unserer Aufnahmepraxis einen Weg finden, der uns trotz notwendiger harter Entscheidungen ruhig schlafen lasse? Das sei wohl unmöglich, wagte ich zu antworten; wir kämen nicht darum herum, von Fall zu Fall zu entscheiden und unser Rechtsempfinden dauernd neu zu justieren. Das war einer der wenigen Momente, in denen Dr. R. mir einen Moment lang dankbar zulächelte.

Die Entscheidungsnot, in der wir uns mit den unablässig steigenden Flüchtlingszahlen befanden, ließ mich zeitweise kaum noch schlafen, da ging es mir nicht anders als Dr. R., meinem Vorgesetzten, den ich selbst für unbestechlich und geradlinig halte. Meine Frau war meinetwegen besorgt, sie rapportierte mir am frühen Morgen jeweils, was für Klagelaute ich im Schlaf von mir gegeben hätte, jede Tonart zwischen Stöhnen und Ächzen. Sie riet mir, häufiger an die frische Luft zu gehen, das Büro früher zu ver-

lassen und unseren Hund, die Dogge Senta, regelmäßig zum abendlichen Spaziergang auszuführen, eine Aufgabe, die sie mir ja wegen meiner vielen Überstunden seit einiger Zeit abgenommen hatte. Ich gehorchte ihr; in gesundheitlichen Fragen empfiehlt es sich, auf die Gattin zu hören; auf einen Zusammenbruch wegen Dauerbeanspruchung, wie ihn mein Kollege P. erfahren hat, will ich nicht hinsteuern. Ich ging also nun regelmäßig bei Anbruch der Dämmerung mit Senta an der Leine durch den Wald zum Fluss und eine Strecke ihm entlang, bis ich hügelwärts abbog und zu unserem Haus, wo auf den herbstlichen Gartenbeeten bereits die Tannäste lagen, zurückkehrte. Das Gehen tat mir gut, das Ziehen des Wassers, auf das ich schaute, beruhigte meine Gedanken und schuf zu den unerledigten Dossiers eine befreiende Distanz, die zumindest bis zum nächsten Morgen anhielt. Meine Frau hinderte mich zudem daran, die Tageszeitungen, die wir abonniert hatten, genauer zu lesen. Ich hatte sie jeweils am Morgen im Büro überflogen und mir pflichtschuldig vorgenommen, die kirchliche oder sozialistische Kritik an unseren neuesten fremdenpolizeilichen Maßnahmen am Abend genauer zu studieren. Indem meine Frau die Zeitungen vorher weglegte, wollte sie mich schützen. Wir wussten allerdings beide, wie schlecht das funktionierte.

10

Er blieb zwei Tage im Bett, stand nur auf für Toilettengänge und um sich ein wenig zu waschen, immer mit dem gleichen Waschlappen, der zu riechen begann. Wegen der Kosten musste er sich keine Sorgen machen. Orlow hatte sein Zimmer für einen ganzen Monat im Voraus bezahlt. Draußen war es neblig. Ab und zu ließ sich Selma sehen, sie hatte, so schien es, genug mit sich selber und ihrer unsicheren Zukunft zu tun. Sie wirkte fiebrig aufgeregt und geschäftig, er getraute sich nicht mehr, sie darum zu bitten, sich noch einmal neben ihn zu legen. Sein trockener Husten war launisch, morgens oft schlimm und schmerzhaft, zu anderen Tageszeiten ließ er nach. Aber singen konnte er kaum, darunter litt er am meisten, es war eher ein Krächzen, das sein entzündeter Kehlkopf und seine Stimmbänder hervorbrachten. Und es war vermessen gewesen, den Behörden anzubieten, für die Internierten Konzerte ohne Honorar zu geben. Kantorowicz kam einmal vorbei, nicht besonders gutwillig, wie es schien, er verzichtete, als er Schmidts Zustand sah, sogar auf den Händedruck. Auch er versprach, sich für ihn einzusetzen. Er sehe aber wenig Chancen, dass die Behörden einen Auftritt bewilligen würden, das Arbeitsverbot für Flüchtlinge werde strikt durchgesetzt. Man dulde gerade im schweizerischen Kulturbereich keine Konkurrenz durch ausländische Künstler, vor allem nicht durch jüdische, das müsse leider gesagt sein.

Einmal unterhielt sich die Witwe Fröhlich länger mit ihm. Auch sie setzte sich auf den Bettrand und nicht auf den mit Kleidern behangenen einzigen Stuhl im Zimmer. Sie hatte ihm Haferschleimsuppe auf einem Servierbrett gebracht. Schmidt, mit zwei Kissen im Rücken, löffelte lustlos, er wusste nicht, ob ihm noch je etwas schmecken würde. Er trug jetzt einen zu großen Pyjama, den Selma ihm gebracht hatte; er vermutete, dass sie ihn vom Bruder hatte. Der Stoff war Seide, ein ausgebleichtes Blau, er schmeichelte der Haut, und Schmidt war dankbar dafür; der Pyjama holte ein Stück Komfort aus vergangener Zeit zurück. Auf seinen Reisen hatte er jeweils sechs Stück mitgenommen. Ohnehin war er meist mit drei Koffern unterwegs gewesen, in jedem Hotel, in jedem Bahnhof hatte es Gepäckträger gegeben, die ihm zu Diensten waren und nicht zwischen Ariern und Juden unterschieden.

»Wie kommt es«, fragte Schmidt unvermittelt, »dass Sie so großzügig zu Leuten wie mir sind?«

Sie stutzte und wartete ungewöhnlich lang mit ihrer Antwort. »Es ging Ihnen ja einmal weit besser, Herr Schmidt. Und da hat unsereiner Mitleid und fragt sich, ob einem das auch passieren könnte. Aber das ist nicht der wahre Grund. Mein verstorbener Mann kam aus traurigen Verhältnissen. Er hat sich mit Fleiß hochgearbeitet, konnte diese Pension vor fünfundzwanzig Jahren von einem jüdischen Besitzer kaufen, darum der Name, der weist ja auf einen Berg in Palästina hin. Wir haben ihn so gelassen, wir arbeiteten hart und konnten uns gut über Wasser halten. Wir haben schon damals für einen Teller Suppe oft nichts verlangt. Mein Mann hat mir, als er sehr krank war, gesagt: Sei nicht geizig, gib denen, die es nötig haben, solange du kannst. Das tue ich jetzt, auf meine Weise. Ich trage nicht umsonst den Namen meines Mannes. Verstehen Sie?« Sie schaute Schmidt so fragend an, als ob sie an seinem Verständnis zweifle. »Darum ist mir Geld nicht das Allerwichtigste. Und für Sie ist ja bezahlt worden.«

Schmidt war gerührt, er griff nach der Hand der Wirtin. »Danke«, sagte er.

Frau Fröhlich zwinkerte, fuhr sich über die Augen, sie war plötzlich ein wenig abweisend. Aber das konnte ihr Gast verstehen.

Zwei Tage später brachte sie ihm die behördliche Verfügung, die seinen Aufenthalt regelte. Sie war per Post aus Bern gekommen, unterschrieben hatte Frau Fröhlich an seiner Stelle, weil sie beteuerte, der Empfänger sei krank. Schmidt entfaltete das Blatt. Ein Dr. Jezler, Chef der Polizeiabteilung, wies ihn an, sich innert drei Tagen nach Girenbad bei Hinwil zu begeben und sich im dortigen Internierungslager zu melden, wo er bis zum Entscheid über sein Gesuch zu bleiben habe. Er fragte die Wirtin, ob sie wisse, wie weit es sei bis Girenbad.

»Nicht sehr weit, glaube ich.« Sie nahm den Umschlag, den Schmidt aufgerissen hatte, an sich und schob ihn in die Schürzentasche. »Frau Wolkenheim wird sich bestimmt erkundigen.«

»Falls sie mich noch besucht. Sie wohnt jetzt ja wohl beim Bruder.«

»Aber das Zimmer nebenan hat sie behalten. Auch diese Kosten hat Herr Orlow bis Ende Monat übernommen. Er ist sehr großzügig.«

Sie schauten einander abwartend an, ihr Zwinkern kehrte zurück, und das Blatt zitterte in Schmidts Hand. Girenbad, was wird mich dort erwarten?, ging ihm durch den Kopf. Er hatte gehört, diese Lager würden unterschiedlich geführt, von streng und beinahe zuchthausmäßig bis geradezu familiär, man könne Pech haben oder Glück. Sein

Leben lang hatte er stets aufs Glück gebaut, und meist war es eingetroffen. Noch in La Bourboule hatte er sich glücklich geschätzt, nicht verhaftet und deportiert worden zu sein. Auf der Fluchtroute war dann nicht mehr alles so leicht gegangen, und doch war er jetzt in Sicherheit und sollte in Zeiten, in denen Tausende starben, mit seiner Lage zufrieden sein. Man schickte ihn wenigstens nicht über die Grenze zurück. Etwas von diesen Überlegungen versuchte er der Wirtin verständlich zu machen.

Sie nickte bedächtig. »So vieles ist leider Gottes aus der Ordnung geraten«, seufzte sie. »Ich wünsche Ihnen, dass Sie eines Tages wieder singen können.« Sie nahm seine Hand und drückte sie, er war zu kraftlos, um den Druck spürbar zu erwidern. »Heute Abend kommt wieder eine polnische Familie an, von Basel her, Juden, mit drei kleinen Kindern. Schwarz über die Grenze, das schaffen nicht mehr viele. Sie wissen es ja. Die Leute werden ausgehungert und todmüde sein, ich koche eine Kartoffelsuppe für sie.« Sie stutzte und schüttelte den Kopf. »Entschuldigung. Es geht jetzt ja um Sie. Sind Sie denn gesund genug, um allein zu fahren?«

Das wusste er selbst nicht, er hatte bei jedem Aufstehen gegen starken Schwindel zu kämpfen, aber er nickte.

»Lassen Sie sich noch einen Tag Zeit. Bis zum

Bahnhof gebe ich Ihnen dann meinen Burschen mit.«

Er dankte ihr mit einem kurzen Zusammenlegen der Hände, es war inzwischen seine Gewohnheit, für alles, was sie ihm zuliebe tat, auf diese Weise zu danken.

Selma tauchte wieder auf, sie organisierte mit ihrer straffen Freundlichkeit das Zugbillett für ihn, und sie bezahlte es vom Geld, das sie beim Pfandleiher für die Taschenuhr bekommen hatte, die Schmidts letzter wertvoller Besitz gewesen war; sie hatte sie in seinem Auftrag versetzt. Von Selmas Bruder wollte er Geld nur annehmen, wenn er in allergrößte Not geriet, darauf hatte er bestanden, und sie hatte ihm mit halbem Lachen vorgeworfen, er sei ein Dummkopf.

Zwei Tage später, am frühen Nachmittag, war es so weit. Schmidt hatte etwas Energie zurückgewonnen, den Reizhusten mit Gurgeln und Hustensaft gemildert, die zunehmenden Schmerzen linksseitig in der Brust versuchte er zu ignorieren. Er verabschiedete sich von den Gästen in der Pension, die alle ein ungewisses Schicksal vor sich hatten, auch von den Kindern, die er mit stark lädierter Stimme zum Lachen gebracht hatte, und besonders freundlich von der Witwe Fröhlich; es fehlte wenig, und er hätte sie, die mollige und gutherzige Frau, umarmt, aber es wäre ihr wohl peinlich gewesen. Sie hatte die verdreckten Aufschläge seiner Hosen gebürstet, »Warten Sie!«, hatte sie gesagt und war vor ihm mit der Kleiderbürste auf die Knie gegangen. Was er ihr noch schulde, fragte er sie. »Nichts«, sie schüttelte den Kopf, »gar nichts.« Und so ließ er sich vom Burschen, der seinen Koffer trug, hinausbegleiten in die spätherbstliche Kühle. Der Weg zum Bahnhof war ja nicht weit. Der Bursche, ein gutmütiger Junge vom Land, ging voraus durch die Löwenstraße mit den Geschäften, deren Schaufenster teilweise, des trüben Lichts wegen, schon beleuchtet waren. Dass es hier immer noch einen bescheidenen Wohlstand gab, sah man den Auslagen an, Modepuppen waren adrett angezogen, Schuhe auf Hochglanz poliert, in einem Delikatessenladen stapelten sich Büchsenthunfisch und Packungen mit echtem Kaffee. Schmidt fiel, ohne Koffer, das Gehen leichter, als er gedacht hatte, er hob bewusst die Füße, so dass er nicht schlurfte wie bei der Ankunft. War er doch auf dem Weg der Besserung? Würde sich alles zum Guten wenden, nicht für die Welt, aber für ihn? Wie schwierig war es doch, sich immer wieder an neue Hoffnungen zu klammern.

Der Zug stand schon da. Die Fahrt würde über Uster und Wetzikon führen, sagte der Kofferträger, stolz auf sein Wissen, dann erst komme Hinwil. Er werde schon an der richtigen Haltestelle aussteigen, entgegnete Schmidt und war froh, dass der Bursche ihm den Koffer in den vordersten Zweitklasswagen trug und ins Gepäcknetz hob. Selma hatte ins Lager telefoniert; man werde den Neuankömmling in Hinwil abholen, hatte ihr ein Korporal versichert. Von Selma hatte er sich schon am Vortag verabschiedet, beide hatten so getan, als würden sie sich bald wiedersehen, und ihre Umarmung vor den Augen der anderen Gäste war kurz und beinahe sachlich gewesen.

Nun saß er beengt im Sechserabteil, die ländlich wirkenden Passagiere hatten seinen Gruß knapp erwidert, ihn gemustert und wohl als Fremden erkannt, aber kein Wort an ihn gerichtet. Und doch war ihm jetzt, unter Menschen, deren Nähe er roch, eigentlich wohler als in der ersten Klasse auf seiner letzten Zugfahrt. Die halblauten Gespräche, die geführt wurden, verstand er nur der Spur nach, es war zum Glück nicht das artikulierte und schroffe Deutsch, das er zu hassen gelernt hatte. Er dachte an die zahllosen Zugfahrten auf seinen Konzertreisen in Friedenszeiten; von Stadt zu Stadt ging es damals: Berlin, Amsterdam, Utrecht, Budapest, Paris und auch Czernowitz, zurück zum Ursprung. Je berühmter er geworden war, desto luxuriösere Arrangements hatte Leo, sein berechnender Impresario, ihm verschafft und sich, auf Kosten des Neffen, selbst allerhand Luxus gegönnt: Schlafwagen mit eigener Toilette, Speisewagen mit Privatabteil, der Schaffner in der Rolle eines Butlers. Sich daran zu gewöhnen, dauerte nie lange; darauf zu verzichten, war schwieriger. Die Fahrten führten im Pullman-Express auch durch die USA, von New York bis nach Florida und Texas. Unendliche Ebenen zogen vorbei, das Wogen riesiger Getreidefelder schien den Rhythmus des Räderrollens aufzunehmen. Man konnte versinken im bequemen Fauteuil, mit dem Blick durch Panoramafenster, und zugleich eintauchen in die Gleichförmigkeit der Landschaft mit den darüberziehenden Wolken. Das alles wurde ein großer Akkord, dem sich immer neue Töne hinzufügten, und er ließ sich mitziehen, wurde Teil der Bewegung, wusste manchmal nicht mehr, was sich bewegte, die Landschaft oder der Zug mit ihm; stundenlang hätte er einfach nur hinausschauen mögen, bis ihn dann Onkel Leo aus der Selbstvergessenheit riss und in seiner mäkeligen Art daran mahnte, die Noten fürs nächste Konzert zu memorieren. Das tat er, obwohl er oft genug bewiesen hatte, dass er die Texte der vorgesehenen Arien und Lieder makellos auswendig konnte. Und wenn ihn sein Gedächtnis einmal doch im Stich ließe, so hatte er Leo hin und wieder geärgert, könnte er ja einfach eine Silbe trällern, lala-lala, dem Publikum würde das bestimmt gefallen. Solche Scherze goutierte der Onkel überhaupt nicht; er konnte dem Neffen stundenlang mit eisiger Miene gegenübersitzen, und Schmidt hielt das schlecht aus und legte dann nach einer Bedenkzeit eine Partitur auf seine Knie und tat so, als ob er sie ernsthaft studiere.

Die Fahrt bis Hinwil dauerte aber nicht tagelang, sondern bloß eine Stunde. Schmidt musste den schweigsamen Mann in der wollenen Weste, der, Leib an Leib, neben ihm saß, darum bitten, ihm den Koffer herunterzuheben und auf den Perron zu stellen. Er dankte dem Helfer wortreich trotz seiner heiseren Stimme und schämte sich für diese Überschwenglichkeit. Nur wenige andere waren mit ihm ausgestiegen und entfernten sich in verschiedenen Richtungen. Neben dem kleinen Bahnhofsgebäude wartete ein Auto. Ein jüngerer Mann in der dunkelgrünen Uniform der Schweizer Soldaten, mit einem Winkel auf dem Ärmel trat auf ihn zu, fragte, nicht unfreundlich, ob er Schmidt Joseph sei. Er stellte sich als Korporal Mathys vor, man könne sich auch duzen, er verstaute den Koffer und half Schmidt beim Einsteigen, als er merkte, dass der kleingewachsene Ankömmling unsicher auf den Beinen war.

Wohin ging es jetzt? Die Kurven, die der Fahrer rasant schnitt, verstärkten Schmidts Schwindel, er schloss die Augen, wünschte sich weit weg, erinnerte sich an einen Frühlingsmorgen in Davideny, wo er, ganz allein, durchs taufeuchte Gras gegangen war, immer weiter weg vom Elternhaus, ins offene Gelände hinein, mit Melodien im Kopf, die zu allen fliegen wollten, die zuhören mochten, ins Dorf oder weiter weg. Und da sah er hinter einem Zaun zwei Pferde, ein großes und ein Füllen, das sich ungelenk bewegte und doch zwischen Hüpfern und kleinen Sprüngen zu tanzen schien, so dass er, der Junge, Töne dazu erfand und ihm vor Freude fast die Brust zersprang.

Sie kamen am Kurbad vorbei, auf das der Fahrer zeigte, verließen das kleine Dorf mit den tiefhängenden Hausdächern und hielten in einer Senke vor einem dreiflügeligen Gebäude, das früher, wie der Fahrer erklärte, eine Textilfabrik gewesen sei und nun die Internierten beherberge. Das Wort hatte einen besonderen Klang, die beiden R rollte der Korporal auf befremdende Weise.

Wie viele es denn seien, fragte Schmidt.

»Über dreihundert«, war die Antwort. »Fast alles Juden.«

Ja, und einige Dutzend von ihnen, die meisten in grauen Übergewändern, waren rund ums Haus mit Holzarbeiten beschäftigt. Sie schafften an Seilen ganze, schon entastete Baumstämme vom nahen Wald herbei, sie zersägten sie, spornten sich mit Zurufen an, wenn das Sägeblatt stecken blieb. An mehreren Stellen wurden die armlangen Rundholzstücke mit Äxten weiter zerkleinert und neben dem Gebäude aufgeschichtet. Ein Geruch von Sägemehl lag in der Luft. Und Schmidt dachte mit Bestürzung: Diese Arbeit werde ich nicht aushalten, dafür bin ich zu schwach.

Der Korporal Mathys, der wieder den Koffer trug, brachte Schmidt an ein paar Pfützen vorbei zum Lagerbüro im rechten Gebäudeflügel. Dort tat, inmitten von Karteikästen, ein anderer Soldat Dienst, ablehnender und mürrischer als Mathys, und holte einen Offizier herbei, einen der stellvertretenden Kommandanten, der sich mit feinerem Uniformstoff und einer steifen Mütze deutlich von den unteren Chargen abhob. Der Offizier, vor dem Mathys salutierte, begrüßte Schmidt, dessen Namen er schon wusste, mit Handschlag, stellte sich als Oberleutnant Rüegg vor, ein Name, der Schmidt exotisch schien, er vertrete, sagte er, den Lagerkommandanten, den Herrn Major, der, anderer Pflichten wegen, leider häufig abwesend sei; darin lag ein Unterton von Sarkasmus, den Schmidt nicht einordnen konnte. Auch ein bekannter Sänger habe sich, sagte der Oberleutnant, strikte an die Lagerregeln zu halten und die Arbeitseinsätze zu leisten, die ihm befohlen würden. Diese Einsätze gälten der Instandhaltung des Lagers und der Selbstversorgung. Man habe im Übrigen damit begonnen, Internierte gegen ein kleines Entgelt an Bauern und Gewerbebetriebe in der Umgebung auszuleihen.

»Ich bin leider ein wenig havariert«, sagte Schmidt fast flüsternd.

»Man hört es«, sagte der Oberleutnant. »Wir werden schauen, was sich machen lässt. Hier brauchen wir Männer fürs Putzen, für die Küche. Man muss Brennholz schlagen. Der Winter kann hart sein und lange dauern. Vielleicht gibt es auch eine Möglichkeit, Sie als Schreibordonnanz oder für die Postverteilung einzusetzen.« Er zog die Mundwinkel nach oben. »Als Sänger wohl nicht.«

Schmidt zuckte mit den Achseln. »Da müsste sich ohnehin erst meine Stimme bessern.«

Der Ton des Offiziers wurde förmlicher. »Korporal Mathys zeigt Ihnen Ihren Schlafplatz und wo Sie essen werden.«

Der Korporal führte Schmidt hinüber in den linken Gebäudeflügel, betrat die düstere Schlafhalle, in der noch vor wenigen Jahren Webstühle gestanden hatten. Auch hier gab es, wie der Korporal erklärte, einen oberen Stock. Auf dem festgestampften Boden lagen mit Kleidern belegte Strohsäcke und zusammengerollte Decken, an die Wände gerückt waren Koffer, Rucksäcke, Taschen und Pakete aller Art. »Hier.« Mathys wies auf einen Strohsack ganz am hinteren Rand. »Hier ist offenbar noch niemand.« Er nahm von einem Stapel eine Decke, legte sie darüber. »Das ist also dein Schlafplatz.«

»Keine Matratze?«, fragte Schmidt.

»Das Stroh muss genügen.«

Vor Schmidts Mund standen Atemwölkchen, er erschauerte. »Und keine Heizung?«

»Nur bei Minusgraden«, sagte der Korporal. »Uns fehlt das Geld dafür. Brennholz benötigen wir für die Küche, und zwar eine Menge. Der Kommandant meint, die Internierten sollten froh sein, dass sie dem Krieg und der Deportation entkommen seien.«

»Das bin ich ja.« Schmidt dachte an die Nächte, die ihm bevorstanden. Er bekam ein Handtuch von einem Soldaten, der von irgendwo aufgetaucht war, ein brettiges, doch sauberes Tuch, das musste für die Hygiene genügen und würde alle zwei Wochen ausgewechselt.

»Die Kantine befindet sich im mittleren Teil, ebenerdig«, sagte Mathys. »Du wirst schon einen freien Stuhl finden. Die Essenszeiten müssen eingehalten werden: sechs Uhr, zwölf Uhr, sechs Uhr. Sonst gibt es Essensentzug. Anweisung vom Herrn Major. Die Latrinen sind etwas außerhalb, auch das wird man dir zeigen.«

»Muss ich heute schon arbeiten?«

»Nein, leg dich eine Weile hin. Du merkst dann schon, wann die anderen zurückkommen.«

Schmidt gehorchte, es war unbequem auf dem Stroh, es stach und drückte ihn; den Kohlgeruch, der auch hier vorherrschte, nebst dem von menschlichen Ausscheidungen, konnte er nicht von sich abhalten. Er blieb liegen, hörte manchmal Schritte, Stimmen, er schneuzte sich in den Ärmel, die feuchte Kälte begann, ihn zu durchdringen, er konnte sich trotz der faulig riechenden Wolldecke, die er bis ans Kinn gezogen hatte, nicht dagegen wehren. Dieser Aufenthalt wird mich nicht gesünder machen, sagte er sich in böser Ironie. Doch seine Gedanken schwammen in der Zeit zurück. Auf Stroh waren sie doch herumgehüpft, in Ställen und Scheunen, er und die Geschwister, lachend, jauchzend manchmal, bis der Vater, falls er in der Nähe war, ihnen diesen Übermut verbot. Gott wolle, dass seine Geschöpfe lernen, hatte er gepredigt, ja, er predigte den Ernst, die Versenkung in Gottes Gebote, dabei durfte doch am Sonntag, zu Gottes Ehre und auf Anweisung hin, auch getanzt und gelacht werden. Zu singen, auch nur innerlich zu singen, brachte beides zusammen, das Strenge und Heitere. Aber wenn er hier, auf dem Strohsack, versuchsweise Töne von sich geben wollte, brachte er bloß ein Krächzen zustande, und beinahe lachte er sich selbst aus, denn er war doch der berühmte Sänger Joseph Schmidt. Gewesen!, korrigierte er sich. Gewesen!

Als es schon dunkler wurde, brach der Lärm von Menschen über ihn herein, Gepolter, Stimmengewirr, ärgerliche Zurufe in unterschiedlichen Sprachen, sonores Lachen, Geklirr, die Internierten kamen von der Arbeit zurück, einige begrüßten den Neuen und wollten seinen Namen wissen und woher er kam, sie gingen sich in den Nebenräumen waschen und beeilten sich, um zu den Ersten an den Wasserhähnen zu gehören, denn es gab nur fünf davon für über dreihundert Männer. So viel erfuhr Schmidt, der sich mit Mühe aufgesetzt hatte, und schon nach ein paar Minuten werde der Wasserstrahl, den einer der beiden Fouriere, ein dicker Nörgler, aufgedreht hatte, zu einem Rinnsal. Plötzlich brannte Licht von zwei Lampen an der Decke. Das Hin und Her der vielen Körper, die Geräusche machten ihn schwindlig, er griff sich an den Kopf, hoffentlich bekam er, neben dem entzündeten Hals, nun nicht auch noch Ohrenschmerzen. Eine Glocke ertönte. Jemand scheuchte ihn hoch, ein Junger mit flaumigem Bart: »He, komm mit zum Essen, sonst ist bald alles weg.«

Er folgte mit unsicheren Schritten den anderen durch eine Tür zum Mitteltrakt. In diesem Raum herrschte an den langen Tischen und auf den Bänken ein fast angsterregendes Gedränge. Auch vom anderen Schlafsaal her kamen die Leute. In der hinteren Hälfte des Trakts wurde wohl hinter einer Zwischenwand gekocht oder dann im Untergeschoss. Erstaunlich, wie viele Internierte hier Platz hatten, vor sich Näpfe, die bereits mit Gemüsesuppe gefüllt waren, und ersichtlich alte, zum Teil verbogene Löffel. Auch Schmidt konnte sich irgendwo setzen, saß eingequetscht zwischen zwei bärtigen Ostjuden. Geschnittenes Brot wurde von Küchengehilfen aus einem Korb auf den Tisch geleert, hundert Hände griffen danach. Man redete, diskutierte, meist auf Jiddisch, selten ein Lachen; vielstimmiges, von allen Seiten ausbrechendes Husten kontrastierte regellos den Redefluss. Gegen den Durst gab es Blechbecher mit lauem, nahezu ungesüßtem Tee. Schmidt hatte keinen Appetit, er trank bloß ein paar Schlucke, hätte es vorgezogen, liegen zu bleiben, so lange wie möglich, und den Bildern von früher Raum zu geben. Der Mann schräg gegenüber war ihm gleich aufgefallen. Er und Schmidt selber waren, soweit er den Überblick hatte, die Einzigen, die zivile Kleider trugen, einen Sakko statt des verschossenen grauen Übergewands, das anscheinend Pflicht war. Der Mann streckte ihm über den Tisch die Hand entgegen. »Bin auch erst vorgestern angekommen«, sagte er so vernehmlich, dass Schmidt ihn trotz des Lärms verstand. »Uns fehlt noch die Arbeitskleidung, ja?« Er mochte etwa gleich alt sein wie Schmidt, hatte aber ausgeprägtere Züge, Tränensäcke, markante Augenbrauen, eine lange Nase. Schmidt nahm kurz die Hand des Fremden, die fleischig war und beinahe heiß, er drückte sie, ließ sie gleich wieder los.

»Sperber, heiße ich«, sagte er, »Manès Sperber, den Namen kennen Sie vielleicht.«

Schmidt schüttelte den Kopf.

»Schriftsteller, Publizist.« Er nickte dem Gegenüber brüderlich zu. »Und Sie sind, wenn ich mich nicht täusche, der Sänger Joseph Schmidt. Auf der Flucht vor den Barbaren, wie alle hier. Ja«, fuhr er fort, als er Schmidts Erstaunen bemerkte. »Ihr Name hat sich schon herumgesprochen. Hier drin befinden sich, im Zeichen der Gleichmacherei, einige Berühmtheiten, fast alles Juden. Aber sagen wir uns Du, wir sind Schicksalsgenossen.« Er löffelte von seiner Suppe, verzog den Mund. »Die Suppe ist kaum genießbar. Praktisch ungesalzen, und dazu haben sie wohl angefaulte Kartoffeln verwendet. Hast du sie überhaupt probiert?«

Schmidt schüttelte den Kopf, er litt unter dem Lärm ringsum, aus dem er Sperbers Worte herausfiltern musste. Dabei hatte er doch auf der Opernbühne und beim Rundfunkorchester in Berlin die unterschiedlichen Stimmen genau voneinander unterscheiden können, sonst hätte er seine Einsätze verpasst. »Ich habe keinen Appetit, bin stark erkältet, kann kaum noch singen.«

»Erkältet sind die meisten hier. Die Eidgenossen sparen bei uns an allem. Wir sind ja unerwünscht, vor allem wir Juden sind vielen ein Dorn im Auge. Aber die Fähigkeit zur Anteilnahme ist zum Glück noch nicht ganz ausgerottet.«

Schmidt fühlte sich beinahe erschlagen und war zugleich beeindruckt von der Wortgewandtheit Sperbers, der zum Glück gut artikuliert sprach, fast wie ein Schauspieler.

»Sie haben mich getrennt von meiner Frau und den zwei Kindern«, fuhr Sperber fort. »Die sind in einem anderen Lager. Hier in Girenbad, so heißt das ja, haben Frauen nichts zu suchen.« Er lachte rauh. »Wir warten auf die Entscheidung aus Bern, ob sie uns zurückschieben oder anderswohin verlegen. Das dauert manchmal monatelang, wie man hört. Es gibt inzwischen viele hier, die genau wissen, was in Deutschland und den besetzten Gebieten mit den Juden geschieht. Da mag man es von offizieller Seite noch so lange abstreiten.« Er schob den Teller von sich weg, versuchte, ein Stück Brot ohne Rinde zwischen zwei Fingern zu zerkrümeln, es war aber schon zu hart dafür.

Der Nebenmann nahm es ihm sachte weg und steckte es sich in den Mund. »Storch«, sagte er kauend zu Schmidt, »Philippe Storch, ich bin hier Sanitäter. Es gibt zwar unter den Internierten auch einige Ärzte, die in Notfällen aktiv werden. Aber die meisten wenden sich zuerst an mich.«

Er hatte ein rundes Gesicht, das Schmidt an seinen jüngeren Bruder erinnerte, von dem er seit langem nicht mehr wusste, wo er sich aufhielt. Immerhin war es jetzt warm im Raum, die aneinandergedrängten Körper gaben Wärme ab, sogar eine Art Dampf hing über den Köpfen, und Schmidt konnte sein Gliederzittern beherrschen.

Vom Eingang her übertönte ein schneidender Befehl das Stimmengewirr: »Auf!« Die Männer erhoben sich, auch Schmidt, sie rückten lärmend die Stühle, schubsten einander, nahmen widerwillig Haltung an, einige, wie Schmidt bemerkte, mit Absicht, ohne sich zu straffen.

»Guten Abend!«, hörte er. »Setzen!«

Es war die Stimme des Lagerkommandanten.

Auch jetzt gehorchten die Männer, aber langsamer als im Militär. Nun sah Schmidt den uniformierten Kommandanten, den Herrn Major, einen eher kleinen Mann mit Kinnbart, neben ihm, leicht verlegen, der Oberleutnant Rüegg, dem der Ton des Vorgesetzten offenbar missfiel.

»Männer«, rief der Kommandant und strengte hörbar seine Stimme an. »Wir haben wieder mehrere Neuankömmlinge hier, die sich hoffentlich reibungslos in unsere Gemeinschaft einfügen werden.« Er las von einem Zettel mehrere Namen ab und befahl den Genannten, fünf waren es, aufzustehen und sich mit Handerheben kenntlich zu machen. Auch Schmidt tat es, spürte die stützende Hand des Sitznachbarn an seinem Ellbogen und wünschte sich, weniger entkräftet zu sein. Ich brauche Ruhe und Zeit, versuchte er sich einzureden, auch die Stimme wird sich erholen, sie ist doch mein Kapital. Und nahm gleich wieder am Hustkonzert teil, es war fast lachhaft.

Der Kommandant betonte in seiner kurzen Ansprache, dass er bei den Arbeitseinsätzen mehr Durchhaltewillen erwarte, man befinde sich hier nicht in einem Ferienlager, Faulenzerei und Drückebergerei dulde er nicht, die Internierten hätten sich ihrem Gastland als würdig zu erweisen. Ohne Übergang bellte er ein »Gute Nacht!«, das einige im Chor erwiderten, dann verließ er den Essraum.

»Das verkündet er jeden zweiten Abend«, sagte Storch sarkastisch. »Wir können den Sermon schon auswendig. Dabei sind die allermeisten hier äußerst diszipliniert und in der Tat dankbar.«

Kaum war der Kommandant draußen, räumte die Fassmannschaft das Geschirr zusammen und trug es zum Abwaschen in die Küche. Die Männer erhoben sich und gingen in vorsichtigem Gedränge zurück in die ungeheizten Schlafsäle im Erdgeschoss und im ersten Stock. Es wurde ein wenig leiser, man konnte sich beinahe in normaler Lautstärke unterhalten.

»Das ist ein militärischer Betrieb hier«, sagte Sperber, der sich an Schmidts Seite hielt und ihn, da er sein leichtes Schwanken bemerkte, um die Schulter gefasst hatte. »Als ob wir Soldaten wären, die man nach Belieben herumkommandiert. Nun gut, wir können immerhin zu bestimmten Zeiten spazieren gehen, in kleinen Gruppen, eskortiert von bewaffneten Soldaten und innerhalb des Ausgangsrayons.«

»Soldat bin ich einmal gewesen«, sagte Schmidt. »In der rumänischen Armee. Ein ziemlich untauglicher, was das Schießen betrifft. Aber sie haben mich in die Musikkapelle versetzt, und dort spielte ich Klavier und Geige und war zeitweise auch Paukist. Das machte die Dienstzeit erträglich.«

»Es wäre schön, wenn die Armeen nur aus Musikern bestünden«, sagte Sperber. Er setzte sich auf den Strohsack von Schmidt, den sie in der bedrängenden Enge erst nach einigem Suchen fanden. Stühle gab es nicht. Zwei Stunden dauerte es noch bis zum Lichterlöschen, die Glühbirnen an der Decke waren so schwach, dass sich in ihrem Schein kaum lesen ließ. Einige Männer, die ihre Säcke zusammenrückten, spielten Karten miteinander oder Schach, die meisten diskutierten, zum Teil heftig und lautstark, es wurde oft so laut, dass es Schmidt in den Ohren schmerzte. In einer größeren Gruppe saßen die Kommunisten zusammen, sagte Sperber, das habe er gleich festgestellt. Er selber sei auch lange überzeugter Kommunist gewesen, habe aber nach den Moskauer Schauprozessen mit dieser Hassreligion gebrochen. Schmidt, der ihm liegend zuhörte, wusste nur der Spur nach, wovon er redete, die große Politik hatte ihn kaum je wirklich interessiert und dennoch so entscheidend in sein Leben eingegriffen.

»Ich habe«, sagte Sperber fast ein wenig spöttisch, »der Reihe nach mit allem gebrochen, was mir einst teuer war. Mit dem Judentum, mit dem Zionismus, mit der Individualpsychologie meines Lehrers Adler, mit dem Kommunismus. Überall sah ich Versagen, Feigheit, Lügen. Das macht es schwer, einen festen Standpunkt zu finden, nicht wahr?«

»Und jetzt? Wo stehst du jetzt?« Schmidt zitterte ein wenig, im Schlafraum war es wesentlich kälter als vorher beim Essen. Sperber bemerkte es, breitete sorgsam die Decke, die neben dem Strohsack lag, über ihn.

»Wo ich stehe? Wenn ich das wüsste. Ich suche. Was ich finden werde, weiß ich nicht.«

»Ich habe zum Glück die Musik«, sagte Schmidt, und das klang trotz seiner Beschwerden beinahe heiter. »Mit der Musik kann man wohl nicht brechen.«

»Das kann man nicht. Aber man kann zumindest wählen, welche Musik einem lieb ist.« Sperber pfiff leise den Anfang der *Internationalen,* kaum vernehmbar im Stimmengewirr. »Kennst du das?«

Schmidt nickte und versuchte, ein paar Töne mitzusummen. »Eine Arie, wie ich sie liebe, ist das nicht. Auch nicht ein Lied von Schubert.«

Sperber lachte leicht. »Diese Melodie war mir die wichtigste von allen. Aber gerade jene, die sie am lautesten sangen, haben sie am jämmerlichsten verraten.« Er rieb die Hände aneinander, erhob die Stimme. »*Völker, hört die Signale! Auf zum letzten Gefecht! Die Internationale erkämpft das Menschenrecht.* Aber wer soll noch daran glauben, wenn sie in Moskau Unschuldige einsperren und umbringen?«

Einige in der Nähe protestierten laut gegen das kommunistische Kampflied, andere lachten.

»Manchmal weiß ich so wenig mehr«, sagte Schmidt, und Sperber beugte sich weit hinunter, um ihn zu verstehen. »Ich weiß nicht, ob ich noch an die Musik glauben soll. Sie war mein Leben, ihr habe ich alles untergeordnet. Wer lässt denn all das Üble zu, das uns zu wehrlosen Opfern macht?«

»Wir sind«, entgegnete Sperber, »nicht bloß Opfer, wir sind alle auch Täter. Und zwar durch das, was wir unterlassen oder zu spät einsehen.«

»Möglich.« Schmidts Stimme war zu einem Flüstern geworden, kaum noch zu verstehen, jedes Wort schmerzte ihn plötzlich. »Ich gehöre nicht zu denen, die fähig sind, energisch Partei zu nehmen und sich in Gefahr zu bringen. Ich reagiere auf die Ereignisse erst, wenn es nicht mehr anders geht. Das ist wohl ein Fehler.«

Sperber hatte angestrengt gehorcht, sein Ohr so nahe wie möglich an Schmidts Mund gebracht. »Das ist der Fehler der meisten, mein lieber Sänger. Und es ist der Vorteil der skrupellosen Entschlossenen und ihrer Jünger, heißen sie nun Stalin, Hitler oder Mussolini. Sie sind immer die Schnelleren, zu allem bereit, um zu siegen.«

»Lichterlöschen in fünf Minuten«, übertönte der Korporal Röthenmund das Stimmengewirr.

Das sei ein Antisemit, flüsterte Sperber, wahrhaftig ein beschränkter Mensch. Der andere, Mathys, sei wesentlich angenehmer.

»Gute Nacht, Joseph«, sagte er dann und strich dem Liegenden sanft über die Stirn. »Schlaf gut und träume von einer besseren Welt. Wir sind Brüder im Unglück.«

Schmidt hatte keine Worte mehr, er nickte. Eigentlich war es eine Wohltat, Feuchtigkeit in den trockenen Augen zu spüren, sie linderte vieles, zumindest für kurze Zeit. Sperber stand auf und suchte seinen Strohsack, er tappte wie andere noch in den engen Gängen herum, als das Licht ausging. Das Gerede wurde leiser, hörte aber nicht auf, Lachen mischte sich hinein, jiddische Flüche, einige mussten im Dunkeln noch zum Pissoir im hinteren Teil.

»Ruhe jetzt!«, schrie der Korporal. »Sonst ordne ich einen Nachtmarsch an!« Er leuchtete mit seiner Taschenlampe in die eine und andere Ecke, im Lichtstrahl tanzte Staub.

»Ja, in die Freiheit!«, rief einer, begleitet von zustimmenden Rufen, unterdrücktem Gelächter. Aber es wurde nun doch stiller.

Es ist hier in der Tat nicht viel anders als im rumänischen Militär, dachte Schmidt. Damals, während seiner anderthalbjährigen Dienstzeit, hatte er

Sonderrechte genossen. In der Musikkapelle war der Umgang gesitteter gewesen, sonst hatte man mit falschen Tönen protestiert, da war schwer zu entscheiden, was Absicht war und was nicht. Er versuchte einzuschlafen, obwohl er im ungeheizten Saal immer stärker fror. Eine Schicht Stroh genügte nicht, ihn vom Boden her warm zu halten. Und das Husten, Schneuzen, das Rotzhochziehen, das Furzen von allen Seiten schreckten ihn, wenn er doch einen Augenblick wegdämmerte, immer wieder auf.

11

Ja, er war bei uns, in unserem Dorf. Wann denn? 1942, sagen Sie? Es war noch im Krieg. Was da alles rund um unser Land geschah ... Viele starben, viele waren auf der Flucht, das wussten wir schon, die Älteren schwiegen lieber dazu.

Wir konnten es kaum glauben, als das Gerücht bei uns die Runde machte. Im Internierungslager sei er, in der ehemaligen Baumwollweberei Laetsch, zwei-, dreihundert Flüchtlinge waren dort untergebracht, und jetzt auch er: Joseph Schmidt, der wunderbare Sänger, der Liebling von Ruth und mir.

Ruth, drei Gehöfte von unserem entfernt, war meine beste Freundin. Sie hatten mehr Geld als wir, sechs Kühe. Und sie besaßen einen Plattenspieler, einen mit einer Kurbel zum Aufziehen und mit einem großen Trichter, aus dem die Töne kamen. Es gab diese schweren Schallplatten, aus Schellack, so heißt das doch, man durfte sie nicht fallen lassen, sonst zerbrachen sie. Und die Mutter von Ruth liebte die Oper, sie hatte Lehrerin werden wollen, es war nicht *möglich gewesen. Ich wusste nicht, was eine Oper war, Ruths Mutter erklärte es uns, ich verstand es nur halb. Aber sie hatte Platten mit der Stimme von Joseph Schmidt, nur ein paar Minuten Musik waren auf einer Scheibe, sie wurden durch die Rillen und die Nadel, die im Kreis darüberglitt, zu Tönen verwandelt. An Sonntagen hörten wir Joseph Schmidt zu, und auch wenn es rauschte und kratzte und wir die Musik nicht kannten, schlug uns seine Stimme in Bann ... oder wie könnte man das beschreiben, es ist schon so lange her. Heute gibt es all diese kleinen Geräte, die die Jungen ständig bei sich haben ... Aber Joseph Schmidt, in seiner Stimme war ein Zauber, eine Sehnsucht, ein Schmerz, das kannte ich doch, mit siebzehn war ich schon unglücklich verliebt gewesen, mehrere Male, und diese Stimme wusste davon. Wie oft hörten wir uns »Ein Lied geht um die Welt« an. Meine Singstimme taugt in meinem Alter nichts mehr, aber die Worte weiß ich noch: »Ein Lied geht um die Welt, ein Lied, das euch gefällt. Von Liebe singt das Lied, von Treue singt das Lied. Und es wird nie verklingen, man wird es ewig singen.« Ruth und ich sangen es manchmal zweistimmig, wenn niemand zuhörte, wir schauten uns dabei in die Augen und gestanden einander danach, welcher Junge bei uns gerade am höchsten im Kurs war. Viel Auswahl in Girenbad hatten wir ja nicht. Ich träumte davon, dass der Sänger Joseph Schmidt mich auf der Kirchweih in Hinwil zum Tanz holen würde, ich träumte davon, dass er mich hochhob, an sich zog, mir leise ins Ohr sang: »Von Liebe singt das Lied ...«*

Zwei andere Platten gab es noch, auf denen unter seinem der Name der Firma stand, Parlaphon, glaube ich. »Wenn du jung bist, gehört dir die Welt« hieß ein Musikstück, »Dein ist mein Herz« das andere. Ein richtiges Lied sei das zweite nicht, sagte Ruths Mutter – ich durfte sie Elisabeth nennen –, sondern eine Melodie aus einer Operette. Und das sei eine Geschichte, die auf der Bühne erzählt werde, wie in einem Theaterstück, aber zwischendurch werde nicht gesprochen, sondern gesungen. Viele Jahre später habe ich eine Operette gesehen, »Land des Lächelns« hieß sie, das habe ich nie vergessen.

12

Es wurde eine schlimme Nacht. Unablässig stellte er sich die Frage, was in diesen Verhältnissen aus ihm werden sollte. Er war einer von Unzähligen, die in der Schweiz, dieser provisorischen Schutzzone, überleben wollten. Er war achtunddreißig, da lagen eigentlich noch viele Jahre vor ihm. Aber solange seine Stimme streikte, war die Zukunft ohnehin gefährdet, abgesehen davon, dass Auftritte des ausländischen und zudem jüdischen Sängers von den Behörden weder erlaubt noch geduldet wurden. Das Zittern begann in den Unterschenkeln, nachdem die Füße, obwohl sie in wollenen Socken steckten, eisig kalt geworden waren und die Zehen sich gar nicht mehr bewegen ließen. Das Zittern erfasste die Beine ganz, setzte sich fort in Oberkörper und Armen, die Lippen bebten. Es nützte nichts, die Arme um sich zu schlingen, die Kälte beherrschte ihn vollständig. Als er zu strampeln anfing, um den Blutkreislauf in Gang zu bringen, herrschte der Nebenmann ihn an, er solle damit aufhören, das wirble Staub auf und mache Geräusche. Lange nach Mitternacht hatte er eine Phase, in der ihn kurze Träume heimsuchten, immer wieder kam in ihnen sein unerwünschter Sohn vor. Da lag er, der kleine Otto, auch auf Stroh, aber irgendwie vermummt, er war in großer Gefahr, und sein Vater wusste, dass er ihn retten und wegtragen sollte, und er vermochte ihn nicht hochzuheben. Es war eine Schande, und es war lächerlich, denn Otto war doch ein Leichtgewicht. Diese Szene hatte er in Variationen mehrmals zu durchleiden. Einmal beschimpfte ihn Lotte, die Mutter, als Schwächling, beide wussten ja, dass ein kleines Kind eine Last war, die ein erwachsener Mann tragen konnte. Aber Otto war zu schwer für ihn, er hätte das Kind umarmen wollen und war wie gelähmt.

Die Tagwache um halb sechs scheuchte die Männer auf die Beine. Vielen war sie willkommen; mit Auf- und Abspringen, mit raschen Rumpfbeugen konnten sie sich ein wenig aufwärmen. Vor dem Pissoir, einer verschmutzten Rinne ganz hinten im Trakt, standen die Männer an, Schmidt blieb mit Schwindelgefühlen in der Schlange, bis er sich in aufsteigenden Urindämpfen erleichtern konnte. Mehrmals hielt er sich am Vordermann fest, der dies widerwillig duldete, er wusch sich hinterher in einem blechernen Lavabo, an dem mehrere nebeneinander Platz hatten, Gesicht und Hände, wünschte sich einen langen Wintermantel, zumindest einen dicken Pullover, und versuchte, die Situation, trotz Stichen in der Brust, stoisch zu ertragen.

Im Esstrakt gab es einen lauwarmen dünnen Kaffee – mit Eicheln versetzt, sagte Sperber, der sich wieder Schmidt gegenübersetzte –, dazu hartes Brot, für jeden ein Stück, und einen Klacks Marmelade. Es wurde rasch laut an den Tischen, irgendwo begann ein Streit, man schrie einander an, lachte gleich darauf. Schmidts Nachbar zur Linken, ein junger bärtiger Mann, schimpfte über das kaum genießbare Brot, das frische werde vom Personal gehortet und weiterverkauft, behauptete er. Und das passiere auch mit dem wenigen Fleisch, das dem Lager zugeteilt werde, ein Wunder, wenn mal ein Fäserchen in der Suppe zu finden sei.

»Aber wirklich verhungern muss hier keiner«, sagte Sperber sarkastisch, »das ist die Humanität der Eidgenossen.«

Der junge Mann stieß Schmidt freundschaftlich in die Seite. »Na, Leidensgenosse, hast du gut geschlafen in unserer komfortablen Unterkunft?«

Schmidt schüttelte den Kopf. »Nein, ich kam mir vor wie in der Arktis. Nur ohne Eisberge.«

Der Mann lachte laut. »Man gewöhnt sich fast an alles. Ein solches Leben härtet einen ab.« Er hieß Leo, war sehr jung, knapp über zwanzig, auch er kam aus Polen, war den Deutschen entronnen, hatte sich, hauptsächlich zu Fuß und auf abenteuerlichen Umwegen, in die Schweiz durchgeschlagen. Sein Plan war es, Biologie zu studieren, die Erreger von bisher unheilbaren Krankheiten zu finden. »Wie Pasteur«, betonte er. »Genau wie Pasteur. À cause de lui j'ai appris sa langue.«

»Mein Onkel«, sagte Schmidt, »heißt auch Leo. Engel mit Nachnamen. Den Namen hat er sich nicht verdient. Er war mein Impresario.«

»Impresario?« Der andere Leo zog seine auffälligen Augenbrauen fragend hoch.

»Er hat alles, was mit Geld zu tun hat, für mich erledigt. Das kann ich leider überhaupt nicht. Und werde es nie können.«

»Und wo ist er jetzt?«

»Er versteckt sich irgendwo. Vermutlich immer noch in Brüssel.«

»Ach, wir Juden«, seufzte der andere Leo. »Überall werden wir von den Deutschen gehetzt, eingesperrt, ermordet. Schlimmer als die Christen unter dem Kaiser Nero.«

Sperber stieß einen unwilligen Laut aus. »Wie Lämmer lassen wir uns abschlachten. Es ist zum Verzweifeln.« Er stellte seinen Becher so hart ab, dass der Kaffee überschwappte, trocknete die kleine Pfütze mit seinem Ärmel auf. Er und Schmidt hatten ein Übergewand bekommen, das Sperber, so schien es, mit Absicht sorglos behandelte. »Man müsste doch den Widerstand großräumig organisieren und es den Nazis schwermachen. Auch Juden können mutig sein.«

»Würdest du denn mitkämpfen?«, fragte Schmidt.

Sperber zögerte. »Mit zwei kleinen Kindern ...«, setzte er an.

»Und wo sind die jüdischen Panzerdivisionen, unsere schwerbewaffneten Polizeieinheiten?«, fragte der andere Leo. »Wo sind die, die uns handgreiflich unterstützen? Auch hier, außerhalb des Dritten Reichs, werden wir schikaniert und gedemütigt.«

»Aber nicht geprügelt und erschossen«, sagte Sperber und fügte nachdrücklich an: »Und wisst ihr was? Wir werden überleben.«

Gott gebe es, dachte Schmidt und erschrak beinahe, dass dieser kleine Satz, den die Mutter so oft gesagt hatte, aus seiner Kindheit auftauchte und ihm nicht mehr aus dem Kopf ging, auch als er längst auf dem Stroh lag. Er hatte sich noch einmal hinlegen wollen und war froh, dass man ihn in Ruhe ließ. Jemand hatte ihm eine zweite Wolldecke verschafft, in sie eingewickelt, fror er etwas weniger.

Am nächsten Tag musste Schmidt, so schwach er auf den Beinen war, beim Roden in einem Geländestück mithelfen, durch das ein Schottersträßchen führen sollte. Ein Bauer aus der Umgebung hatte dafür aufgrund des Aushangs im Dorf ein paar Leute aus dem Lager angefordert; er galt dies mit einem Betrag ab, der weit unterhalb der üblichen Löhne lag. Schmidt hatte sich nicht gewehrt, als er in die zehnköpfige Arbeitsgruppe eingeteilt wurde; der Korporal Röthenmund, der kleine Schreihals, hatte es ihm befohlen und süffisant bemerkt, für Künstler gebe es keine Ausnahme, so könne Schmidt seine zarten Hände abhärten.

Er ging in der Reihe, trug auf der Schulter einen Pickel. Das Gewicht brachte ihn rasch ins Keuchen, er konnte seine Füße kaum noch heben.

»Spornen Sie sich und die anderen mit einem schmissigen Lied an, Schmidt!« Das war wieder der Korporal.

»Lassen Sie ihm doch sein Tempo«, forderte ein baumlanger Mann, der sich an Schmidts Seite hielt. »Er ist krank, fällt Ihnen das nicht auf? Ich helfe ihm, gehen Sie weiter, wir werden der Gruppe folgen.«

Der Korporal entgegnete verdrossen, aber deutlich weniger laut: »Ob er krank ist oder nicht, wird am Abend der Arzt entscheiden. Es gibt viel zu viele Simulanten hier.« Immerhin ließ er Schmidt den Pickel abnehmen, ein anderer, einer der Kräftigen, trug ihn, zusammen mit seinem geschulterten Spaten.

Die Gruppe ging weiter. Schmidt ruhte sich eine Weile auf einem Baumstrunk aus und fand den Atem wieder. Er schaute seinen Retter, der vor ihm kauerte, lange an, glaubte plötzlich, ihn zu kennen, aber woher denn? Und prompt fragte ihn der Mann mit einem traurigen Lächeln: »Weißt du nicht mehr, wer ich bin, Joseph?«

Schmidt schüttelte den Kopf. »Es fällt mir nicht ein.«

»Strassberg, Max«, sagte der Mann und stand auf, schüttelte seine Beine. »Na, klingelt es bei dir?«

Schmidt schwieg und versuchte sich zu erinnern.

»Ich war doch Komparse bei den Dreharbeiten zu einem deiner Filme.«

»Welchem denn?« Lange musste das her sein.

»*Ein Stern fällt vom Himmel*. Da markierte ich in den Kulissen einen Kellner, ging einige Male mit einem Tablett vor der Kamera hin und her. Dafür hätte es die Schauspielschule nicht gebraucht. Du warst der Star, ich eine kleine Nummer. Aber du hast in den Kaffeepausen ein paarmal freundlich mit mir geredet. Das rechne ich dir noch heute hoch an. Jetzt, wo wir beide sozusagen auf gleicher Ebene sind, Menschen zweiter oder dritter Klasse.«

Schmidts Erinnerung war nun schärfer geworden. Er war in dieser Filmgeschichte am Anfang ein unbekannter Tenor gewesen, dann konnte er für eine Berühmtheit einspringen und Annerl erobern, die neckische Sopranistin. Evi hieß sie im richtigen Leben, ja, Evi Panzer, er hatte sich in sie verliebt, aber nicht für lange. 1934? Das gehörte zu einer versunkenen Zeit. Sein Kopf sank vornüber, am liebsten hätte er eine Weile geschlafen.

»Wir müssen weiter, Joseph«, mahnte Strassberg, »sonst werden wir am Ende bestraft. Dieser Röthenmund ist alles andere als ein Judenfreund. Komm, ich stütze dich.« Er griff Schmidt unter die Achseln, half ihm, sich aufzurappeln.

»Bestraft? Womit denn?«, murmelte Schmidt.

»Mit Essensentzug. Mit Latrinenputzen. Ich kenne das, bin ja schon drei Wochen hier, im Auffanglager. Toller Name, wie? Und habe immer noch keine Ahnung, wohin man mich verlegen wird.«

Sie gingen, der eine gestützt vom anderen, auf dem Weg weiter, jeden Augenblick, dachte Schmidt, könnte ich fallen und liegen bleiben, das wäre das Schönste jetzt, trotz der Nässe. Es hatte zu nieseln begonnen, der Wind ging stärker, Buchenblätter wurden herumgeweht. Sie kamen zur Arbeitsgruppe, wo in der bereits erkennbaren Trasse Sträucher ausgegraben, große Steine zur Seite geschafft, Unebenheiten weggeschaufelt wurden. Der Korporal Röthenmund zeigte vage hierhin und dorthin. »Nun, Herr Sänger, machen Sie sich nützlich.«

Schmidt versuchte, ein paar Äste auf die Seite zu ziehen, dorthin, wo bereits ein Haufen lag. Nach ein paar Schritten stolperte er, ließ den Strauch fallen, griff sich ans Herz, setzte sich ins nasse Gras. Röthenmund, der ihn beobachtet hatte, schimpfte: »Stehen Sie auf! Strengen Sie sich an! Sie bekommen hier keine Extrawurst, verdammt noch mal!«

Schmidt versuchte sich zu erheben, merkte, dass ihm Strassberg half. »Ich kann nicht«, sagte er und lehnte sich an den Kameraden. »Ich habe keine Kraft. Glauben Sie mir, ich würde gerne von Nutzen sein, wenn ich könnte.«

Einer mischte sich, an Röthenmund gewandt, lautstark ein: »Sie sehen doch, in was für einem Zustand er ist. Schicken Sie ihn zurück, er braucht Bettruhe. Eine oder zwei Decken.«

»Wenn man denn«, witzelte ein Zweiter, »von einem Bett sprechen könnte.«

»Bitte«, sagte Schmidt bloß, und seine Stimme sank zum Flüstern herab, »bitte, ich will mich ja bemühen, ich ...«

Der Korporal zögerte, er sah die aufgebrachten Blicke der Gruppe auf sich gerichtet, dann wies er Strassberg an, den Kranken zurück zum Lager zu begleiten. Sie brauchten lange dafür, es ging, so schätzte Strassberg, gegen zehn, als sie ankamen. Er hatte, um Schmidt aufzumuntern, unterwegs von seinen Erfahrungen am Theater in Wien erzählt und davon, wie er den Nazigruß verweigert und man ihn ausgepfiffen, als Saujuden beschimpft und mehrmals verprügelt hatte. Bis dann nur noch die Flucht in den französischen Süden übrigblieb. Immer noch sei es für ihn unfassbar, wie schnell, sozusagen von einem Tag auf den andern, der Großteil der Bevölkerung umgekippt sei und den Nazis zugejubelt habe. Schmidt war an seiner Seite Schritt um Schritt vorangekommen, zugehört hatte er kaum noch. Zwei Bauernfrauen, mit Körben unterwegs, überholten die beiden, die eine fragte, was dem Kleinen da fehle, sie brächten Äpfel ins Lager und zwei, drei Brote, man wisse ja, dass es unter den Flüchtlingen an vielem fehle. Strassberg bedankte sich und nahm einen Apfel, den die Frau ihm anbot, biss gleich hinein, Schmidt wollte keinen. *Sauergrauech* heiße die Sorte, sagte die Frau mit Stolz, es seien eigene, sie ging mit der anderen weiter. Er sei erstaunt, sagte Strassberg kauend, wie hilfsbereit hier auf dem Land die Bevölkerung sei, im Gegensatz zu einigen Bewachern. Eigentlich habe der Lagerkommandant die Order gegeben, dass Kontakte mit den Einheimischen strikte zu meiden seien. Aber daran hielten sich längst nicht alle, Süßmost habe man ihnen auch schon gebracht, Kartoffeln, sogar Würste, und die seien natürlich, bei der nahezu fleischlosen Kost, hochwillkommen.

Philipp Storch, der deutsche Lagersanitäter, der tagsüber die Kranken betreute, kümmerte sich um Schmidt, brachte ihm heißen Tee, um die Erkältung zu lindern, eine zweite Decke, redete ihm gut zu. Am frühen Nachmittag, nachdem er eine Weile geschlafen hatte, klagte Schmidt, er halte es hier, in diesem Durcheinander, diesem Getrampel nicht aus. Dazu liefen ihm Tränen über die Wangen, so kindlich und hilflos fühlte er sich. Storch erkannte, in welch schlechtem Zustand der Patient war. Dieser Mann sei seelisch völlig zermürbt, sagte er zu Oberleutnant Rüegg, als er ihn antraf, und holte sich von ihm die Erlaubnis, Schmidt das zweite Bett in seiner engen Kammer im oberen Stock zu überlassen. Dort gab es immerhin Matratzen. Er begleitete ihn hinauf, half ihm, sich bequem hinzulegen; er hatte Mitleid mit diesem kleinen leidenden Mann, der doch so berühmt gewesen war. Schmidt dankte überschwenglich, die Bevorzugung sei ihm nicht recht, aber er sei sehr froh darum, ein Minimum an Privatsphäre tue ihm gut. Auch Strassberg half mit, ihn zu betreuen, brachte ihm abends etwas Kohlsuppe in einer Gamelle, doch Schmidt wollte nichts essen, begnügte sich mit Tee. Sperber, der kurz zu ihm hineinschaute, konnte ihn ebenso wenig aufmuntern; es sei wohl so etwas wie ein Zusammenbruch, sagte er zu Storch.

Schmidt blieb drei Tage und Nächte an diesem Ort, wurde nur täglich einmal von Storch zur Latrine draußen im Hof geführt, er fror etwas weniger, schwitzte sogar in der Nacht, was Storch als heilsam ansah, aber der Hals blieb stark entzündet, die Stirnhöhle pochte, und die Brustschmerzen ließen nicht nach. Dem Lagerkommandanten, der zum Glück oft abwesend war, verschwieg man seinen Zustand, es wäre ihm zuzutrauen gewesen, Schmidt aufzuscheuchen und draußen zur Arbeit zu zwingen. Aber völlig untätig durfte er nicht bleiben, das ging gegen die strikten Regeln, so schickte ihn Oberleutnant Rüegg in die Küche, wo es, beim großen Holzherd, wenigstens warm war und er im Sitzen Kartoffeln und Karotten schälen konnte. So ungeschickt er sich dabei anstellte, so sehr bemühte er sich, diese Pflicht zu erfüllen. Hin und wieder versuchte er sogar, mit dem anderen Küchengehilfen, einem Elsässer mit struppigem Haar, zu scherzen. Manchmal summte er ein paar Töne, merkte indessen, dass die Stimme ihm kaum gehorchte.

In der zweiten Nacht wurden die Internierten durch laute Rufe geweckt: »Appell, Appell! Hinaus mit euch!« Schmidt wollte sich aufrappeln, doch Storch, der neben ihm lag, hielt ihn zurück: »Bleib hier, das ist bloß eine Schikane.« Er selbst ging aber mit den anderen hinaus in die Kälte. Es hatte, früh im Jahr, erstmals geschneit, die Männer, so erzählte es später Storch, drängten sich zusammen, wurden aber nicht gezählt, wie sie gemeint hatten. Der Major führte sie in zackigem Schritt hangaufwärts, ließ eine lange Bohnenstange, die mitgetragen worden war, aufpflanzen, samt einem drangehängten Hut. Dann mussten die Männer mit Schneebällen den Hut zu treffen versuchen, sie waren perplex, fühlten sich gedemütigt, gehorchten trotzdem. Offenbar hatte es mit Gessler und Tell zu tun, sagte Storch hinterher, als er nach einer guten Stunde zurück war in seiner Klause. Vermutlich sei es darum gegangen, die Rebellion der Urschweizer gegen Tyrannei in Erinnerung zu rufen. Nur habe der Lagerkommandant leider die eigenen tyrannischen Anwandlungen ausgeklammert. Er habe ja die Leute bei anderer Gelegenheit auch schon mit der Pistole bedroht. Man müsste diesen Quälgeist seinen Vorgesetzten in Zürich oder Bern melden, aber das wage keiner; vielleicht tue er's, Storch, doch noch, auch wenn er mit Repressalien zu rechnen hätte.

Schmidt war erleichtert, nicht dabei gewesen zu sein. Der militärische Betrieb war ihm auch damals in der rumänischen Bukowina tief zuwider gewesen, das Taktmäßige konnte von ihm aus Platz haben in der Musik und auf der Bühne, aber nicht in der kriegerischen Realität. Die Ablehnung von militärischer Gewalt war einer der Grundsätze, derentwegen er seinen Vater geschätzt hatte, was den strenggläubigen Wolf Schmidt allerdings nicht daran gehindert hatte, seine beiden Söhne, falls sie aus seiner Sicht ungehorsam gewesen waren, zu verprügeln und die Töchter zu ohrfeigen. Der Vater war ihm in vielem ein Rätsel geblieben, Sanftmut und Zornausbrüche, der Singsang der Gebete und die Schimpfreden: Wie ging das zusammen? Ja, Vater Wolf war nicht der Einzige mit einem solchen Verhalten, in einigen Opern hatte ihm, dem Sänger, diese Erfahrung geholfen, widersprüchliche Charaktere darzustellen. Die Verse aus dem *Troubadour*, Manricos Arie, erklangen in ihm: *Madre infelice, corro a salvarti ... Unglückliche Mutter, ich eile, dich zu retten, / wenigstens aber eile ich, / um mit dir zu sterben!* Aber kein Ton drang aus seiner Kehle, nicht einmal mehr das Krächzen, an das er sich gewöhnt hatte, die Stimme war blockiert. Wie sollte er hoffen, dass sie ihm in seiner Lage, mit seinem geschwächten Körper wiedergeschenkt würde?

Und was konnte er tun, um der eigenen Mutter beizustehen, die doch in großer Gefahr war? Nichts, gar nichts. Er hatte ihr mehrfach geschrieben und keine Antwort bekommen. Eine Schwester war im umkämpften Czernowitz vielleicht noch bei ihr, er hatte seine ehemalige Gesangslehrerin und einen Gönner zu kontaktieren versucht. Auch sie hatten nicht zurückgeschrieben.

13

Ein Bild von Joseph Schmidt hatten wir in einer alten Illustrierten entdeckt, eine Tante vom See hatte sie einmal mitgebracht, die Seiten waren vergilbt und doch so kostbar, dass Ruths Mutter sie nie zum Anfeuern verwendet hatte, sondern sie auf dem untersten Tablar des Buffets aufbewahrte. Mitten im Heft, auf einer Doppelseite, war er vorgestellt, der Tenor Joseph Schmidt, als »berühmtester Sänger im deutschen Sprachraum, bekannt durch Schallplatte und Rundfunk«. Es war ein schönes Gesicht, fanden wir, er war ja ein Jude, aber das sah man nicht, höchstens die Nase war ein wenig zu lang. Ich glaube, ich schwärmte noch mehr für ihn als Ruth, die hatte ja fürs Tanzen und manchmal fürs Küssen den Sohn vom Käser, schon fast neunzehn war der, aber ich hatte noch niemanden. Die, die um mich warben, waren mir zu grob, und dass mich einer mal ins Opernhaus nach Zürich eingeladen hätte, war damals etwa so wahrscheinlich wie eine Reise nach Amerika ...

Und dann dies, kaum zu glauben: Plötzlich war Joseph Schmidt bei uns in Girenbad, in der alten Fabrik, er und kein anderer, auch er war ein Flüchtling, sagte die Mutter von Ruth. Sie wusste es von irgendwem aus dem Lager, sie sprach manchmal ein paar Worte mit dem einen oder anderen Internierten, wenn sie draußen zu tun hatten, sie brachte ihnen heimlich Brotreste, Äpfel aus dem Keller. Sich mit ihnen zu unterhalten war zwar von der Lagerleitung verboten, doch Ruths Mutter hielt sich nicht daran, die seien arm dran, sagte sie, nur weil sie Juden seien, hätten sie in ihrer Heimat alles aufgeben müssen. Unter ihnen seien Professoren und andere gebildete Leute und eben seit ein paar Tagen Joseph Schmidt, er sei krank, stark erkältet wie andere auch im Lager. Einer habe ihn ihr gezeigt, draußen, beim Aufschichten von Brennholz für die Küche, und ja, er gleiche immer noch dem Bild in der Illustrierten, auch von weitem, er sei aber viel kleiner, als sie gedacht habe. Wir dachten erst, sie habe sich das eingebildet oder sie wolle uns imponieren.

»Du hast den Mann doch bloß von weitem gesehen«, sagte Ruth, »du hast dich bestimmt getäuscht.«

»Dann geht selber hin und fragt«, sagte Ruths Mutter.

»Die sind einfach dumm in Deutschland«, sagte

Ruth, »wenn die einen Star wie Joseph Schmidt loswerden wollen.«

»Auf Juden nehmen die Nazis keine Rücksicht mehr«, sagte die Mutter. »Sie wollen sie um jeden Preis loswerden. Sie nennen sie Volksschädlinge, Judenbrut.«

Auch in unserem Weiler gab es einige, die die Juden hassten, warum genau, wollte ich gar nicht wissen, es waren doch Menschen wie du und ich, aber Joseph Schmidt ragte durch seine Stimme aus allen heraus.

Wir waren damals siebzehn, Ruth und ich, weder Fisch noch Vogel. Es war Krieg, wenn auch zum Glück nicht in unserem Land, die jüngeren Männer standen an der Grenze, mein Vater hatte einen lahmen Fuß, saß viel herum. Eine Lehre als Damenschneiderin zu machen, wie ich es mir wünschte, kam nicht in Frage, wie hätte ich denn in Zürich wohnen und leben sollen? So besorgten wir den Haushalt, und unsere Mütter hatten es leichter. Die Geschwister, fünf in meinem Fall, gehorchten mir kaum, sie tobten durchs Haus, warfen alles durcheinander, es war ein nasser Spätherbst, da konnte man draußen auf unseren kleinen Äckern nichts mehr machen. Wenn Vater, der den ganzen Tag in der Küche saß, sie anschrie, beruhigten sie sich für eine Weile. Die Kleinen rannten dann hinaus, trampelten mit schmutzigen Schuhen wieder herein. Wir fütterten Kühe, die älteren zwei brachten die wenige Milch, die sie gaben, in die Käserei. Ich flickte Hemden und Hosen, träumte dabei von Joseph Schmidt. Ich wollte ihn unbedingt sehen, ein Autogramm von ihm, am liebsten mit Foto. Und vielleicht, sagte Ruth, könnten wir ihn dazu bringen, etwas für uns zu singen.

»*Er ist ja nicht eingesperrt, oder?*«*, fragte ich, und sie schüttelte den Kopf.*

»*Sie dürfen sich nicht zu weit von der Fabrik entfernen*«*, sagte Ruth.* »*Sie werden von Soldaten bewacht, die haben ein geladenes Gewehr, aber schießen werden die bestimmt nicht auf Flüchtlinge.*«

Wer weiß, dachte ich, wenn man Juden hasst wie Verbrecher, braucht es gar nicht viel dazu. Dass man sie zu Tausenden umbrachte in Deutschland, hörten wir auch, aber wir konnten es kaum glauben, und auch meine Mutter zweifelte daran.

Wir versuchten mehrmals, Joseph Schmidt beim Lager unter denen, die wir dort sahen, auszumachen. Wir gingen auf dem Sträßchen langsam daran vorbei, mit einer Tasche in der Hand, als ob wir irgendwo etwas holen wollten, dann wieder zurück. Meistens standen Männer draußen und rauchten,

Flüchtlinge in Arbeitskleidern oder ihre Bewacher, wir grüßten, wurden zurückgegrüßt, sie scherzten mit uns, so konnten wir stehen bleiben und uns umschauen. Die meisten sprachen Deutsch, Hochdeutsch, das uns nicht so leicht über die Zunge ging, einige hatten einen merkwürdigen Tonfall. Wir getrauten uns nicht zu fragen, wo der Sänger Joseph Schmidt sei. Auf einem Platz vor dem Haus gab es einige, die Holz zersägten und es aufstapelten. War er bei denen? Ruth glaubte, ihn erkannt zu haben, sie redete weiter mit einem Dunkelhaarigen, stieß mich zugleich in die Seite und deutete mit dem Kinn in eine Richtung, ich sah keinen, der Joseph Schmidt glich. Doch Ruth beharrte auf dem Heimweg darauf, er sei es gewesen, ohne Zweifel. Beinahe stritten wir deswegen, und zu Hause wurde ich ausgeschimpft, weil ich mich einfach so weggeschlichen hatte, dabei hätte ich am Brunnen die Eimer füllen und beim Melken helfen müssen. Und sonst noch dieses und jenes. Das holte ich jetzt nach und bereute, beim Lager nicht gut genug hingesehen zu haben.

Joseph Schmidt hatte ja nichts verbrochen, oder? Er war Jude, und das war nicht seine Schuld. Wir waren reformiert, es gab auch einige Katholiken bei uns, die hatten in Hinwil eine eigene Kirche, eine moderne, die meiner Mutter, die viel betete, nicht gefiel. Die reformierte Kirche sei älter und schöner, sagte sie. Aber die Katholiken, sagte Ruths Mutter, glauben an den gleichen Gott wie wir, die Juden tun es auch, obwohl sie das Neue Testament nicht kennen. Den Juden, sagte mein übellauniger Vater, sieht man meistens doch an, dass sie Juden sind, es gebe anständige unter ihnen, aber viele seien eben geldgierig, besonders die Viehhändler, einer habe ihn vor Jahren betrogen. Das könnten wir nicht beurteilen, sagte Ruth, und Joseph Schmidt sei bestimmt kein Viehhändler. Darüber mussten wir lachen. Und ob er fromm sei oder nicht, spiele doch keine Rolle, er habe ja seine Stimme.

Wir würden ihn fragen, ob er für uns etwas singe, sagte sie, nur für uns zwei. Oder nein, es wäre doch schöner, wenn er für alle aus dem Dorf, die ihm zuhören möchten, ein Konzert gebe, draußen kaum bei diesem Hudelwetter, aber vielleicht im Saal der Waldegg.

»Du spinnst!«, fuhr ich sie an. »Ein so berühmter Sänger singt nicht für uns in Girenbad.«

»Warum nicht?«, gab sie zurück. »Berühmt darf er jetzt in Deutschland gar nicht mehr sein, aber bei uns schon, es wird ihn niemand verhaften, bloß weil er für uns singt.«

Ich glaube, wir stritten lange und konnten uns nicht einigen, ob wir im Lager einen Brief mit ei-

ner Einladung für ihn abgeben sollten. Elisabeth, also die Mutter von Ruth, weihten wir in unseren Plan ein. Wir könnten es ja versuchen, sagte sie, man könnte dann für den Sänger ein wenig Geld sammeln, den jüdischen Flüchtlingen habe man ja in Deutschland alles weggenommen, das Geld auf der Bank gesperrt und ihre Häuser beschlagnahmt. Aber ich merkte ihr an, dass sie dachte, es sei ziemlich überspannt, was wir da vorhatten. Oder auch unmöglich. Sie wisse nun, sagte Elisabeth, dass im Lager Girenbad inzwischen fast alle dreihundert Internierten Juden seien, lauter Männer, Joseph Schmidt sei bei weitem nicht der einzige.

14

Nach anfänglicher Besserung verschlimmerten sich Schmidts Beschwerden erneut. Wenn Storch ihm auf die Beine half und ihn loszulassen versuchte, sackte er gleich wieder zusammen, und der Sanitäter musste ihn auffangen, damit er sich nicht weh tat. »Ich kann einfach nicht mehr«, flüsterte er und wich Storchs mitleidigem Blick aus.

Am fünften Tag fand der offizielle Lagerarzt, Dr. Kurt Müller, endlich Zeit, Schmidt aufzusuchen. Er war Österreicher, auch er ein Jude und mit einer Baslerin verheiratet, die den Sänger in den dreißiger Jahren enthusiastisch verehrt hatte. Das fiel Müller erst ein, als er vor Schmidts Matratze stand und dessen Namen, den ihm Storch mehrfach genannt hatte, erstaunt wiederholte. »Das ist doch ... in der Tat eine Berühmtheit, oder nicht? Der Sänger?«

Das könne man wohl sagen, antwortete Storch, aber in solchen schlimmen Zeiten verblasse der Ruhm rasch.

Müller wandte sich an Schmidt. »Das wird mir meine Frau gar nicht glauben und mich ausschimpfen, dass ich nicht sogleich für Sie gesorgt habe.«

Schmidt versuchte zu lächeln und etwas Liebenswürdiges zu sagen, was ihm kläglich misslang. Der Arzt beugte sich über ihn, inspizierte seinen Hals, klopfte die Brust ab, ließ ihn Arme und Beine bewegen. Er finde, sagte er, nichts wirklich Bedrohliches außer einer Laryngitis, einer Entzündung des Kehlkopfs, ebenso eine Infektion der Luftröhre. Und er müsse gestehen: Das sei natürlich für einen Sänger überaus schlimm.

Schmidt stimmte zu. »Sie hören ja, wie heiser ich bin. Auftritte liegen im Moment außerhalb des Denkbaren.« Er stockte. »Eine Auftrittsbewilligung will man mir ohnehin nicht geben, ich habe mich, als es der Stimme noch besserging, danach erkundigt.«

Der Arzt dachte nach, seine Miene hellte sich auf. »Wissen Sie was? Ich gebe Ihnen ein Gurgelmittel und schmerzlindernde Tabletten. Und dann weise ich Sie ins Kantonsspital Zürich ein, in die Spezialklinik für Fälle wie den Ihren. Dort haben Sie Ruhe und beste Pflege.«

»Danke«, sagte Schmidt und verbarg seine Rührung. »Danke sehr für Ihre Anteilnahme. Aber man wird mich hierbehalten. Ich glaube nicht, dass der

Lagerkommandant Ausnahmen duldet. Ich bin ja nicht wirklich bettlägerig, nur einfach total erschöpft.« Er begann zu husten.

»Der Herr Major wird sich fügen müssen«, sagte Dr. Müller beinahe nonchalant. »Wir haben das Recht und die Pflicht, solche Überweisungen vorzunehmen, auch wenn ich hier bloß als Samariter gelte. Wer es wissen will, der weiß, dass ich Spezialarzt für innere Medizin bin.«

Storch rieb sich die Hände. »Das ist doch prima, Joseph. Wir werden ein Auto für dich organisieren. In solchen Fällen stellt die Gemeinde Hinwil eines zur Verfügung.«

Ein paar Tage Ruhe, Zuspruch, Pflege, Privatheit. Und gewiss auch rasche Besserung der Symptome. Es war fast, als ob ein Abglanz seines früheren Lebens zu ihm zurückkehren würde. Schmidt konnte es kaum glauben, und das sagte er auch.

»Warten Sie es ab, mein lieber Schmidt«, sagte Müller. »Morgen früh werden Sie fahren. Und alles kommt in Ordnung.«

»Dann richten Sie Ihrer Frau meine besten Grüße aus«, sagte Schmidt galant; man erahnte, was für eine Wirkung er, obwohl so kleingewachsen, auf Frauen haben konnte. »Und wenn ich imstande bin, in naher Zukunft ein Konzert zu geben, sind Sie beide dazu eingeladen.«

»Sie wird sich freuen. Ich werde jetzt mit der Lagerleitung sprechen.« Müller ging aus dem engen Zimmer mit einem Abschiedsgruß, diesmal vermied er es, Schmidt die Hand zu schütteln.

Wohin brachten ihn die Träume unter zwei Decken? In einem Kurort am Meer war er, in Juan-les-Pins. Oder im kroatischen Abbazia, eine Schar weißbefrackter Kellner umstanden ihn, sie wollten, dass er singe, er öffnete den Mund, er brachte keinen Ton hervor und schämte sich. Eine junge Frau, nur wenig größer als er, nahm seinen Arm und führte ihn weg, zum Ufer mit hohem Wellengang. Er trug keine Badehosen, sondern einen weißen Anzug, dennoch fragte er: »Soll ich hinein?« Die Frau – es war Lotte mit einem großen Muttermal auf der Wange – bejahte mit böser Miene, und er ging ins Wasser, begann, während die Kleider sich vollsogen, zu schwimmen, denn nun war er ganz allein, und er wusste, dass ihn niemand retten würde. Am nächsten Morgen litt Schmidt an Schüttelfrost, obwohl ihm doch leidlich warm gewesen war, und hatte beim Husten Erstickungsanfälle. Aber er riss sich zusammen, so gut es ging. Dr. Müller hatte der Lagerleitung die Erlaubnis abgerungen, den Patienten – mit halb erfundenem Verdacht auf Lungenentzündung – nach Zürich zu bringen. Sobald Schmidt gesund und transportfähig sei, hatte der Major den Arzt angefahren, müsse er zwingend nach Girenbad zurückgeführt werden, er, der Kommandant, dulde keine Extrawürste. Schmidt ließ sich seinen Koffer von Strassberg packen und war dankbar dafür, er hatte nun auch Muskelschmerzen, und zwischendurch schien ihm, er könne nicht einmal mehr die Arme richtig heben und seine Finger hätten jede Kraft verloren.

Der Gemeindeschreiber von Hinwil, der solche Fahrten im Auftrag des Territorialkommandos übernahm, war frühmorgens in einem schwarzen Pontiac zur Stelle. Ein paar Internierte, die sich für die Arbeit draußen bereitmachten, wünschten Schmidt alles Gute, darunter auch Sperber, der noch grimmiger wirkte als sonst, dem Kranken aber ein warmherziges Lächeln gönnte. Wer Schmidt war, hatte sich herumgesprochen. Einer pfiff eine Melodie aus Nabucco, es sollte wohl eine Aufmunterung sein. Der Fahrer wusste allerdings nicht, wer sein Passagier war, er hatte ein rundes bebrilltes Gesicht mit auffälligen Schneidezähnen und benahm sich zunächst reserviert. Als er aber sah, wie schlecht es Schmidt ging, wie er sich bei Kurven mit den Händen am Polster festhielt, um nicht herumgeworfen zu werden, taute er auf, rühmte die Behandlungsqualität im Kantonsspital, wohin er den Patienten zu bringen habe. Nun ja, es kämen immer mehr Flüchtlinge in die Schweiz, das sei natürlich eine Belastung für das Land, das von Nazis umzingelt sei, aber man habe die Pflicht zu helfen, Menschen vor dem Tod zu retten, auch wenn man deswegen den Gürtel enger schnallen müsse. Bloß gebe es auch Faulpelze und Schmarotzer darunter, die sich vor jeder Arbeit drücken würden, das könne er nicht leiden. Schmidt hörte zu, wusste nicht, ob der Gemeindeschreiber ihn auch für einen Faulpelz hielt, und ihm, der weiter monologisierte, schien Schmidts Schweigen recht zu sein. Kleine Nebel schlichen an den Bachläufen entlang, aber der Himmel war hell, die Sonne stand tief, brachte die Waldränder, an denen sie vorbeifuhren, zum Leuchten, ein vielfarbiger Flickenteppich, wie die Frauen in Czernowitz sie aus alten Stoffen zusammengenäht hatten, als Bettvorleger, Läufer in steinernen Fluren. Schmidt sah die Mutter vor sich, wie sie, die Flicken auf dem Boden, gefragt hatte, was denn zusammenpasse, und Jossele hatte immer das Rote bevorzugt, während der Vater, wenn er die Frauenarbeit überhaupt beachtete, mehr Blau in der Komposition wünschte, denn Blau war ihm eine heilige Farbe. Aber Blau gab es nicht in den Herbstwäldern.

Nachdem sie Hinwil durchquert hatten, tauchten sie in Nebel ein, der immer dichter wurde, so dicht, dass der Gemeindeschreiber langsamer fuhr und sich, wenn Lichter vor ihnen auftauchten, dicht am Straßenrand hielt, einmal beinahe einen Randstein touchierte. Es war eine Entrücktheit ringsum, die Schmidt heiter stimmte, er vergaß für eine Weile seine Beschwerden. Die Konturen verloren ihre Schärfe, man bewegte sich, trotz des starken Motorengeräuschs, durchs Ungewisse, die Landschaft gewann etwas Sanftes, das ihn an die Bukowina erinnerte, es fehlten bloß noch die großen Schafherden, die sich ganz in der Nähe der Stadt aufhielten. Ihrem Blöken hatte er als Zehn-, Elfjähriger gespannt zugehört, es war eine seltsame Musik gewesen, ein wehmütiger Chor wie von verstopften Blasinstrumenten, und auch jetzt, im Gedächtnis, klang es eher nach Massenet als nach Verdi; Massenet liebte das Verhangene, Verdi den Glanz. Er hatte beides gerne gesungen, zwischen Herzweh und Leidenschaft. Daran dachte er, während der Fahrer weiter referierte.

Sie kamen durch Dörfer, die geduckt und still dalagen, die Häusergruppen wurden zahlreicher. Er hörte den Fahrer sagen, dass sie bald in Zürich seien, und dann den Nachsatz, wie gut geputzt man die Gärten hier schon für den Winter habe, das sei wohl in Schmidts Heimat anders, er komme doch, dem Aussehen nach, aus dem Osten. Schmidt nickte geduldig. Aus Czernowitz komme er, einer Stadt, die im Habitus ein wenig Wien gleiche. Der Fahrer straffte sich, wie wenn er diesem Vergleich misstraue; den Namen der Stadt habe er noch nie gehört, sagte er. Schmidt, wieder am Rand der Erschöpfung, hielt es für sinnlos, den Gemeindeschreiber belehren zu wollen, und schwieg.

Die *Klinik für Ohren-, Nasen- und Halskrankheiten* war ein unauffälliges neueres Gebäude in der Nähe des Sees. Schmidt musste sich am Empfang identifizieren, mit Mühe füllte er ein Formular aus. Er war telefonisch schon angemeldet, man ließ ihn in einem Vorraum lange warten; den Koffer hatte man ihm gleich abgenommen. Eine junge Krankenschwester wies ihm ein Zweierzimmer zu; ihre Kleidung wirkte so strahlend sauber und weiß, dass Schmidt beinahe lächelte. Er setzte sich aufs Bett und wartete wieder; das Krankenhemd, das auf dem Stuhl lag, wollte er noch nicht anziehen. Er hatte in der Brustgegend ein Gefühl großer Beklemmung, von den Halsschmerzen ganz zu schweigen. Ein Assistenzarzt mit Namensschildchen holte ihn für die erste Untersuchung ab, die in einem weiß gekachelten Raum mit Sessel, Liegebett und einschüchternden Apparaturen stattfand. Der junge Mann leuchtete ausführlich in Schmidts Mundhöhle, drückte die Zunge mit einem Holzspatel hinunter, was einen Würgereiz, danach ein starkes Husten erzeugte, er tastete den Hals und besonders den Adamsapfel ab, und da war der Schmerz so stark und stechend, dass Schmidt reflexartig den Kopf abzuwenden versuchte. Der Arzt hielt ihn mit einer Hand fest. »Das muss leider sein«, bedauerte er und setzte mit den Fingern der anderen die Untersuchung fort. »Eindeutig eine Kehlkopfentzündung. Es sieht nicht gut aus. Alles rot und geschwollen, vielleicht sogar am Beginn einer Vereiterung. Auch die Stimmbänder sind entzündet. Aber der Herr Professor wird morgen die Diagnose verfeinern.«

»Kann ich bald wieder singen?«, fragte Schmidt.

Der Arzt schaute ihn überrascht an. »Warum? Lassen Sie das bitte, schonen Sie Ihre Stimme.«

»Ich bin Sänger von Beruf«, sagte Schmidt. »Heiser bin ich schon lange, beim Singen hat man das nicht gemerkt.«

Der Arzt nickte. »Solche Phänomene gibt es bei der chronischen Laryngitis.«

»Ich habe Schluckweh«, sagte Schmidt. »Und morgens Auswurf. Aber was mich stärker schmerzt, ist die Herzgegend.« Er zeigte auf die linke Brust.

»Das braucht kompliziertere Abklärungen«, erwiderte der Arzt begütigend, aber doch ein wenig unsicher. »Die wird Professor Brunner vornehmen.

Die Behörden verlangen von uns in Ihrem Fall eine genaue Diagnose. Ich verschreibe Ihnen fürs Erste Dampfinhalationen. Das wirkt lindernd.«

Er führte Schmidt, der bei den ersten Schritten schwankte, zurück in sein Zimmer, empfahl ihm, sich nun umzukleiden und hinzulegen. Das tat er mit innerem Widerstreben. Vom Bett aus sah er durchs Fenster auf gelb verfärbte Birken im Spitalpark; das Gelb wirkte im nebligen Gelände stumpf und wenig aufheiternd.

Die Pflegerin, Schwester Sophie mit ihrer kecken Haube, führte die Dampfinhalation mit ihm durch, freundlich und kompetent. Sie stellte das Gefäß mit heißem Wasser auf ein Stellbrett, das sie übers Bett schob, er musste sich aufsetzen, den Kopf über das Wasser halten, sie breitete ein Tuch darüber, er sog, so wie sie ihn anwies, den Dampf, der nach Eukalyptus roch, durch Nase und Mund tief in sich ein, empfand sogleich eine lindernde Wirkung. Seltsam, wie kindlich er sich in diesem duftdurchwehten Dunkelraum fühlte. Hatte nicht die Mutter ähnliche Kuren mit ihm durchgeführt? Ja, und es waren, trotz der Halsschmerzen, Momente großer Geborgenheit gewesen. Als Schwester Sophie das Tuch wegnahm, wollte er ihr danken, sie legte den Finger auf den Mund: »Vermeiden Sie jetzt für eine Weile das Sprechen!« Er nickte, sie ging, nein, sie schwebte hinaus, ganz in Weiß; weibliche Anmut betörte ihn immer noch, er war ihr oft genug erlegen. Am liebsten stellte er sich in diesem Zustand die schöne Mary Solnik vor, die so kokett sein konnte. Vielleicht hing die Anziehung ja damit zusammen, dass sie mit einem aufrichtigen Mann, einem Textilfabrikanten, verheiratet war, keinem Filou, wie sie Joschi manchmal lachend genannt hatte. So waren beide auf der sicheren Seite, sie würde, das hatte sie wiederholt beteuert, den Ehemann nicht verlassen, und er brauchte nicht zu fürchten, dass sie ihn, wie die geschiedene Lotte mit ihrem Sohn, der auch seiner war, zu einer Heirat drängen würde. Vom Mittagessen nahm er beinahe nichts, aß nur ein paar Löffel Joghurt, Schonkost für ihn und seinen Hals, trank vom ungesüßten Kräutertee, er, der doch das Süße über alles liebte.

Danach, wieder allein, dämmerte er weg und sah sich im Sommer im Gras liegen, am Ufer des Pruth, in der Nähe wogte ein Weizenfeld ganz leicht im Wind, eine blassgoldene Unermesslichkeit war es, in der sich der Blick verlor. Seltsam, wie deutlich, beinahe überdeutlich er sich daran erinnerte. Und gab es nicht Schafe ganz in der Nähe? Sie blökten leise, beinahe wehmütig, die Töne hätten in eine *Sinfonie pastorale* gepasst.

Ein Klopfen weckte ihn auf; ohne dass er etwas

sagte, öffnete sich die Tür, und herein kam – er hätte es nicht für möglich gehalten – Selma, ausgerechnet sie, seine Fluchtgefährtin, und so sehr freute er sich über ihre Erscheinung, dass er in diesem Moment überzeugt war, sie über alle Maßen zu lieben. Sie war zwar bleich, die Haare, die sonst lockig waren, hingen ihr strähnig über die Ohren, das Spitalhemd, das sie trug, ließ sie unförmig erscheinen; aber sie lachte ihn an wie in guten Tagen. »Du? Tatsächlich?«, rief er unwillkürlich und hörte, wie ihm die Stimme zu brechen drohte. »Wie kommst du hierher?«

»Wir umarmen uns besser nicht.« Sie trat an sein Bett, reichte ihm beide Hände, und er drückte sie mit der wenigen Kraft, die er aufbringen konnte. »Ich bin Patientin, stark erkältet, das weißt du ja. Mein Bruder hat dafür gesorgt, dass ich gestern hier aufgenommen wurde. Ich habe in Girenbad angerufen und erfahren, dass du ebenfalls hier bist. Ein schöner Zufall, findest du nicht?«

»Doch.« Er versuchte ebenfalls zu lachen. »Du hast ihm nachgeholfen, dem Zufall, ja? Die Kranken und Versehrten treffen sich hier.«

Sie setzte sich zu ihm auf den Bettrand. »Ich dürfte ja gar nicht aus dem Zimmer. Man vermutet eine Lungenentzündung bei mir.« Aus ihrer Hemdtasche fingerte sie ein Taschentuch heraus, räusperte sich, spuckte hinein, faltete es sorgsam zusammen. »Aber Fieber habe ich doch gar nicht, nur Temperatur. Und keine Schmerzen in der Brust.«

»Ich schon«, sagte Schmidt. »Bei mir ist es, glaube ich, das Herz.«

»Hast du Appetit?«, fragte Selma.

Schmidt schüttelte den Kopf. »Kaum. Und wenn mein Bauch etwas schrumpft, schadet es auch nicht.«

Selma strich eine Strähne hinters Ohr zurück. »Wir waren ja die ganzen letzten Wochen auf Schonkost, oder nicht?«

»Manchmal«, sagte er, »habe ich Lust auf gefüllten Fisch. Und ich weiß gar nicht, warum. Den gab es bei uns selten, an hohen Feiertagen. Wir aßen ihn kalt. Das gehörte sich so.«

»Bei uns auch«, bestätigte Selma. »Aber ich mochte ihn nicht besonders. Das Karpfenfleisch war mir zu fett. Und die Rote Beete mit Meerrettich, die es dazu gab, fand ich sogar abscheulich.«

Sie lachten beide ein wenig; heftig zu lachen, schmerzte in der Mundhöhle, im Hals. Und das festzustellen, brachte sie gerade wieder zum Lachen.

»Galgenhumor«, sagte Schmidt.

»Mein Bruder«, sagte Selma, »hat versucht, für dich eine feudalere Unterkunft zu finden, auf seine Kosten. Aber er hat bei den Behörden auf Granit gebissen. Die Kaution, die er für dich hinterlegen wollte, haben sie gar nicht angenommen. Das Prinzip ist: Du sollst nicht anders behandelt werden als die anderen in deiner Lage.«

»Ich weiß«, sagte Schmidt resigniert. »Sie fürchten eine harsche Reaktion von deutscher Seite, wenn man mir Privilegien gewährt. Bevorzugung von einzelnen prominenten Juden, das vermeidet man hier um jeden Preis.«

»Genau das sagt auch Julius, und er findet, das sei duckmäuserisch, richtig feige. Aber er kann nichts machen. Er ist ja auch ein Jude, ein vermögender zwar, mit Aufenthaltsbewilligung seit Jahren. Aber trotzdem kann er keine Türen für dich öffnen.«

Schmidt rang sich ein Lächeln ab. »Wir bleiben jetzt eine Weile hier und treffen uns jeden Tag zum Vier-Uhr-Tee wie zwei alte Damen.«

»Bloß ohne Schwarzwälder Torte.« Selma leckte sich genießerisch die Lippen, während Schmidt ins Husten geriet. Die Stimme hatte während des Dialogs nachgelassen, er musste sich anstrengen, nicht bloß noch zu flüstern, denn das Flüstern, das hatte ihm schon Dr. Müller gesagt, schade der Stimme noch mehr als der Versuch, normal zu sprechen.

In diesem Moment kam Schwester Sophie herein. Sie stutzte, als sie Selma sah. »Was machen Sie denn hier?«

»Wir sind befreundet«, sagte Selma. »Das Plaudern tut uns gut, es wirkt heilend, oder nicht?«

Die Krankenschwester zögerte. »Eigentlich sind solche Besuche untersagt.« Sie schaute die beiden an. »Nun ja, ich sag's nicht weiter. Aber Herr Schmidt darf seine Stimme nicht überfordern.«

»Einverstanden. Halblaut ist die Devise.« Selma erhob sich. »Ich muss gehen.« Sie winkte Schmidt zu, er winkte matt zurück.

Noch eine Weile dachte er über Selma nach. Eine rätselhafte Frau, zwei Jahre älter als er, aber jünger wirkend. Sie war ja, aus einer reichen jüdischen Familie stammend, verheiratet gewesen, hatte in Warschau gelebt, war ins riesige Ghetto, das die Deutschen errichtet hatten, verschleppt worden, es war ihr gelungen, ohne ihren Mann daraus zu flüchten, wahrscheinlich dank Bestechung, und nach Frankreich zu gelangen. Aus ihrem Beruf als Deutschlehrerin am Gymnasium war sie entlassen worden. So viel – oder so wenig – hatte sie in La Bourboule über sich erzählt. Die Entbehrungen, die Gefahren, die Schikanen, das Ende ihrer Ehe: Das alles hatte sie verschwiegen. Auch, wie es ihrem Bruder Julius gelungen war, sich schon viel früher in die Schweiz abzusetzen und, dank Zigarrenfabrikation, vermögend zu werden. Es war manchmal, als trüge sie einen durchsichtigen Schutz, eine zweite Haut, durch die nichts Intimes drang, und auch Schmidts Charme, mit dem er sie in La Bourboule zum Reden bringen wollte, hatte ihre Zurückhaltung nicht geschmolzen. Ausgerechnet mit ihr nun hatte ihn das Schicksal – oder wie sollte man's nennen? – zusammengeschmiedet; und es war deutlich genug, dass sie nicht so leicht voneinander loskommen würden.

15

Dann sahen wir ihn wirklich, am übernächsten Tag. Oder war es später? Mit den Erinnerungen ist es so eine Sache, sie entgleiten, sie verschwimmen, sie wollen einem nicht immer gehorchen. Wir gingen in unserer freien Zeit wieder am Lager vorbei, Ruth und ich. Es nieselte zwar, aber wir hatten heimlich Sonntagskleider angezogen, und Kopftücher mit Blumenmuster hatten wir gegen die Feuchtigkeit umgebunden, das machte uns älter. Und Joseph Schmidt? Ja, er war da, unbestreitbar er, und er saß auf einem Baumstamm, darum sah man nicht, wie klein er war. Müde, aber freundlich schaute er Ruth an, als sie auf ihn zutrat und ihn grüßte. Ich stand stumm neben ihr, brachte kein Wort heraus, nicht einmal eine Anrede. Ruth stotterte auch ein bisschen, konnte aber unser Anliegen verständlich machen: »Sie sind unser Lieblingssänger, wir würden Sie so gerne singen hören.« Sein feines und trauriges Lächeln schnitt mir ins Herz, nein, es ging ihm nicht gut. Im Moment sei *seine Stimme leider unbrauchbar*, sagte er sehr leise, so dass ich ihn fast nicht verstand. *Aber sobald sie sich gebessert habe, würde er uns gerne die Freude machen*. Könnte er nicht sogar, fragte Ruth, im Saal der Waldegg ein kleines Konzert geben? Es stehe ein Klavier dort, ein altes zwar, aber das gehe schon, und der Dorflehrer würde ihn bestimmt begleiten. Sagte sie das wirklich? Hinterher erzählte sie es so, auch Jahre später, wenn wir uns trafen, auch noch an unserer letzten Klassenzusammenkunft vor sieben Jahren. Und er? Er schüttelte den Kopf, *es sei leider unmöglich*, aber er wollte unsere Namen wissen, wir sagten sie ihm, dann trat ein großer Mann zwischen ihn und uns: »Lasst ihn in Ruhe, er ist krank und erschöpft, sehr schwach, seht ihr das nicht?«

Doch, wir sahen es, beschämt zogen wir uns zurück, und auf dem Heimweg sprachen wir lange kein Wort miteinander. Nicht einmal nach einer Autogrammkarte hatten wir gefragt, er hätte, sagte Ruth später, in diesem Zustand bestimmt keine bei sich gehabt. Wenn schon hätten wir ihm den vergilbten Zeitungsbogen zum Signieren geben sollen, und daran hatten wir nicht gedacht, das feuchte Wetter, sagte ich mir hinterher, hätte das Papier ohnehin aufgeweicht, und dann zerreißt es doch so leicht. Aber hatten wir wirklich so nahe bei ihm gestanden, und war er wirklich so unschön gekleidet?

Auf Fotos trug er doch immer Krawatte. Und hat er mit uns gesprochen? Eine Zeitlang hätte ich die Hand ins Feuer gelegt, dass es genau so war. Jetzt, mit fünfundachtzig, bin ich nicht mehr sicher. Im Altersheim gibt es einige Gleichaltrige, denen traue ich nicht, wenn sie ihre Geschichten erzählen. Wie sollte ich denn meiner eigenen trauen? Sie geht ja noch weiter. Jeden Tag erkundigten wir uns nämlich über Umwege nach dem Gesundheitszustand von Joseph Schmidt, ob er nicht mehr heiser sei, ob es der Stimme bessergehe. Ruth fragte einen der Wachsoldaten, den sie mochte, der fragte seinerseits einen Korporal, der den Sanitäter, und so kam die Antwort am nächsten Tag zurück: Es gehe Joseph Schmidt ein wenig besser, aber nicht sehr. Ob er nicht öffentlich singen könne, war unsere nächste Frage. Nein, unmöglich, bekamen wir zu hören, er müsse sich bei diesem feuchtkalten Wetter dringend schonen.

Wer hat uns dann später gesagt, Joseph Schmidt sei weg, man habe ihn nach Zürich ins Spital gebracht? Ich weiß es nicht mehr. Aber ich wünschte mir mit aller Kraft, dass es ihm dort besserging und er wieder zurückkommen würde, zu uns nach Girenbad.

16

Vor allem morgens, nach dem Frühstück, fühlte er sich stark genug aufzustehen. Er machte trotz der Halsschmerzen und der Stiche in der Brust einige Schritte im Zimmer, ging sogar draußen im Gang hin und her, wechselte mit anderen Patienten, die er antraf, ein paar Worte. Er klopfte ein- oder zweimal bei Selma in der Frauenabteilung an und bat sie, gegen die Vorschriften nachmittags für einen Schwatz zu ihm herüberzukommen. Die rasch zunehmende Schwere in den Beinen, die Atemnot und das Engegefühl in der Brust trieben ihn spätestens nach einer Viertelstunde zurück. Er legte sich gleich wieder hin, schloss die Augen und überließ sich der Ermattung, die ihn heimsuchte wie eine anwachsende träge Welle und in einen unruhigen, von Kurzträumen belagerten Schlaf versetzte.

Eine Freude war es aber, wenn Selma ihn tatsächlich besuchte. Sie saß nun lieber auf dem Stuhl ihm gegenüber. Sie trug nicht mehr das Krankenhemd, sondern das elegante taubengraue Deux-Pièces, das sie abends oft in La Bourboule getragen hatte, es war in keiner Weise zerknittert, vermutlich hatte sie es bügeln lassen. Und sie hatte sich, eigens für Schmidt, gepudert und die Lippen geschminkt. Ihre Erkältung, so sagte sie, bessere sich von Tag zu Tag, und in der Tat wirkte ihre Stimme freier. Ob sie, dachte Schmidt manchmal, die Symptome übertrieben hat, um den Spitalaufenthalt zu rechtfertigen? Er fand sie attraktiver als vorher, es könnte, wäre ich gesund, dachte er, vielleicht doch eine stürmische Liebe daraus werden. Wie lange schon hatte er keine Frau mehr geliebt! Und Umarmungen waren doch eine Quelle gewesen, die der Musik in ihm den richtigen Fluss geben konnte. Das hatte Mary Solnik behauptet und sich von ihm, als sie sich zum ersten Mal geküsst hatten, überraschend abgewendet, mit dem Vorwurf, sie wolle nicht eine von vielen sein, eine bloße Liebelei gäbe ihr das Gefühl, missbraucht zu werden.

Hatte er eigentlich Pech oder Glück mit Frauen gehabt? Beides, sagte er sich, beides in unstetem Wechsel, aber nun war es wohl ohnehin vorbei damit, krank, wie er war? Mit Mary war es aber ernst geworden, er bekam sie damals, mit ihrem melodiösen Lachen, den schön geschwungenen Lippen, der schlanken Figur, nicht aus dem Kopf und bald nicht mehr aus den Gefühlen. An der Côte d' Azur, wohin ihn Willy, ihr Mann, ins Feriendomizil eingeladen hatte, musste er sie manchmal einfach berühren, über ihren nackten Oberarm streichen, ihre zerzausten dunkelgoldenen Haare ordnen, selbst wenn die kleinen Kinder in der Nähe waren und mit dem Onkel Joschi, der so lustig sein konnte, spielen wollten. Es war Ende August 39, die Sommerhitze verstärkte den Drang und die Lust, dieser Frau nahe zu sein. Willy fiel es auf, er machte Bemerkungen dem Familienfreund gegenüber, scherzhafte zuerst, dann deutlichere. Und Schmidt entschuldigte sich für die Freiheiten, die er sich herausnahm: Wer könne Marys Anziehung schon widerstehen, der Ehemann solle sich glücklich schätzen und die Bewunderung anderer Männer als Kompliment verstehen. Er wollte zurückhaltender sein, wurde aber schon am nächsten Tag wieder rückfällig, Willy ertappte die zwei bei einer Umarmung im Garten, halb versteckt hinter einer Platane, Mary schien sich zu schämen, der Ehemann drang höflich auf die Abreise des Nebenbuhlers. So fuhr er niedergeschlagen zurück nach Brüssel, wo es frühherbstlich regnete. Ob es einen schlimmen Streit zwischen den Eheleuten gegeben hatte, wusste Schmidt nicht, aber Mary schrieb ihm, Willy schicke sie zu ihm nach Brüssel, er räume ihr eine Frist ein, um die Angelegenheit mit ihrem Verehrer ein für alle Mal zu regeln. Es war eine quälende Begegnung im Hotel Metropole, wohin Mary ihn bestellte, die eigene Wohnung hätte er angemessener gefunden, aber das war Mary offenbar zu intim. Sie sprachen stundenlang miteinander, der Blick ging über den winzigen Balkon mit dem verschnörkelten Geländer auf eine Hauswand gegenüber mit vorhanglosen, feindselig dunklen Fenstern. Sie küssten sich zwischendurch innig, dann leidenschaftlich, seine Hände versuchten, unter ihre Bluse vorzudringen, es wäre ein kurzer Weg zum Bett gewesen, aber Mary blieb standhaft, sie wollte die Scheidung nicht riskieren, den verzeihungsbereiten Mann und Vater ihrer Kinder nicht ins Unglück stürzen und sich selbst mit einer ungewissen Zukunft an der Seite eines unsteten Sängers auch nicht. Der Rausch, darauf beharrte sie, würde bald verfliegen, und Schmidt, von Marys Vernunft ernüchtert, nickte dazu, es gab andere Frauen in seinem Leben, das wusste er, und das wusste sie auch.

»Wir bleiben uns in Freundschaft verbunden, ja?«, sagte sie zum Abschied, nach einem halben Tag in Brüssel und einer Nacht, die sie, anders, als Schmidt es gewollt hätte, nicht zusammen verbrachten.

Er hatte sie am frühen Morgen zum Bahnhof gebracht. Sie bemühten sich um Sachlichkeit, selten war Schmidt bei einem Abschied so niedergeschlagen gewesen, er hatte noch eine Rose gekauft und überreichte sie ihr mit übertriebener Galanterie. Da brach sie in hemmungsloses Schluchzen aus, und er drehte sich um und ging mit seinen kurzen eiligen Schritten davon, ohne noch einmal zurückzublicken. Einen Tag später, am 1. September 1939, überfielen die Deutschen Polen; und dieses Ereignis überlagerte für die nächste Zeit alle persönlichen Sorgen.

Mary, dachte er und sagte den Namen halblaut vor sich hin, wie wenn er ihn üben müsste: Mary, Mary. Aber Maria war noch klangvoller. *Maria Stuarda* von Donizetti, in dieser Oper hatte er nie mitgesungen, aber in der Loge der Wiener Oper – 1935? – hingerissen einer anderen Maria zugehört, Maria Jeritza, der tschechischen Sopranistin, die er bewunderte. Zusammen mit ihr aufgetreten war er auf seiner Amerikareise – fünf Jahre vor Beginn der dunklen Zeit – in der New Yorker Carnegie Hall. Er hatte den Faust in Gounods Oper gesungen, die Jeritza herzzerreißend das Gretchen. Sein Gedächtnis war immer noch gut, fast fotografisch genau, was die Opernlibretti betraf: *O nuit d'amour! ... ciel radieux! ... / Le bonheur silencieux / Verse les cieux / Dans nos deux âmes!* Und Gretchen hatte ihre Stimme mit seiner verschränkt: *Je veux t'aimer et te chérir! ... Je t'appartiens! ... je t'adore! ... Pour toi je veux mourir!* ... Es war eine der erotischsten Szenen in seinem Opernrepertoire, und er war, zum anfänglichen Gelächter von wenigen, auf ein Podest gestiegen, um neben der Jeritza glaubwürdig zu wirken. Dann doch der tosende Applaus des amerikanischen Publikums.

Die Musik war ihm vertrauter als die Bühne, aber die Wolkenkratzer-Welt außerhalb der Carnegie Hall schien ihm fast beängstigend fremd, und die Weite, durch die der Pullman-Express fuhr, die Savanne, die er durchquerte, sog ihn auf, wollte ihn nicht mehr entlassen, darin war auch Musik, waren nicht enden wollende helle Akkorde. Im Duett auf der Bühne jedoch durchdrang, durchglühte ihn die Musik, er modulierte sie nach Belieben, und zugleich war er ihr ausgeliefert und ergeben bis zur letzten Faser; kein Liebesakt in der Realität konnte ihn so erfüllen wie die vollkommene Verschmelzung zweier Stimmen. Stets war er auf der Suche nach diesem Gleichklang, oft fast verzweifelt, gerade auch bei denen, die durstig und begierig waren wie er. Maria Jeritza, siebzehn Jahre älter als er, hatte sich ihm in den Kulissen durch ihren Gesang ausgeliefert, als wäre sie nackt, Mutter und Geliebte in einem, aber außerhalb des Theaters hatte sie ihn abgewiesen, ihn leiden lassen. Warum bloß hatte er den Drang, mit fast allen seinen Bühnenpartnerinnen eine Affäre anfangen zu wollen? Es sei ja wie eine Sucht, hatte ihm der freudlose Onkel Leo vorgeworfen, er sei ein Frauenverschlinger, ein Trophäensammler, und ob er sich bewusst sei, wie viel die Geschenke, die er den Begehrten mache, all die riesigen Blumensträuße, der Schmuck, die Champagner-Flaschen kosteten? Er hatte nicht unrecht, der sparsame Onkel, obwohl er auf der anderen Seite reichlich für sich selbst sorgte. Es war mit den Jahren ein ganzer Reigen von Geliebten geworden, mit denen Schmidt sich umgeben hatte. Denn er, der immer wieder neu Verliebte, der die Frauen besang und betörte, konnte nicht bleiben, musste weiter zur nächsten. Er wollte, dass sie ihn beschützten, bemutterten, und sobald sie es taten, verließ er sie. Das Konzertleben mit Auftritten in halb Europa förderte die Beständigkeit seiner Amouren nicht, aber das kam ihm ja auch entgegen, wie er sich bisweilen eingestand. War es mit Mary doch ein wenig anders? Weil sie ihn, in La Bourboule, nach der großen gemeinsamen Lust, die vorausgegangen war, standhaft abgewiesen hatte? Mit Frauen, die er begehrte, eine gleichsam entkörperte Freundschaft zu pflegen, darum bemühte er sich vergeblich. Vielleicht kam das, was ihn mit Selma Wolkenheim verband, einer aus Not geborenen, tiefen Verbundenheit doch so nahe wie zuvor keine andere Beziehung, obwohl er sie nur wenige Male umarmt hatte. Ihre Angst vor Geschlechtskrankheiten aller Art hatte ihn erschreckt und unsicher gemacht. Auch die Liebe zur launenhaften Lotte hatte den Jahren nicht standgehalten, ihr Hin und Her, ihre Vorwürfe, ihre Liebesschwüre, ihre Hasstiraden stießen ihn ab und zogen ihn an, je nachdem, und der gemeinsame Sohn war ein Pfand gewesen, das sie in Geldnot oft genug gegen ihn ausgespielt hatte. Nun lag er da, mit all diesen Erinnerungen, seine Stimme, das Zaubermittel, mit dem er die Frauenherzen gewonnen hatte, hatte ihn im Stich gelassen, und ob sie wiederkommen würde, wusste er nicht. Was hatte er denn, ohne ihren Glanz, auf der Welt noch zu suchen?

Wenn er, vom Bett aus, lange genug durchs Fenster hinausschaute, schien sich der Himmel zu weiten; an einem nebelfreien Tag zogen die Wolken dahin, als wären sie launenhafte Wesen, die mit ihrem zerfasernden Auf und Ab, mit raschen Verwandlungen zu spielen schienen. Sie gehorchten niemandem, auch nicht dem Wind, so hatte er es manchmal empfunden, wenn er als Halbwüchsiger am Flussufer in der Wiese gelegen hatte und die Blätter der Weiden über ihm blinkten und zitterten, als wollten sie ihm heimliche Botschaften zukommen lassen. Es waren vielleicht die freiesten Momente seiner Jugend gewesen, und aus all den Eindrücken hatte er eine Musik herausgehört, in der dieser weite Wolkenhimmel, bei aller Bewegtheit, der unerschütterliche Grundton war.

Der Professor, Brunner mit Namen, zögerte die angekündigte Untersuchung von Tag zu Tag hinaus, der Mann sei überlastet, sagte ihm Schwester Sophie. Aber es war wohl, dachte Schmidt, nicht die ganze Wahrheit, die Schwester hatte ja auch durchblicken lassen, es gebe, was Schmidts Aufenthaltsdauer und seine Behandlung betreffe, in den höheren Rängen des Spitals und der Sanitätsdirektion widerstreitende Meinungen.

Dann aber bekam er völlig unerwartet Besuch von zwei Sängern, die zum Ensemble des Zürcher Stadttheaters, des Opernhauses, gehörten. Es waren Max Lichtegg und Marko Rothmüller, Tenor der eine, Bariton der andere, beide etwas jünger als Schmidt, deutschsprachige Juden wie er und aus dem europäischen Osten stammend. Sie hatten über Umwege vernommen, dass ihr berühmter Kollege mit einer schweren Erkältung im Kantonsspital liege, und sie hatten sich entschlossen, ihn zu besuchen und allenfalls für ein gemeinsames Konzert zu gewinnen.

Schwester Sophie führte die Besucher ins Zimmer, nahm ihnen die Hüte ab und brachte auch noch einen zweiten Stuhl, damit sie sich setzen konnten. Sie hatten beide offene Gesichter, dichte Haare, sie waren beide schlaksig, hätten von ihrem Aussehen her Brüder sein können. Schmidt kannte sie nicht persönlich, hatte allerdings von ihnen gehört und beteuerte, wie sehr er sich über ihren Besuch freue. Sie hatten einen kleinen, in gelbes Seidenpapier gewickelten Strauß Chrysanthemen und eine Schachtel Pralinés mitgebracht, und die Schwester holte eine Vase, um die Blumen einzustellen; die Süßigkeiten legte Lichtegg behutsam auf die Bettdecke.

Dass es um Schmidts Stimme nicht gut stand, hörten sie bei den ersten Worten, mieden aber zunächst dieses Thema. Sie berichteten, oft durcheinanderredend, dass Zürich seit Kriegsausbruch immer stärker zum Zufluchtsort und Sammelplatz verfemter deutscher Schauspieler und Sänger geworden sei, gerade der besten, viele unter ihnen seien Juden. Das habe die Qualität des Theaters eindeutig gehoben, lachte Lichtegg, der auf seinem Stuhl die Beine übereinanderschlug; es war klar, dass sie den kranken Schmidt aufmuntern wollten. Was sie denn im Moment proben würden, fragte der.

»Ach, wieder mal die *Zauberflöte*«, entgegnete Lichtegg beinahe wegwerfend, »die ist politisch unverdächtig. Man hat es in einem neutralen Land nicht besonders gern, wenn sich der gottähnliche Führer jenseits des Rheins angegriffen fühlen könnte. Aber im Schauspielhaus setzen sie trotzdem den Kommunisten Brecht auf den Spielplan. Das ist mutig.«

»Und in der *Zauberflöte* sind Sie ja wohl der Tamino«, sagte Schmidt.

»Genau.« Lichtegg summte die Anfangstöne der Bildnisarie, Schmidt versuchte miteinzustimmen, doch es misslang, und darum fragte er Rothmüller, ob er Bariton sei und damit der ideale Papageno.

Nun lachte auch Rothmüller: »Genau, Vogelhändler von Beruf. Und im Repertoire ist momentan Rossini, *Der Barbier von Sevilla*.«

»Dann gibt Herr Lichtegg den Grafen Almaviva, nehme ich an.«

Lichtegg nickte, lobte das Zürcher Publikum, das auch in dieser schwierigen Zeit die Säle fülle. »Vom Schweizer Arthur Honegger«, sagte er, »haben wir im Juni eine Oper uraufgeführt, *Jeanne d'Arc auf dem Scheiterhaufen*, harte Kost, schwierig zu singen, aber die Mühe wert. Und nicht ohne Anspielung auf den Nachbarn im Norden.«

»Das Zeitgenössische habe ich nie gemocht«, sagte Schmidt. »Ich bin doch weitgehend im vergangenen Jahrhundert zu Hause.« Er schlug ein wenig die Decke zurück, die er bis zum Kinn hochgezogen hatte, fuhr stockend, mit kleinen Unterbrechungen fort. »Ich mag aber nicht nur die Deutschen. Massenet und Gounod gehören zu meinen Favoriten.«

Die beiden Besucher beugten sich vor, um ihn besser zu verstehen.

»Eigentlich«, setzte Lichtegg behutsam an, »sind wir auch gekommen, um Sie zu einem Auftritt in unserer Stadt zu überreden, vielleicht sogar mit uns zusammen, zu dritt, warum nicht?«

Schmidts Lächeln war traurig. »Verbindlichsten Dank, liebe Kollegen. Aber mir fehlt die Kraft, und die Stimme muss sich erst vollständig erholen. Das wird Wochen dauern, schätze ich. Noch dazu müsste ich um eine Auftrittsbewilligung ersuchen. Man würde sie mir wohl nicht geben.«

»Das würden wir für Sie erledigen«, versicherte Rothmüller sogleich.

»Aber wir können warten«, fiel ihm Lichtegg ins Wort, »werden Sie jetzt erst mal ganz gesund.«

»Bei uns in Kroatien«, sagte Rothmüller unbeirrt, »kennt man ein hochwirksames Mittel gegen Probleme mit der Stimme. Einen Sud aus getrockneten Huflattichblüten.«

Schmidt lächelte. »Ja, das hat man mir auch schon empfohlen.«

»Es nützt wirklich. Wissen Sie was? Ich werde Ihnen ein Säckchen davon verschaffen und vorbeibringen lassen. Dreimal täglich damit gurgeln, einmal in kleinen Schlucken einen Tee daraus trinken. Den hat meine Großmutter für mich gemacht, und er hat Wunder gewirkt.« Er klatschte leicht in die Hände, als ob er einen Applaus andeuten wolle.

»Außerordentlich freundlich von Ihnen, ich werde es probieren.« Wieder Schmidts Räuspern, das in ein Husten überging, er verzog, das Taschentuch vor dem Mund, sein Gesicht und brauchte lange, um sich wieder zu beruhigen, während die Besucher besorgt auf ihn schauten, bis es Lichtegg einfiel, das Kissen vom freien Bett gegenüber zu holen und damit den Patienten besser zu stützen. Als der Anfall vorbei war, fand Schmidt die Sprache wieder. »Ich habe eine Bitte, meine Herren, es gibt doch eine Musikbibliothek bei Ihnen im Theater, ja?«

Sie nickten.

»Ich habe hier ... so viel Zeit ... und möchte gerne, auch wenn ich nicht wirklich üben kann, Partituren studieren. Den *Boris Godunow* vor allem, den habe ich nicht auf sicher. Die *Madame Butterfly*, Verdis *Maskenball*. Man vergisst halt doch das eine oder andere ...« Er brach ab, war nun so ermattet, dass die Stimme ganz wegblieb.

Doch Rothmüller tätschelte anerkennend

Schmidts Hand. »Das können wir gerne besorgen. Sie rechnen also doch damit, bald wieder auftreten zu können?«

Schmidt sog mit Anstrengung die Luft ein und zwang sich zu einem Nicken.

»Dann müssen wir Sie jetzt Ihrem Schicksal überlassen«, sagte Lichtegg mit dem Versuch, ein wenig zu scherzen. »Aber man sorgt ja gut für Sie.«

Schmidt gab keine Antwort mehr, ließ sich von beiden ausgiebig die Hand schütteln, sah ihnen nach, als sie mit einem letzten Winken hinausgingen und spürte, dass in seinen Augen Tränen standen. Sie ließen die Tür noch ein wenig offen, er hörte sie miteinander flüstern, und plötzlich traten sie wieder herein, stellten sich in Positur, und dann sangen sie gemeinsam aus *Hoffmanns Erzählungen* von Offenbach: *Wohlan, nur Mut und Vertrauen*, eine Arie, die Schmidt selbst oft gesungen hatte. Mit *Bald hoff ich mich als Gelehrten zu schauen* wäre es weitergegangen, aber Lichtegg blieb bei der ersten Zeile, die er gekonnt der Melodie anpasste, und Rothmüller improvisierte ebenso gekonnt eine Oktave tiefer die zweite Stimme dazu. Es klang staunenswert gut, Schmidt konnte sich nicht daran hindern, dass nun die Tränen wirklich flossen, und er wischte sie rasch weg, sie sollten nicht sehen, wie sehr ihn dieses kleine Ständchen rührte. Vom

Gang draußen hörte man Geräusche, Schritte, Türen gingen auf, das improvisierte Duett der beiden lockte Zuhörer an. *Ach! Lass mir dein Herz erblühen, / Verklärt vom Liebesstrahl*, das wären, sagte ihm sein Gedächtnis, die letzten Zeilen der Arie gewesen, stattdessen blieben sie mit Inbrunst bei *Wohlan, nur Mut und Vertrauen!* Als der letzte Ton verklang, klatschte man draußen im Gang, auch Schmidt hob die Hände zu einem matten Applaus. Die beiden Sänger verbeugten sich, warfen ihm theatralisch eine Kusshand zu, dann gingen sie endgültig, schlossen die Tür hinter sich, und Schmidt fühlte sich ganz verlassen und bedrückt. Wie lange war es her, seit ihm selbst der Applaus gegolten hatte, die Huldigung von Tausenden, die für ihn ein Lebenselement gewesen war? Diese unendlich vielen Gesichter, damals beim Freiluftkonzert im holländischen Hilversum, die zu ihm aufschauten, als offenbare er ihnen das Wesen der Schönheit. Alles vorbei, er ahnte es. Was konnte ihn jetzt noch tragen, ohne Auftritte, ohne dass er so viele in Bann zog? Er fuhr sich mit dem Ärmel über die Wangen, übers ganze Gesicht.

Es war später Nachmittag, die Trübnis draußen hatte sich aufgehellt. Nun sah er durchs Fenster sogar einen Streifen blauen Himmels, der sich rasch vergrößerte, bis die Sonne durchbrach, es war, als ob eine Flut von Helligkeit ins Zimmer stürzte. An der Parkgrenze, wo die Birken standen, hingen noch wenige Blätter, die nun gelb aufleuchteten. Es war zu viel Festlichkeit, er konnte nicht daran glauben und schloss die Augen. Auf seiner Netzhaut tanzten bewegte Muster; sie verschwanden erst, als er sich vom Fenster abwandte. Nach Minuten drehte er sich um und öffnete die Augen, da war das Zwischenspiel mit Licht und spätherbstlichem Glanz vorbei, die vorrückende Wolkenfront hatte alles verschlungen, und das Grau mit den einander überlagernden Schwaden war die Wirklichkeit, mit der er sich abzufinden hatte. Nein, er betrog sich selber, wenn er an eine Zukunft zu glauben versuchte, die ihn wieder ins helle Licht setzte. In ihm wuchs die Gewissheit, dass er, der Achtunddreißigjährige, schwer oder sogar unheilbar krank war.

Es tat ihm gut, dass Selma später noch eine Weile zu ihm kam, sich wieder auf sein Bett setzte und, als sie sah, wie schlecht es ihm ging, tröstend seine Hand in ihre nahm.

»Es kommen bald bessere Zeiten, Joschi«, sagte sie leise und, wie er zu hören glaubte, ohne große Überzeugung.

Er erzählte vom nachmittäglichen Besuch. Sie hatte schon davon gehört; das müsse ihm doch

Mut machen, sagte sie. Er gab keine Antwort, wich ihrem Blick aus. Eine Schönheit war sie nicht, aber dunkle Augen hatte sie, in einer anderen Zeit wäre er gerne in ihnen versunken.

17

Auf einem der Spaziergänge mit Senta – es war ein trüber Tag – begegnete mir am Aareufer ein gutgekleideter Mann mittleren Alters, der mir in den Weg trat und mich ansprach. Senta begann heftig zu bellen; ich musste sie an der Leine zurückhalten. Der Mann stellte sich als Pfarrer in einer der städtischen Kirchen vor, er kannte mich mit Namen und wusste Bescheid über meine amtliche Funktion als hochrangiger Mitarbeiter bei der Eidgenössischen Fremdenpolizei. Ich hatte schon damals den Verdacht, dass er die Route meiner Spaziergänge dank irgendeiner obskuren Quelle herausgefunden und mir an einer günstigen Stelle aufgelauert hatte. Er sei gut bekannt mit Professor Barth, sagte der Pfarrer, dessen Namen ich hier verschweige, und dieser habe ihn gebeten, das Gespräch – möglichst ohne Zeugen – mit mir zu suchen. Ich war indigniert über dieses ziemlich dreiste Ansinnen, blieb aber dennoch stehen. Professor Barth galt in unseren Kreisen als vehementer und deshalb auch unangenehmer Vertreter einer offenen

Flüchtlingspolitik; er war immerhin mutig genug gewesen, an der Bonner Universität den Amtseid auf Adolf Hitler zu verweigern und, als Mitbegründer der Bekennenden Kirche, zum Widerstand gegen die Judenverfolgung aufzurufen. Er musste mit seiner Verhaftung rechnen und hatte noch vor dem Krieg einen Lehrstuhl in Basel angenommen. Ob wir, fragte der Pfarrer, in der Eidgenössischen Polizeiabteilung Kenntnis hätten von der Konferenz am Wannsee im Januar dieses Jahres, bei der von den Führern der SS *die Endlösung der Judenfrage beschlossen worden sei. Davon hätten wir Kenntnis, sagte ich, das seien vollmundige Pläne, die wir nicht zum Nennwert nehmen dürften. Mit dem Begriff Endlösung, sagte der Pfarrer, werde ein anderes Wort bemäntelt, nämlich Ausrottung der europäischen Juden, und die sei, nach allen ihnen zugänglichen Informationen, auf die grausamste Weise in Gang gekommen und werde mit allen Mitteln gefördert. Was man glauben solle und was nicht, entgegnete ich unwillig, wisse man in dieser dunklen Zeit nicht, wir täten jedenfalls unser Möglichstes. Der Pfarrer entnahm seiner Busentasche einen Zettel, den er auseinanderfaltete und mir überreichte. »Das ist ein Zitat von Professor Barth. Lesen Sie es bitte.« Ich las. »Die Flüchtlinge tun uns die Ehre an, in unserem Land einen letzten Ort des Rechts und des Erbarmens zu sehen ... Wir sehen an den Flüchtlingen, was uns bis jetzt wie durch ein Wunder erspart geblieben ist.« Ich erinnere mich an jedes Wort, ich rang um eine Antwort. Von einem christlichen Standpunkt aus, argumentierte ich dann, möge Professor Barth recht haben, ich sei aber Jurist und müsse die Sachlage aufgrund des bestehenden Rechts beurteilen. Ich hatte wohl meine Stimme leicht erhoben, Senta bellte, zerrte an der Leine, und der Pfarrer wich um einen Schritt zurück. »Professor Barth«, sagte er, »bittet Sie in dieser Lage, in der so viel Unrecht geschieht, um Großzügigkeit bei der Aufnahme von Verfolgten. Wie wollen Sie sonst dem Urteil der Nachwelt standhalten?« Er schaute mich auffordernd an. »Es geht darum«, fuhr er fort, »der Bevölkerung klarzumachen, dass wir zusammenrücken müssen, um möglichst viele Gefährdete, vor allem auch Kinder, zu retten. Diese Rettung fordert von uns allen Opfer. Sehen Sie das nicht auch so, Herr Doktor?«*

Ich suchte nach Worten. »Mir sind die Hände gebunden, Herr Pfarrer«, sagte ich. »Es ist mir nicht möglich, Vorschriften, die ich befolgen muss, einfach zurechtzubiegen.«

Er hob einen Augenblick bedauernd seine Hände. »Denken Sie zumindest darüber nach, ob sich Gesetze nicht auch verändern, zumindest großherziger auslegen lassen.«

Er nickte mir zu, trat auf die Seite, um mich auf dem schmalen Weg durchzulassen. Ich blieb aber stehen, um eine schlüssigere Antwort zu finden; ich spürte eine beginnende Atemnot, schaute auf die vorbeifließende Aare, die mir so grün schien wie nie zuvor, grün und düster, geradezu unheimlich.

Da ergriff der Mann erneut das Wort: »*Einen besonderen Wunsch habe ich noch. Kennen Sie den Sänger Joseph Schmidt?*« *Ich verneinte, hatte aber doch eine unbestimmte Erinnerung, den Namen schon gehört zu haben.* »*Er ist Jude, Rumäne durch seine Herkunft, ein Flüchtling. Er weilt zurzeit im Internierungslager Girenbad im Zürcher Oberland, und es geht ihm sehr schlecht, wie wir vernommen haben. Die zuständige Behörde lässt es nicht zu, dass er eine private und geheizte Unterkunft, die ihm angeboten wurde, beziehen kann. Veranlassen Sie doch bitte, dass Herrn Schmidt dieses Privileg gewährt wird.*«

»*Wissen Sie*«*, sagte ich und schämte mich zugleich meiner Worte,* »*jeder Einzelfall stellt sich anders dar. So gesehen, haben wir es mit Tausenden von Einzelfällen zu tun. Und wir können unmöglich aufgrund von Interventionen die eine oder andere Person bevorzugen.*«

»*Doch, das können Sie*«*, erwiderte der Pfarrer merklich schroffer.* »*Es erfordert drei Zeilen von Ihrer Abteilung. Sie haben die Weisungsbefugnis.*«

»Und was ist mit all den anderen, die in einer ähnlichen Lage sind wie dieser Sänger?«, fragte ich. »Ist das Ihre Vorstellung von Gerechtigkeit?«

Wortlos und ohne Gruß drehte sich der Interpellant um und ging auf dem Uferweg in Richtung Stadt davon, während ich den Zettel, den er mir gegeben hatte, zwischen zwei Fingern festhielt. Ich wollte ihm nicht folgen, ich wollte vermeiden, dass er mich noch einmal ansprach, und so ging ich den Weg zurück, den ich gekommen war, und im Gehen überprüfte ich die Argumente, die ich dem Pfarrer entgegengehalten hatte, fand sie richtig und zugleich schief, was ja genau unsere Crux ausmacht.

Als ich mich unserem Haus näherte, hörte ich schon von weitem, dass meine Frau, Agnes, Klavier spielte wie häufig am Sonntagabend. Senta begann bei den Tönen von Schumanns Waldszenen leise und beinahe andächtig zu winseln. Den Zettel wollte ich Agnes erst zeigen, unterließ es dann aber.

Senta legte sich drinnen im Flur auf ihre Decke. Ich trat im Wohnzimmer ans Klavier und wartete, bis Agnes meine Anwesenheit bemerkte und sich mir auf dem Drehstuhl lächelnd zuwandte.

Ich sagte etwas über das nasse Laub auf den Waldwegen, über die tiefgrüne Aare und fragte dann übergangslos, ob sie je vom Sänger Joseph Schmidt gehört habe.

»Natürlich«, sagte sie. »Er war in den frühen dreißiger Jahren wohl der berühmteste Tenor in Deutschland. Kennst du ihn denn nicht?«

Ich zuckte mit den Achseln. »Musik ist, wie du weißt, nicht mein Spezialgebiet.«

»Wie kommt du jetzt gerade auf ihn?«

»Ich habe irgendwo seinen Namen gelesen«, wich ich aus.

»Gibt er in der Nähe ein Konzert? Da müssten wir unbedingt ...« Sie stutzte. »Wohl eher nicht. Er ist Jude, soviel ich weiß. Da tritt er kaum noch auf.«

Ich nickte. »Oder dann auf jeden Fall nicht im Bannkreis der Nazis.« Agnes mochte manchmal meine Wortwahl, sie sagte dann, in mir stecke, wenn nicht ein Musiker, so doch ein Poet. »Ich nehme an, er ist inzwischen geflüchtet«, fügte ich nach einer kleinen Pause in sachlichem Ton hinzu.

»Vielleicht ja in die Schweiz«, sagte sie und schaute mich forschend an.

Ich ging hinauf, hierher in mein Studierzimmer im oberen Stock, während sie weiterspielte. Den Zettel zerriss ich und warf ihn in den Papierkorb. Ich nahm mir vor, Dr. R. am nächsten Morgen auf den Fall Joseph Schmidt anzusprechen, und tat es dann doch nicht.

18

Von der Untersuchung durch den Klinikleiter, Professor Brunner, hing es ab, ob Schmidt im Spital bleiben konnte oder zurück ins Lager Girenbad musste. An sein Bett bemühte sich der Professor nicht; Schwester Sophie brachte den Patienten zusammen mit einer Kollegin ins Sprechzimmer im ersten Stock, in dem er schon gewesen war; sie mussten Schmidt, der sich schwach fühlte, beidseits stützen und auf der Treppe vor dem Umsinken bewahren. Am Vortag war er, beim Gang auf die Toilette, beinahe zusammengebrochen, hatte sich eine Weile schwer atmend an die Wand gelehnt. In seinem Krankenhemd kam er sich lächerlich vor, würdelos; dass man ihm nicht erlaubt hatte, sich umzuziehen, verstand er nicht. Er war zudem unrasiert und schämte sich deswegen.

Der Professor, der hinter dem Schreibtisch sitzen blieb, empfing Schmidt mit einer Miene, die von Anfang an seine Ablehnung verriet, und wies ihn mit einer Geste an, ihm gegenüber Platz zu nehmen.

Er trug einen makellos weißen Arztkittel, der mit seinem gebräunten, scharf geschnittenen Gesicht und der markanten Hornbrille kontrastierte.

»Kennen Sie Doktor Wyler?«, fragte er als Erstes.

Schmidts Atem wollte sich nicht beruhigen. Er verneinte, er habe bloß von diesem Arzt gehört, und zwar viel Gutes.

»Er ist Privatarzt«, sagte Brunner, »von jüdischer Herkunft, wie Sie ja bestimmt wissen, er setzt sich, offenbar auf Druck von Glaubensgenossen, für Sie ein, rät von einer Rückkehr ins Internierungslager ab.« Brunner zog seinen Mund mit leichter Verächtlichkeit ein wenig schief. »Allerdings ohne vorangegangene Konsultation. Was ich offen gestanden etwas voreilig finde. Aber schauen wir mal. Der Assistenzarzt hat ja schon einen provisorischen Bericht geschrieben.«

Schmidt hatte den Impuls zu sagen, eine Besserung sei seither nicht eingetreten, im Gegenteil. Aber er zog es vor zu schweigen. Brunner erhob sich, bedeutete dem Patienten, sich auf den verstellbaren Stuhl mit der schwenkbaren Lampe zu setzen. Die Untersuchung des Professors verlief im Wesentlichen gleich wie die bei seiner Ankunft, allerdings ungeduldiger. Schmidt musste auf Anweisung hin husten, mit langgezogenem Aaa den Rachen öffnen, in den der Professor flüchtig hineinleuchtete. Ab und zu rückte er seine Brille zurecht, murmelte etwas vor sich hin, was eher wegwerfend klang. Mit Entschiedenheit warf er den Holzspatel, den er benutzt hatte, in den Abfallkübel.

»Eine mittelstarke Laryngitis«, sagte er, nachdem er sich wieder gesetzt und etwas auf eine Karteikarte gekritzelt hatte. »Das ist nichts wirklich Gravierendes. Sie wird, sofern Sie Ihre Stimme nicht strapazieren und die vorgeschriebenen Spülungen vornehmen, in zwei, drei Wochen abschwellen, und auch die Begleiterscheinungen, die Halsschmerzen, das leichte Fieber, werden verschwinden.« Nun zwang er sich sogar zu einem kurzen Lächeln. »Ich sehe keinen Grund, weshalb Sie nicht bald nach Girenbad zurückkehren können, dort gibt es ja einige Ärzte, sogar unter den Internierten, soviel ich weiß. Und Sie stehen damit unter professioneller Kontrolle. Wobei ich allerdings unsicher bin, ob die ärztliche Ausbildung bei diesen Leuten auf dem neuesten Stand ist.«

Schmidt legte erhöhte Dringlichkeit in seine Stimme. »Ich möchte Sie bitten«, sagte er, »mich auch wegen meiner Brustschmerzen genauer zu untersuchen.« Er deutete auf die Herzgegend. »Es wird von Tag zu Tag stärker, ich kann deswegen oft nicht einschlafen oder erwache mehrmals in der Nacht.«

Brunner schaute ihn irritiert an. »Brustschmerzen? Sie sind ja nicht deswegen eingeliefert worden.«

»Nein. Aber möglicherweise ist es das Herz. Das kann doch sein.«

Brunner nahm seine Brille ab, setzte sie wieder auf. »Das kann sein, mein lieber Herr Schmidt.« Er schärfte das dt, spuckte es beinahe aus. »Aber könnte es nicht auch sein, dass Sie sich die Schmerzen einbilden? Oder sie aus Angst verstärkt wahrnehmen? Könnte es sein, dass Sie sehr ungern ins Lager zurückkehren würden?«

Schmidt schaute den Professor bestürzt an. »Sie glauben mir nicht? Sie meinen, dass ich die Schmerzen erfinde?«

Brunner schien die Frage mit einer beschwichtigenden Handbewegung von sich wegzuscheuchen. »Simulanten gibt es viele. Aber ich sage nichts dergleichen. Es ist einfach meine Pflicht, solche unangenehmen Fragen zu stellen. Das sollten Sie, als vernünftiger Mann, bei der großen Zahl von Internierten in unserem Land, verstehen. Es gibt ja auch sehr viele Ihres Glaubens darunter, die in Anspruch nehmen, verfolgt zu werden, und annehmen, deshalb ein Recht auf Asyl zu haben.«

Schmidt fand keine Worte für diese Unterstellungen.

Brunner fuhr mit einem Hauch von Belustigung fort: »Sollten die Brustschmerzen tatsächlich ernsthaft sein, dann wenden Sie sich im Lager an einen diensttuenden Arzt. Er wird das Nötige veranlassen. Sie können gehen.« Er läutete mit der Glocke, Schwester Sophie trat ins Zimmer, allein diesmal.

Brunner erhob sich, vermied es aber, Schmidt mit einem Händedruck zu entlassen. Immerhin wünschte er ihm gute Besserung, mit einem Unterton, in dem Misstrauen und leiser Spott mitschwangen.

Schmidt ließ sich von der Schwester helfen; dem Professor danken wollte er nicht. Wofür denn? Schweigend ließ er sich hinausbegleiten und war froh für die Stütze, die ihm die Schwester anbot.

Die Nacht verbrachte er in unruhigem Schlaf, und jedes Mal, wenn er wieder lange wach lag, spürte er den Druck in der Brust, die zunehmende Beengung, die zeitweise in schmerzhafte Stiche überging. Es wäre lindernd gewesen, hätte er Selma nahe bei sich gehabt, ihre Wärme in sich aufnehmen können. Draußen blies ein starker Wind, rüttelte an den Fensterläden, das passte zum Tumult in ihm drin, zu dem Groll auf den Professor und auf andere seinesgleichen, auf die Behörden, die offenbar die Diskriminierung der Juden nicht verhindern konnten oder wollten. Der Antisemitismus schien, entsprechend den deutschen Kriegserfolgen und der Angst vor der Wehrmacht, auch dieses tief demokratische Land infiziert zu haben. Dagegen auch nur in Gedanken anzusingen half nicht, die deutsche Musik hatte längst den Takt übernommen, gerade bei Wagner, dem Antisemiten, fanden sich anfeuernde Märsche.

Am nächsten Tag wurden ihm zwei Briefe ausgehändigt, einer kam von Leo, der andere von seiner Mutter. Sie lebte also noch! Ihren Brief sparte er so lange auf, wie er es aushielt, er war auf schlechte Neuigkeiten gefasst. Onkel Leo, in Brüssel lebend, blieb der tief Beleidigte, als der er sich in den letzten Briefen zunehmend geäußert hatte. Er fühlte sich vom Neffen, den er doch zum Star gemacht hatte, im Stich gelassen, er zog über Lotte her, die, des Kindes wegen, Joseph aussaugen wolle und jetzt in Barcelona, im bequemen Exil, ihr Geld verschwende. Dass Joseph selbst kaum noch etwas hatte, ging ihm nicht in den Kopf. Und dass er jetzt mit Kantorowicz, seinem Rivalen als Konzertagent, zusammenarbeiten wollte, was Schmidt angedeutet hatte, stieß bei ihm auf stärkstes Missfallen. Onkel Leo hatte keine Ahnung von Josephs angespannter Lage und seiner Krankheit, er wollte es auch nicht wissen und sich bloß über die Undankbarkeit des Neffen beklagen. Ganz anders der Brief der Mutter, den er mit Bangen öffnete. Er hatte, ohne zu wissen, wo sie sich aufhielt, über seinen eigenen Aufenthaltsort gelogen und vorgespiegelt, dass er ein nettes Zimmer in Zürich bewohne. Auch sie teilte ihm, ihrem Joschi, nichts Näheres mit, obwohl er sich vorstellen konnte, wie hart, wie entbehrungsreich das Leben für sie nun war, ob im Ghetto von Czernowitz oder anderswo. Ihre Hauptbotschaft war, dass sie ihm noch viele, viele glückliche Jahre wünsche. So versuchten sie, über Hunderte von Kilometern hinweg, einander zu beruhigen, wie Hänsel und Gretel, die sich flüsternd und voller Bangigkeit eine schöne Zukunft verheißen, während die Hexe den Ofen einheizt. Tausend Küsse sandte sie ihm und unterschrieb mit dem vertrauten »Mama«. Sie war kaum zu ertragen, diese Nähe plötzlich und zugleich die unüberbrückbare Entfernung. Er faltete den Brief zusammen, schob ihn unters Hemd, wo er eine Weile auf der Herzgegend lag, doch sobald er sich bewegte, rutschte der Brief von der Brust hinunter. So legte er den schweißfeuchten Bogen auf den Nachttisch, er wollte nicht, dass irgendjemand ihn las, und hätte doch am liebsten unter Tränen und Lachen in die Welt gerufen: Meine Mutter lebt, sie hat mir geschrieben! Er wusste, wie kindisch das gewesen wäre, aber er war den Gefühlen, die ihn überwältigten, hilflos ausgeliefert.

Mutter Sara war nicht viel größer als er; der Vater und die Geschwister jedoch überragten ihn, als sie ausgewachsen waren, alle um einen Kopf. Schon dies verband ihn mit der Mutter. Wie oft hatte sie ihn, wenn er verspottet wurde, getröstet, sich neben den Halbwüchsigen gestellt und bewiesen, dass er ja doch nur zwei Fingerbreit kleiner war als sie und den Unterschied noch wettmachen würde (was allerdings nicht eintraf). Und sie hatte seine kleinen Hände in ihre genommen, warme und kräftige Hände, hatte sie gedrückt und gesagt, er habe dafür ein großes Talent geschenkt bekommen, und das sei doch wichtiger, als auf andere herabschauen zu können, er werde noch erleben, dass sie zu ihm aufschauen würden, und das war in der Tat geschehen, wenn er auf der Bühne stand und sein Publikum, oft Hunderte und Tausende, mit seiner Stimme vollkommen für sich einnahm. In Mutter Saras Umarmung, auch als er kein Kind mehr war, hatte er ihren unverkennbaren Geruch wahrgenommen, und noch jetzt, im Krankenbett, erschnupperte er ihn, denn auch Gerüche lassen sich, ebenso wie Töne und ganze Arien, imaginieren, der Duft von Lavendelseife, die Geruchsspuren von Lysol, mit dem sie die Böden schrubbte, von Zwiebeln, die sie geschnitten hatte, von leichtem Schweiß, der am Ende des Tags ihre Stirn bedeckte und die Bluse unter den Achseln nässte: Das alles ergab die Mischung, die zu ihr gehörte, die ungreifbare Substanz ihres Mutterseins, ebenso wie ihre Stimme, die dunkler klang als bei den Frauen aus der Nachbarschaft; seine eigene war heller, auch nach dem Stimmbruch. Nur ihr Lachen stieg oft derart in die Höhe, dass es ihn beinahe erschreckte, diesen Ton traf er nicht, und doch brachte er sie, von klein auf, gerne zum Lachen, mit Faxen, Sprüchen, Kapriolen, und sie sagte ihm oft unter vier Augen, seine Geschwister, vor allem die Schwestern, seien ihr zu ernst; auch ein Luftibus, ein Wolkentänzer wie ihr Joschi sei immer noch erdgebunden und habe genug Tränen fürs Traurige. Schon früh brachte sie ihn dazu, mit ihr zweistimmig zu singen, und dabei entdeckte er seine Fähigkeit zu improvisieren und seine Lust, die Mutter durch die Intensität seines Gesangs verstummen, das Geschirrtuch sinken zu lassen und ihm bloß noch zuzuhören, denn das mochte er immer mehr: dass man ihm zuhörte; sogar das strenge Gesicht des Vaters hellte sich auf, wenn der Sohn eine jiddische oder gar hebräische Weise sang, die er in der Synagoge aufgeschnappt hatte. Er roch anders, der Vater, nach staubigem Tuch, nach Lampenöl, abends auch nach dem Stall, und sein Bart, wenn er den Jungen, was selten geschah, hochhob und an sich drückte, roch manchmal nach Mottenpulver. Auf Fotos wollte der Vater nicht dabei sein; wenn jemand die Familie ablichtete, schalt er stets, es sei hoffärtig, sich auf diese Weise in Szene zu setzen, man solle Gott fürs Dasein danken, statt zu prahlen. Und wenn seine Söhne und Töchter, mit der Mutter in der Mitte, sich für den Fotografen aufstellten, trat er zur Seite oder ging weg, um die Thora zu studieren. Deswegen mit ihm zu streiten hatte die Mutter aufgegeben. Jahrelang hatte Schmidt in seiner Dokumentenmappe, die ihn von Ort zu Ort begleitete, ein Gruppenfoto von 1934 aufbewahrt, das ihn in der vorderen Reihe zeigte, flankiert von der Schwester Regina und Mutter Sara, um die er den Arm gelegt hatte. In der zweiten Reihe standen Mariem mit ihrem Mann, daneben Schlomo mit seiner Frau. Er hatte das Foto oft, wenn das Heimweh ihn überfiel, in Hotelzimmern hervorgesucht, schöne Gesichter, eine ansehnliche Familie, er selbst war auf diesem Foto, anstelle des abwesenden Vaters, ihr eindeutiger Mittelpunkt; um den Kleinsten drehte sich, dank seiner Erfolge, das ganze Planetensystem der Familie. Irgendwo, vermutlich in einem Hotel, hatte er das zerknitterte und von Fingerspuren befleckte Foto liegengelassen, es war wohl zwischen die Bettlaken geraten oder an der Wand hinuntergerutscht. Er hatte deswegen sogar in einigen Hotels nachforschen lassen, vergeblich. Aber so häufig hatte er dieses Bild angeschaut, dass er es mit geschlossenen Augen vor sich sah und darüber staunte, wie jung die Mutter wirkte, als sei sie seit dem Hochzeitsfoto, das es von ihr und dem um zehn Jahre älteren Wolf Schmidt gab, kaum gealtert. Von den Geschwistern hatte ihm wohl Betty am nächsten gestanden. Es betrübte ihn, dass auch sie jetzt, weit weg von ihm, in Bukarest lebte, in scheinbarer Sicherheit immerhin; aber vor den Nazis und ihrem Sturmlauf war in diesem Europa niemand mehr sicher. Seit Jahren hatte er sie nicht mehr getroffen, auch Blutsbande konnten reißen.

Hatte es einen Sinn, seiner Mamitschka zurückzuschreiben? Er wusste nicht, ob sie den Brief übers Rote Kreuz bekommen würde, ob man sie nicht längst umgesiedelt hatte und sie ihm das einfach nicht gestehen wollte. Unaufhörlich kreisten seine Gedanken darum, was er für sie tun könnte, er fand nichts, und das quälte ihn.

Gegen Abend erschien Selma zu ihrem täglichen Besuch. Sie knipste das Deckenlicht an, musterte Schmidt mit gerunzelter Stirn, sagte nach einer langen Pause: »Ach, lieber Joseph, du siehst schlecht aus. Schlechter als gestern. Dein Gesicht ist so bleich und eingefallen, du atmest so schwer.«

»Es wird schon wieder gut«, sagte er, kaum verständlich, um ein Lächeln bemüht, doch seine Miene zeigte Verlegenheit und eine Art Schuldbewusstsein, als tue er selbst zu wenig gegen die Krankheit.

Sie blieb auf der Bettkante sitzen, er sah, dass sie sich, wie fast immer, wenn sie ihn besuchte, leicht geschminkt hatte. Noch vor ein paar Monaten hatte er Lust gehabt, diesen Mund mit den vollen Lippen zu küssen, aber der Drang, der ihn so lange zu den Frauen getrieben hatte, war fast verschwunden.

»Wenn ich nur wüsste, wie es meiner Mutter geht«, beendete er das Schweigen zwischen ihnen.

»Du kannst von hier aus nichts für sie tun«, sagte Selma mit leiser Ungeduld.

»Ich weiß, es ist schwierig. Ich werfe mir vor, dass ich nicht zu ihr zurückgekehrt bin. Dann wäre sie jetzt in einer anderen Lage.«

Selma verneinte energisch. »Du hast sie ja mehrfach zu Konzerten eingeladen, samt der einen oder anderen Schwester, du hast sie beschenkt, und sie ist voller Stolz zurückgereist nach Czernowitz, wo überall dein Lob gesungen wurde, und nicht nur in der Synagoge. Was hättest du noch tun können?«

»Ich hätte einfach bei ihr bleiben sollen«, sagte er und versuchte, seine Tränen zu verbergen.

»Ach was, das hat sie doch gar nicht gewollt.

Für sie war es viel wichtiger, an deinen Erfolgen teilzuhaben.« Sie reichte ihm das Taschentuch, das er halb unters Kopfkissen gestopft hatte, und er schneuzte sich so lautstark, dass sie beide einen Moment lang belustigt waren.

Sie wusste, dass die Untersuchung durch den Professor für Schmidt demütigend verlaufen war, dass er ihn als Simulanten hingestellt hatte. Sie hatte sich darüber empört, konnte aber auch nichts daran verändern. Wohl nicht einmal ihr vermögender Bruder hätte den Professor, der offenbar in rechtsnationalen Kreisen verkehrte, umstimmen können.

Nach etwa einer halben Stunde wünschte sie ihm eine gute Nacht und verließ das Zimmer. Oder war sie länger bei ihm gewesen? Er wusste es nicht. Seine Taschenuhr hatte Selma für ihn zum Pfandleiher gebracht, damit er über Bargeld verfügte, und das war inzwischen, bis auf wenige Franken, aufgebraucht.

19

Aber er habe dann doch einmal, ein einziges Mal für uns gesungen, behauptet Ruth heute, ob ich mich nicht erinnere? »Ein Lied geht um die Welt« habe er gesungen, wenigstens den Anfang. Wir hätten ihm etwas schenken wollen, aber wir wussten nicht was und hatten auch nichts anzubieten, geküsst wurde er bestimmt von schöneren Mädchen als von uns, das sah man in den Illustrierten, von Filmstars, die nach teurem Parfum dufteten. Warum war ein berühmter Mann wie er überhaupt in diese Lage geraten? Das fragten wir uns immer wieder. Und Elisabeth, die Mutter von Ruth, verwendete ein Wort, das sie uns erklären musste: Er habe der Deportation entgehen wollen, wie Tausende anderer, Jude sei Jude für die Nazis, ob berühmt oder ein Bettler. Wie war ich ungebildet und unwissend damals, in der Schule hatten wir ja nur die Schlachten der alten Eidgenossen durchgenommen und noch gerade die Französische Revolution, und der alte Lehrer hatte gesagt, dieser

Hitler habe wenigstens Ordnung in das ganze deutsche Schlamassel gebracht, das müsse man anerkennen, auch wenn er ein Wüterich sei und den Krieg wohl verlieren werde, und daran sei er selber schuld mit seinem Größenwahn von Unbesiegbarkeit und Weltherrschaft. Wir wussten so wenig von der Welt, Ruth und ich. Ihre Mutter wusste mehr, sie las im kleinen Lebensmittelladen in Hinwil die Zeitung und erzählte uns, dass die Deutschen jetzt mit ihren Panzern auch noch das Riesenland Russland erobern wollten, sie war aber sicher, dass es ihnen nicht gelingen würde, im Gegensatz zu Armin, dem Käserssohn, der immer noch an Hitlers Endsieg glaubte, und Ruth konnte es ihm nicht ausreden, auch nicht seinem Vater, der sich alle drei Wochen auf Urlaub in seiner Feldweibeluniform zeigte. Er werde die Schweiz verteidigen, sagte Armins Vater und schob seine Daumen unter den Gürtel, gegen wen auch immer, aber vom Deutschen Reich könnten wir punkto Ordnung und Sauberkeit einiges lernen. Und einen jüdischen Sänger brauche hier niemand anzugaffen wie ein Weltwunder, das hätten wir nicht nötig.

Sie gaffe niemanden an, fauchte Ruth, aber sie bewundere einen großen Künstler wie Joseph Schmidt, das sei ja nicht verboten.

Sie lachten uns aus, Vater und Sohn, wir hätten

keine Ahnung von Politik. Dann sollten wir ihn doch anhimmeln, diesen jüdischen Sänger, diesen Drückeberger, sein Gesang richte nichts aus gegen Angreifer, da seien unsere eigenen Panzer nützlicher mitsamt der Infanterie an der Grenze. Und überhaupt, es sehe ja bald aus, als ob wir von Flüchtlingen überschwemmt würden, dabei sei es doch seit kurzem beschlossen, Juden gar nicht mehr über die Grenzen zu lassen, aber sie kämen eben illegal, ich glaube, auch dieses Wort lernte ich damals: illegal...

Etwa so schwadronierten sie, Vater und Sohn. Ruth und ich drehten uns um und ließen sie stehen. Ich bin heute noch froh, dass wir uns nicht im Ernstfall bewähren mussten. Mit dem Ernstfall hatte auch unser Lehrer immer gedroht. Der Ernstfall für den kranken Joseph Schmidt war ja wohl, dass er nicht mehr richtig singen konnte. Verheiratet sei er nicht, hatten wir über ihn in der Illustrierten gelesen, oder dann mit der Musik. Das hatte er im Interview selber gesagt, es war ein Satz, den wir bewunderten, aber er bedeutete auch, dass er niemanden heiraten wollte, eine von uns beiden sowieso nicht. Über diese Idee mussten wir laut lachen, er sei doch viel zu klein für uns, sagte Ruth, und wir lachten noch lauter ... Aber einer, der so unbedingt für seine Kunst lebt, das imponiert mir noch heute ...

Dann kam vom Lager her das Gerücht zu uns,

Joseph Schmidt sei nicht mehr da, es sei ihm schlechtgegangen, man habe ihn nach Zürich ins Kantonsspital gebracht. Und niemand wusste, ob er nach Girenbad zurückkommen würde und wenn überhaupt, für wie lange noch, denn es handelte sich ja, wie wir nun wussten, um ein Durchgangslager, die Internierten, wie man sie nannte, wurden nach einiger Zeit auf andere Lager verteilt. Und irgendwann, wenn der Krieg zu Ende wäre, so hofften die Behörden, würden die Internierten dann dorthin zurückgehen, woher sie gekommen waren. Also auch Joseph Schmidt, der jetzt im Spital lag, und vielleicht müsste er dann sogar zurück nach Rumänien, wo er geboren war. Von wem hatten wir das erfahren? Vom Lehrer, als wir ihn auf der Straße grüßten? Aus dem Artikel in der Illustrierten? Ich weiß es nicht mehr ... Der Lehrer hatte auch einen guten Radioempfänger, da habe er früher manchmal an Sonntagen, sagte er uns, Rundfunk-Konzerte mit Joseph Schmidt gehört, aber als die Nazis sie verboten, waren Ruth und ich erst acht und hatten keine Ahnung von Joseph Schmidt, und damals gab es auch bei Ruth zu Hause keinen Radioempfänger mit Mittelwelle ...

20

Am nächsten Morgen ging es Schmidt nicht besser, das Engegefühl, der Druck in der Brust hatten zugenommen, zudem war das Fieber deutlich gestiegen. Schwester Sophie, in einer strengen Bluse mit gestärktem Kragen, brachte ihm das Frühstück, er begnügte sich, obwohl sie ihm gut zusprach, mit wenigen Bissen vom getoasteten Brot. Danach lag er still da, versuchte, die nutzlose Sorge um die Mutter von sich abzuhalten. Doch sein Versuch scheiterte, sich mit Opernarien abzulenken, die er innerlich sang. Sein Gedächtnis war immer noch hervorragend, auch an Texte, die er gar nicht selbst gesungen hatte, erinnerte er sich, Wort für Wort, das hatten ihm die Dirigenten immer hoch angerechnet, dass er das Ganze im Auge behielt, nicht nur seine Partie. Ihm fiel die Arie des Manrico aus Verdis *Trovatore* ein: *Madre, non dormi? Ai nostri monti ritorneremo ...* Und besonders schmerzhaft aus dem *Figaro*: *Erkenne in dieser Umarmung deine Mutter ...* Sie war da, fast greifbar nahe, er hatte sie so oft verraten, er hatte sie so oft gesucht in seinen Affären, und nun hatte er sie verloren, aber ihr Brief bezeugte, dass sie vor ein paar Wochen noch gelebt hatte. Die Bilder drehten sich immer dringlicher um sie, unmöglich, ihnen zu entfliehen, sobald er allein war.

Darum war er froh, als es an die Tür klopfte und ein ihm unbekannter Mann mittleren Alters eintrat, der ein schwarzes Köfferchen mit sich trug; sein Haar war bereits gelichtet, sein Gesicht wirkte offen und einnehmend. Er stellte sich als Josef Wyler vor, Arzt vor allem in jüdischen Kreisen und selber Jude; Patienten hätten ihn dringend gebeten, sich um den berühmten Sänger zu kümmern und zu verhindern, dass er ins Lager Girenbad zurückgeschickt werde. Der Professor hatte ja diesen Arzt in wegwerfendem Ton erwähnt und ihm die einseitige Parteinahme zugunsten der Juden vorgeworfen; auch Selma hatte, aber in ganz anderer Weise, von ihm berichtet.

Schmidt begrüßte ihn mit plötzlicher Hoffnung; Doktor Wyler war einer, der ihm beistehen wollte. Doch nur schon die wenigen Worte, die er an ihn richtete, stimmten den Arzt äußerst besorgt.

»Sie müssen Ihre Stimme dringend schonen«, sagte er warnend. »Kein Wort zu viel in Ihrem Zustand. Aber lassen Sie mich Ihre Symptome untersuchen.«

Schmidt nickte, Wyler öffnete sein Köfferchen, entnahm ihm die nötigen Instrumente und führte mehr oder weniger die Untersuchungen durch, die der Patient bereits kannte. Wylers Miene wurde immer bedenklicher. »Das ist eine sehr ernsthafte Entzündung. Ich denke, der Kehlkopf ist nahe daran zu vereitern. Schon nur deswegen darf man Sie unmöglich nach Girenbad zurückschicken. Kälte ist Gift für Ihre schwere Laryngitis und die unberechenbaren Folgen. Sie müssen sich hier in aller Ruhe ausheilen. Und das dauert mindestens drei Wochen.«

Schmidt deutete auf seine Brust. »Hier sind die Schmerzen noch größer, manchmal habe ich Angst, dass der Herzschlag aussetzt. Aber das hat der Herr Professor gar nicht ernst genommen.«

Wyler hatte ein Stethoskop dabei, er horchte die Herztöne ab, ließ Schmidt dazu husten, stark und schwach atmen, er maß den Puls, schüttelte den Kopf. Das sei doch, alles in allem, ein besorgniserregender Zustand, man müsse bei solchen Symptomen von einer akuten Herzschwäche ausgehen, dies mit oder ohne Absicht zu übersehen sei verantwortungslos, er werde jetzt gleich mit Herrn Professor Brunner das Gespräch suchen.

Er ließ, als er wegging, die Tür ein wenig offen, wohl mit Absicht. Das Büro des Professors mit dem danebenliegenden Untersuchungszimmer lag einen Stock höher. Schmidt hörte Wyler die Treppe hochsteigen, seine sich entfernenden Schritte. Ihm war beklommen zumute. Was würde nun geschehen? Er hörte zunächst undeutliche, stark gedämpfte Stimmen. Sie wurden allmählich lauter, die markante des Professors, die hellere von Wyler. Dann hatte Schmidt den Eindruck, dass der Professor richtiggehend zu schreien begann, seine Stimme überschlug sich. Die Tür fiel ins Schloss, nun waren auch andere Stimmen zu hören, aufgeregte, weibliche, Schritte eilten treppab, plötzlich stand Wyler wieder im Patientenzimmer. Er war außer Atem, bleich, er ließ sich auf den Besucherstuhl fallen, lehnte sich mit nach oben gerichtetem Gesicht zurück.

»Was ist denn ...«, versuchte Schmidt zu fragen, er ahnte, was sich oben abgespielt hatte.

Wylers Antwort kam stoßweise, von heftigem Einatmen unterbrochen: »Unmöglich ... Der Mann benimmt sich unmöglich ... Dass so einer überhaupt Arzt sein kann ...«

In diesem Moment betrat aufgeschreckt Schwester Sophie das Zimmer, gefolgt von einer jungen Kollegin. Sie blieb vor Wyler stehen, schüttelte den Kopf: »Sie hätten sich beherrschen müssen, Herr Doktor ...«

»Ich? Nein, er! Er hat mich angefahren wie

einen Schulbuben. Herr Schmidt sei ein typischer Simulant, hat er behauptet. Und als ich fragte, ob er den Patienten denn wirklich seriös untersucht habe, schrie er mich an: Das solle ich gefälligst ihm überlassen. Er kenne dieses jüdische Gelichter gut genug, das wolle in jeder Situation Vorteile für sich herausschinden. Und als ich widersprach und mich auf meine Fachkenntnisse berief, wurde er so wütend, dass ich befürchtete, er gehe noch auf mich los. Man kann sagen: Er hat mich hinausgeworfen.« Wyler machte eine Pause, versuchte sich, die Hände ineinander krampfend, zu beruhigen, strich dann mehrmals sein schütteres Haar zurück.

»Simulant? Ich?«, brachte Schmidt mit Mühe hervor. »Das ist doch ... Wie voreingenommen muss dieser Mann sein ...«

»Ich fürchte«, sagte Wyler, an Schmidt gerichtet, »er wird Sie nach Girenbad zurückschicken. Dieser Mann ist absolut mitleidlos und versteckt sich hinter seinen angeblichen dienstlichen Pflichten ...«

»Das kann er nicht«, mischte sich Schwester Sophie ein, sie wirkte verstört und ungläubig. »Herrn Schmidt zurückschicken? Da werde ich mich dagegen wehren.« Sie stockte, und beinahe blieb ihr die Stimme weg. »Das heißt, ich werde es versuchen. Auf mich hört er manchmal.«

»Tun Sie das, Schwester«, sagte Wyler, immer

noch in Atemnot. »Und ich telefoniere nach Girenbad meinem Kollegen Müller, er soll sich schlicht weigern, einen Schwerkranken zurückzunehmen. Müller war in Deutschland approbierter Arzt, das darf er hier nicht sein, aus Arbeitsschutzgründen, man nennt ihn Sanitäter.«

Nun stand er doch mit Mühe auf, schwankte sogar ein bisschen, griff dann nach seinem Arztköfferchen, das noch an der gleichen Stelle lag, er nickte Schmidt beinahe grimmig zu, er verabschiedete sich, fand den Weg hinaus, aber Schwester Sophie blieb noch eine Weile und versuchte Schmidt zu trösten: Der Herr Professor werde sich umbesinnen, und ihre Kollegin nickte dazu und lächelte angespannt.

Die Nacht ging unendlich langsam vorbei; Schmidt war es, als müsse er sich über einen steinigen, immer wieder von Ranken versperrten Weg voranbewegen, der kein Ende nahm. Einmal – wohl nach drei Uhr – fiel ihm das Atmen so schwer, dass er an der Klingelschnur zog, um die Nachtschwester herbeizurufen. Sie kam, die junge vom Nachmittag, und sah so verschlafen aus, als habe er sie aufgeweckt. Sie war wortkarg, gab ihm zwei Löffel von einem Entspannungsmittel, das er nicht kannte, er versuchte ein Lächeln, schluckte gehorsam, merkte, dass das Mittel rasch wirkte. Danach suchten ihn andere Träume heim, kein schöner war darunter. Der schlimmste führte ihn wieder zum Wasser, eine übermütige Schar junger Männer hielt ihn, den Kleinen, fest, sie tauchten ihn unter, ließen ihn Wasser schlucken, in Panik erwachte er, glaubte, spucken zu müssen, seine Finger waren ins Leintuch gekrallt. Es waren fragmentarische Erinnerungen an Szenen in Czernowitz, die ihn seit Jahren heimsuchten.

Am frühen Morgen machte Selma einen Kurzbesuch, es war noch fast dunkel; ohne Licht und im langen Krankenhemd erschien sie ihm wie ein guter Geist. Auch sie hatte schlecht geschlafen, aber – so sagte sie – nicht ihretwegen, sondern wegen Joseph, und er spürte einen Moment lang ihre Hand auf seiner Stirn. »Du hast Fieber, mein Lieber. Ich will einfach, dass es dir bessergeht.«

Die Hand auf der Stirn hätte er noch lange spüren mögen, sie zog sie aber bald zurück.

Schon um neun war Wyler wieder da, keineswegs ruhiger als am Vortag, ununterbrochen schüttelte er, vor Schmidts Bett stehend, den Kopf, als könne er nicht glauben, was geschehen war. Er wirkte übernächtigt, trug jetzt nicht mehr sein Sakko, sondern unter dem Mantel einen braunen Wollpullover, was ihm ein bäuerliches Aussehen gab. Er habe nach Girenbad telefoniert, rapportierte er, zuerst um Sachlichkeit bemüht, dann immer abgehackter und zorniger. Der Kollege, Doktor Müller, habe das Gespräch, wohl weil er musste, an den Lagerkommandanten weitergeleitet, und der sei von Professor Brunner bereits ins Bild gesetzt worden, einseitig natürlich. Er, Wyler, habe kaum etwas vorbringen können, da sei ihm der Major ins Wort gefallen, habe ihn zusammengestaucht: Schmidt habe sich unverzüglich zurückzubegeben nach Girenbad, das sei ein Befehl. Man werde den Internierten in Hinwil abholen und ihm eine passende Schlafgelegenheit zuweisen. »Bei all meinen Versuchen, auf den Zustand des Patienten hinzuweisen, ist er mir über den Mund gefahren: Er lasse sich nicht täuschen, auch ein Prominenter habe sich den Anordnungen des Gastlandes zu fügen. Und dann«, Wyler schlug mit der Faust auf die Hand, »hat der Herr Major einfach aufgehängt. Als wäre ich ein zudringlicher Stänkerer.« Er brachte ein Taschentuch zum Vorschein, wischte sich fahrig über Stirn und die schwitzende Halbglatze. »Ich werde mich beim Oberfeldarzt beschweren. Aber ich fürchte, es wird nichts nützen.« Wyler verstummte, wieder außer Atem, und wirkte nun plötzlich tief bekümmert.

Schmidt hatte mit zunehmender Sorge zugehört. »Ich muss also zurück.«

Wyler nickte widerstrebend. »Einen Tag Aufschub werde ich allenfalls herausholen. Mir geht es um Ihre Gesundheit, ihm offensichtlich um seine Ehre. Oder um den festen Standpunkt, wie seinesgleichen das wohl nennt. Was ja völlig lächerlich ist.«

Schmidt schloss die Augen, sah wieder die flimmernde Landschaft vor sich, die auf unbestimmte Weise mit seiner Heimatgegend, der Bukowina, zu tun hatte. »Ich glaube, es hat keinen Sinn, mich dagegen zu sträuben«, sagte er, an der Grenze des Verständlichen. »Wenn es mir befohlen wird, werde ich fahren ... Ich schulde den Behörden meines Gastlandes doch Respekt ... Und in Girenbad gibt es Leute, die mir beistehen werden ... Man kann nicht alle in den gleichen Topf werfen.«

Wyler schwieg eine Weile befremdet, als müsse er Schmidts Schicksalsergebenheit erst an sich heranlassen. Dann sagte er: »Wie Sie meinen, Herr Schmidt. Sie tun sich damit keinen Dienst, auch nicht anderen Leidensgenossen, die man so hart anfasst. Aber ich werde zumindest um diesen kleinen Aufschub kämpfen. Dann können wir noch für bessere Kleider sorgen und Ihnen ein paar Medikamente mitgeben, die in der Lagerapotheke bestimmt fehlen.«

»Danke, Herr Doktor«, sagte Schmidt, »danke

sehr.« Es sah aus, als ob er gleich wegdämmern werde. Wyler packte sein Arztköfferchen, zog sich mit einem gemurmelten Gruß zurück und bemühte sich, die Tür hinter sich möglichst geräuschlos zu schließen.

Allein, endlich. Es war gut, in Ruhe gelassen zu werden, was sollte er, der Sänger Joseph Schmidt, ausrichten gegen das amtliche Räderwerk, in dem er steckte? Man wollte ihn retten, aber auf unnachgiebige Weise, nicht nach seinem Willen, sondern nach dem von Befehlsgewalten, die letztlich anonym blieben, im Hintergrund die Fäden zogen. Ging es nicht in jedem Machtapparat so zu und her? Hatte er nicht in vielen Opern, als er noch bei Kräften war, genau davon gesungen? Der Tod in der Realität, 1942, mitten im Krieg, war viel schäbiger, anonymer; möglicherweise steuerte er nun selbst darauf zu. Wie tief war er gefallen vom Podium, wo er einst umjubelt wurde, in die Versenkung eines tristen Lagers für unerwünschte Heimatlose. Was für einen bittern Weg hatte er zurückgelegt von den Orten seiner Erfolge in ein Land, das ihn gar nicht wollte! Oft genug war er in Opern gestorben, *Addio, miei figli, per sempre,* hatte er als Riccardo gesungen, mit weit ausschwingender Melodie und doch dem Schluchzen nahe, und nach seinem Theatertod war der Beifall über ihn hereingebrochen wie ein Orkan.

Bloß neunundvierzig Jahre alt war Enrico Caruso geworden. Er, Joseph Schmidt, war nun achtunddreißig, und er glaubte nicht, dass er noch weitere elf Jahre leben würde. Nein, da war etwas in ihm schon nahezu vertrocknet, an die Wiederauferstehung als Sänger, die ihm Selma – und auch er sich selbst – bisweilen einzureden versuchte, glaubte er kaum noch. Eigentlich konnte er nur noch auf ein Wunder hoffen. Hitlers Krieg verschlang alles, er hatte auch ihn fast schon verschlungen, seine Kräfte aufgezehrt, und die Nazis würden nicht ruhen, bis er, der Jude, endlich schwieg.

Aber könnte es nicht doch sein, dass er trotz allem noch einmal eine neue Opernpartie einüben würde? Er sah sich selbst am Klavier, mit der Partitur vor sich, Tasten anschlagend, summend, Takt um Takt erforschend. Viele hatten ihn um sein Gedächtnis beneidet; phänomenal sei es, hatten sie gesagt. Ja, sich Melodien, melodische Zusammenhänge zu merken, war ihm schon als Halbwüchsiger leichtgefallen, es waren Wege von Merkpunkt zu Merkpunkt, die er innerlich ging; so zu lernen, fiel ihm gleichsam in den Schoß, anders als alles, was mit den Zusammenhängen des täglichen Lebens zu tun hatte, mit Kochen, Putzen, Einkaufen. Immer hatte er dienstbare Geister benötigt, die das für ihn erledigten, oft genug Frauen, die eine Zeitlang seine Geliebten gewesen waren. »Du bist mir wichtig«, hatte er zu ihnen gesagt und beschwichtigend hinzugefügt: »Aber die Musik ist mein Ein und Alles«, dies besonders dann, wenn sie ihn aus Enttäuschung verlassen wollten und ihn, wenn nicht er es tat, auch wirklich verließen, mit einer großen Szene oder gar keiner.

In diesem Kaleidoskop, wo die Erinnerungen sich verwirrten und wieder verschwanden, tauchte, neben der Mutter, auch immer wieder, ob er wollte oder nicht, sein Sohn auf, Otto, das kurzbeinige Kind mit dem breiten Gesicht, das ihn die wenigen Male, da er es zu sich aufhob und in den Armen hielt, kaum je angelächelt hatte.

Dieses Kind verfolgte ihn oft bis in den Schlaf, es nannte ihn Papa, wie die Mutter es ihm eingeschärft hatte, es erwartete, wenn sie sich in einer größeren Stadt begegneten, in Cannes, in Nizza, Geschenke, am liebsten Süßigkeiten oder Murmeln, ja, farbige Murmeln, die er dann überallhin rollen ließ, er ließ sie auch in den Händen gegeneinander klacken, hielt sie nahe vors Auge, um die Einschlüsse in den Glaskugeln genauer zu betrachten, sammelte sie wieder ein. Aber wirklich spielen mit dem Papa wollte er nicht, darum verbarg er die Murmeln rasch im Säckchen, das er bei sich hatte. Sogar in seinem geschwächten Zustand verwünschte Schmidt Ottos Mutter, Lotte, die ihm nachreiste, um Geld bat, ihm den Sohn beinahe mit Gewalt aufdrängen wollte und zugleich von ihm fernhielt. Die beiden waren jetzt, daran dachte er an der Schwelle des Schlafs, in Barcelona, in Sicherheit vor dem Krieg, zusammen mit Lottes neuem Verehrer, der Otto gegenüber offenbar gutwillig die Vaterrolle akzeptierte. Ihm, dem leiblichen Vater, bangte vor dem Tag, da Lotte erneut auftauchen und ihn bedrängen würde, so wie damals in Avignon.

21

Schwester Sophie wusste am nächsten Morgen, dass der Professor dem Internierten Schmidt in der Tat einen Aufschub gewährte, aber nur einen einzigen Tag, und damit basta. Wo kämen wir hin, habe er mit größtem Unwillen geäußert, wenn man für Hunderte von Internierten Sonderrechte und Sonderbehandlungen bewillige, das gäbe ein kaum noch überblickbares Durcheinander, und darum sei es am Platz und durchaus human, einen Mann wie den Sänger Schmidt, der bloß erkältet sei, ins Lager zurückzuschicken, wo es ja im Übrigen notfalls auch ärztliche Betreuung gebe. »Er hat«, sagte Schwester Sophie im Flüsterton, »ein schlechtes Gewissen, das sieht man ihm an, er weiß nämlich haargenau, dass er Sie nicht gründlich genug untersucht hat, und er will es nicht zugeben. So sind sie, diese Herren mit den sauber gebürsteten Uniformen!«

»Ich habe mir das etwa so gedacht«, sagte Schmidt, auch er mehr flüsternd als sprechend.

»Wie komme ich denn in meinem Zustand nach Girenbad?«

»Der Herr Professor«, sagte Schwester Sophie nun lauter, »ist der Meinung, dass wir Sie zum Zug bringen sollen. Dann fahren Sie allein, ohne Begleitung, werden aber in Hinwil vom Lagerauto abgeholt und nach Girenbad zurücktransportiert. Wir sollen der Ordonnanz Ihre Ankunftszeit melden. So sei alles in bester Ordnung.«

»Ich verstehe«, murmelte Schmidt. »Man will mich loswerden.«

»Ich nicht«, sagte Schwester Sophie. »Aber meine Meinung zählt hier bloß, wenn Sie jener des Herrn Professor entspricht.« Sie war sichtlich aufgewühlt. Er solle diesen letzten Tag mit Privatsphäre, sagte sie, einfach genießen, viel schlafen, möglichst rasch gesund werden.

»Wenn man sich das einfach so vornehmen könnte«, erwiderte Schmidt, »gäbe es bald keine Kranken mehr.« Er legte die Hand auf die Brust. Der Schmerz kam und ging nicht mehr nach Belieben, jetzt war er einfach da, beklemmend, unabweisbar.

»Ich werde dafür sorgen«, sagte Schwester Sophie, »dass Sie noch etwas Gutes zu essen bekommen. Was möchten Sie denn am liebsten?«

Schmidt zuckte mit den Achseln. »Ach, liebe

Schwester, Sonderwünsche dürfen Sie doch gar nicht erfüllen.« Er dachte einen Augenblick nach. »Nun gut. Der Appetit ist ja nicht groß. Einen Porridge würde ich mir wünschen, mit viel Zimt und Zucker ... Es braucht auch keine große Anstrengung, ihn zu essen.«

Schwester Sophie lächelte ihn an. »Das sollte möglich sein, ich sag's der Köchin gleich.« Sie nickte ihm zu und ging hinaus.

Er hatte Zeit, sich vorzustellen, wie es ihm nach seiner Rückkehr ins Lager Girenbad gehen würde, in diesem ganzen Menschengewimmel, und er wünschte sich, Julius Orlow bei sich zu haben und ihn zu bewegen, alles zu tun, um ihn, den Patienten Schmidt, noch eine Weile hier, im Spital, zu lassen, eine Woche, besser zwei. Danach wäre er hoffentlich gesund genug, um das Lager auszuhalten, er wollte keine Sonderrechte, oder wenigstens kaum. Ach, wie wankelmütig war er doch immer wieder! Aber Orlow kam nicht, dafür seine Schwester Selma kurz vor Mittag. Sie wusste schon, dass Schmidt nicht bleiben durfte. Sie hatte mit ihrem Bruder telefoniert, und er hatte gemeint, es sei beschlossene Sache, den Deutschen zu zeigen, dass der berühmte Joseph Schmidt gleich behandelt werde wie ein x-beliebiger jüdischer Viehhändler. »In den oberen Rängen, sagt mein Bruder, haben sie panische Angst vor Repressalien der Deutschen, und sie denken, man werde sie am Ende für die mangelnde Härte gegenüber den geflüchteten Juden verantwortlich machen.« Ihr Ton wurde angriffiger. »Ja, der Schweizer David fürchtet sich vor dem deutschen Goliath. Und diesem erbärmlichen David fällt nicht einmal eine List ein, so sehr lässt er sich einschüchtern.«

Schmidt strich sich über die Augen. »Er will einfach ungeschoren davonkommen, der Schweizer David. Alles nach Vorschrift und deutschen Vorgaben, so sieht es aus.«

Sie stimmte ihm mit einem Seufzer zu. »Ja, auch wir zwei sind auf der schwächeren Seite. Wir werden knapp geduldet und sollen für diese Duldsamkeit gefälligst dankbar sein.«

»Die Schweiz rettet uns immerhin das Leben«, sagte Schmidt, aber er hörte selbst, wie schwach, wie beinahe tonlos sein Widerspruch war.

»Schon recht«, entgegnete Selma. »Ich werde noch einmal mit Julius sprechen. Aber ich nehme an, es ist sinnlos.«

Julius Orlow kam nicht mehr selbst vorbei, immerhin ließ er vom Ausläufer eines Kleidergeschäfts einen Anzug bringen, eine schöne Kleidung aus fein gemustertem englischem Stoff, Tweed, mit elegantem Schnitt, sogar in der richtigen Größe, offenbar hatte er den Eindruck gewonnen, dass die Kleider, die Schmidt trug, inzwischen abgetragen bis schäbig oder gar schmutzig aussahen. Diese Geste des reichen Fabrikanten freute Schmidt mehr, als er zuerst gedacht hatte, er las daraus die Botschaft: Du bist etwas wert, und das darfst du zeigen. Er wollte den Anzug in seinem hellen Grau unbedingt anprobieren, stieg dafür trotz seiner Schwindelgefühle sogar aus dem Bett, und Schwester Sophie half ihm, in die Hose und das Sakko zu schlüpfen. Er genierte sich in den pludrigen Unterhosen zwar ein wenig vor ihr, aber sie ging darüber hinweg, und als er sich dann, auf den Bettrahmen gestützt, im Wandspiegel sah, fühlte er sich zurückversetzt in die Jahre seiner Erfolge; der Anzug passte wie angegossen, die Hosenbeine waren offenbar vorsorglich gekürzt worden, und er mochte es, mit den Fingern der Weichheit des Stoffs nachzuspüren.

»Darin werde ich morgen reisen«, sagte er, »eine solche Kleidung gibt einem doch gleich etwas mehr Selbstbewusstsein.« Ja, genau das hatten die Nazis, die nun fast überall waren, ihm geraubt: sein Selbstbewusstsein, das er, der Kleingewachsene, so lange hatte aufbauen müssen.

Schwester Sophie sagte, dass er auf sie plötzlich wirke wie ein englischer Lord, und sie meinte es nur halb scherzhaft. Aber die Anstrengung forderte ihren Tribut, er atmete schwer, setzte sich eine Weile aufs Bett. Die Schuhe, sagte er, werde er erst morgen anziehen. Es dauerte eine Weile, bis er wieder im Krankenhemd war, und er freute sich, wie sorgfältig Sophie Hose und Sakko zusammenlegte, dann aus seinem Gepäck noch die einzige Krawatte, eine silbergraue, hervorsuchte und fand, das passe gut zusammen, die Schuhe werde sie für ihn noch putzen lassen. Ja, er würde in gehobener Aufmachung im Lager ankommen, nicht als Halbzerlumpter, diese Aussicht tat ihm gut, und er nahm an, dass der undurchsichtige Julius Orlow mit seinem Geschenk wohl genau diesen Effekt beabsichtigt hatte.

Die letzten Versuche von Wyler und Selma, Schmidts Rückkehr ins Lager Girenbad zu verhindern, waren vergeblich gewesen. Sowohl Professor Brunner als auch der Lagerkommandant zeigten sich unnachgiebig und wurden offenbar von den vorgesetzten Ämtern in Bern gedeckt. Wenn der Internierte Joseph Schmidt, so ließ der Major verlauten, den vereinbarten Fahrplan nicht penibel einhalte, werde er polizeilich gesucht. Selma gab diese Drohung konsterniert weiter, und Schmidt antwortete mit einem Scherz darauf: In diesem Fall würde er es noch zum Schwerverbrecher bringen.

»Das ist Galgenhumor«, fuhr Selma ihn an. »Abgesehen davon, dass sie uns wirklich wie Kriminelle behandeln.«

»Dich nicht«, sagte Schmidt.

»Mein Bruder hat für mich bezahlt«, erwiderte sie. »Ich kann bei ihm wohnen. Aber du bist ein anderer Fall. Du bist zu wichtig, für dich akzeptieren sie kein Lösegeld.«

»Dabei«, sagte Schmidt, »habe ich gar nie ernsthaft gegen die Nazis Stellung bezogen.«

»Die sind feinfühlig, die haben deine Abneigung gespürt. Und als Goebbels dich zum Ehren-Arier ernennen wollte, hast du einfach geschwiegen.«

Ja, solche wie ihn, die Populären, die sich nicht anbiedern wollten, hassten sie besonders.

Gegen zehn Uhr am nächsten Tag hatte Schmidt, mit Schwester Sophies Hilfe, seine Habseligkeiten – er verwendete das Wort mit Absicht – in den Koffer gepackt. Mühsam hielt er sich aufrecht, er hatte in der Nacht Blut und Schleim in sein Taschentuch gehustet, es aber zusammengeknüllt und unter die Matratze geschoben. Ja, hier hatte er wenigstens in menschlichen Umständen gelebt, mit Matratze und Nachttischchen. Doch wirklich schlimm, versuchte er sich einzureden, war Girenbad nicht. Man wusste ja, dass die Lager in Deutschland, in Polen und anderswo viel grausamer waren.

Er verabschiedete sich von Schwester Sophie und ihrer jungen Kollegin, er hätte ihnen gerne etwas geschenkt, wenigstens ein Lied für sie gesungen, aber dafür taugte seine Stimme nicht mehr. Zu seinem Erstaunen erschien kurz sogar der Professor und wünschte ihm leicht verlegen alles Gute: Man sah ihm an, wie froh er war, sich unter einem Vorwand gleich wieder zurückziehen zu können.

Selma Wolkenheim und Doktor Wyler hatten sich bereit erklärt, Schmidt bis zum Bahnhof zu begleiten und dafür zu sorgen, dass er mit ihrer Hilfe über die hohen Tritte in den Waggon einsteigen konnte. Sie nahmen ein Taxi, das Wyler unbedingt bezahlen wollte, schwiegen hauptsächlich auf der kurzen Strecke bis zum Escher-Denkmal vor dem Bahnhofeingang. Schmidt saß hinten mit Selma, hielt ihre Hand. Sehr kindlich kam er sich vor, aber so war es immer bei Abschieden, und Selma war ihm ans Herz gewachsen. Er lehnte sich so weit zurück, wie er konnte, atmete schwer und wäre am liebsten stunden- und tagelang weitergefahren, bis nach Paris, nein, weiter in den Osten, bis nach Czernowitz oder dorthin, wo eine weißhaarige Frau vergeblich auf ihn wartete. Vor einiger Zeit hatte sie ihm ein Foto von sich geschickt, angeblich ein neues, damit er sie nicht vergesse, wie sie schrieb, und er hatte ihre Züge lange betrachtet, mit schlechtem Gewissen, so viele Spuren hatten sich, seit er sie zum letzten Mal gesehen hatte, in ihr Gesicht eingegraben, möglicherweise sah sie in Wirklichkeit noch verkümmerter aus.

Auf dem Gang zum Perron trug Wyler den Koffer, Selma stützte ihn unter der Achsel, und das war nötig, er hing schwer und müde an ihr. Sie half ihm beim Einsteigen, sie umarmten sich ungelenk. Dann saß er erschöpft im Abteil, winkte, als der Zug anfuhr, zu den beiden hinaus auf den Perron, und als sie verschwunden waren, begann er zu husten und konnte fast nicht aufhören damit. Er wusste auch nicht, ob der Schmerz in der Herzgegend vom Abschied kam oder von einer Krankheit, die der Professor ignoriert hatte. Er hatte das beklemmende Vorgefühl, dass es ein Abschied für lange Zeit war. Aber was würde denn nun, zurück im Lager, mit ihm geschehen?

Der Zug verließ die Stadt, es hatte zu regnen begonnen, die Landschaft zog draußen vorbei, abgeerntet die Felder, ohne Laub die Bäume, zur Rechten der See, in stumpfem Graublau, über dem schwer die Wolken hingen. Er dachte daran, dass Wind und Wetter auch bei Verdi und Puccini vorkamen, das Rauschen des Regens in Harfenklängen, Flussgeplätscher mit Pizzicati und Flötenläufen. Nun war alles echt, und es ging, ohne Publikum, um sein eigenes Leben.

Bald hatte er den See im Rücken, anders als auf der Hinfahrt, wo er phantasiert hatte, dass der Zug direkt ins Wasser fahren und sich in ein Schiff verwandeln würde, das ihn nach Übersee brächte. Ja, das Kind in ihm verlor sich immer noch in solchen Phantasien, nie hatte das Erwachsensein sie ihm ganz ausreden können. Immerhin milderten sie ein wenig die Schmerzen in der Brust, im entzündeten Kehlkopf, seinem Hauptorgan, wie er bisweilen im Scherz sagte, auch wenn Mary ihm damals zugezwinkert und gefragt hatte, ob es da nicht noch ein zweites Hauptorgan gebe. Aber es war ja gar kein Scherz; wenn der Kehlkopf und die Stimmbänder ihm nicht mehr gehorchten, war er verloren, da sank er ins Elend, und niemand konnte ihn retten.

In Hinwil wartete tatsächlich das Lagerauto auf ihn. Frierend stieg er aus, wurde vom Gewicht des Koffers beinahe zu Fall gebracht. Der Fahrer, ein Soldat des Territorialkommandos, half ihm nicht, blieb in seiner Uniform mit in die Seite gestemmten Armen neben dem Auto stehen. Immerhin grüßte er knapp, nahm Schmidt, als er es außer Atem zum Auto geschafft hatte, den Koffer ab, wuchtete ihn nach hinten.

»Es geht Ihnen wohl nicht besonders gut«, sagte er, als der Passagier sich mit Mühe hineingezwängt und gesetzt hatte.

Schmidt schüttelte stumm den Kopf. Die Abneigung des Fahrers war mit Händen zu greifen, vielleicht galt sie dem Juden, vielleicht dem einst berühmten Sänger, der im Lager ungewöhnlich viel Aufmerksamkeit auf sich gezogen hatte. Sie wechselten kein Wort mehr miteinander.

22

Um die Mittagszeit hielt das Auto vor der ehemaligen Textilfabrik. Es war feuchtkalt, die Internierten saßen im Mitteltrakt beim Essen; einige wenige standen draußen herum und rauchten. Als Schmidt mit quälend langsamen Bewegungen ausstieg, wurde er sogleich erkannt, die Neuigkeit, dass er wieder da sei, verbreitete sich rasch. Als Erster drängte sich Max Strassberg heraus, um ihn zu begrüßen, gefolgt von Manès Sperber und Leo Trepp, zwei, drei weitere gesellten sich dazu, sogar Korporal Mathys. Dann erschien auch der Sanitäter Storch. Sie umringten Schmidt, der beinahe verlegen stehen blieb und nicht verbergen konnte, wie sehr er fror. Erst jetzt bemerkte er, dass sie über seinen unpassenden Anzug staunten, es war ein eklatanter Gegensatz zu den verdreckten Arbeitskleidern, die sie trugen.

»Piekfein siehst du aus«, sagte Strassberg mit leisem Spott. »Aber du hast ja blaue Lippen, du schlotterst richtig, du gehörst ins Bett.«

»In welches denn?«, fragte Schmidt und rieb seine kalten Hände, während der Fahrer den Koffer auf den Vorplatz stellte und danach wortlos verschwand. Er müsse zuerst ins Büro, um sich ordnungsgemäß zurückzumelden, sagte der Korporal, zögerte aber im Blick auf Schmidts Zustand und fügte hinzu, er werde das für ihn erledigen. Dann erschien auch Oberleutnant Rüegg unter der Mitteltür, er fasste den Ankömmling ins Auge, der, von Strassberg gestützt, immer noch auf dem gleichen Fleck stand, er reichte ihm die Hand, doch Schmidt berührte sie kaum, ließ sie gleich wieder fallen. Sie führten ihn in den großen Essraum, es gab mehr Platz jetzt, man hatte auch den oberen Stock entsprechend ausgestattet. Doch Tische und Bänke waren immer noch eng aneinandergerückt, man musste über Bänke hinwegsteigen, um zu den hinteren Regionen des Saals zu gelangen. Der Lärm in all dem betriebsamen Hin und Her, anschwellende Stimmen, lautes Lachen und Schimpfen, Geschirrgeklapper: Das grenzte gleich wieder ans Unerträgliche. Und da waren auch die Gerüche wieder, der von gekochtem Kohl, dazu Lederfett, Männerschweiß, eine Ahnung von Kernseife und Latrinengestank. Schmidt merkte, dass er zitterte, setzte sich an einen der vorderen Tische, aber nur, weil ihm jemand den Stuhl hingerückt hatte, er sagte, zuerst nur mit Lippenbewegungen, dann knapp verständlich: »Ich kann nicht mehr ... Mir ist so kalt.«

Die Gespräche in seiner Nähe waren leiser geworden. Storch holte eine Wolldecke und legte sie über Schmidts Schultern. »Wir müssen für dich eine Lösung finden«, sagte er. »Ich werde mit Rüegg sprechen.«

Jemand hatte einen verbeulten Becher mit heißem Tee vor Schmidt hingestellt, er umklammerte ihn mit beiden Händen, trank aber nicht.

»Komme ich wieder in die kleine Kammer?«, fragte er. Immerhin war es dort ein wenig wärmer als im offenen und zugigen Schlafsaal für die vielen.

»Es ist ein Unrecht, dass sie dich zwingen, hier zu sein«, sagte Strassberg und versuchte gar nicht, seine Empörung zu zügeln.

»Ist der Herr Kommandant anwesend?«, fragte Schmidt mit Vorsicht, man verstand ihn kaum, auch wegen des immer lauter werdenden Durcheinanderredens. »Er hat doch den Oberbefehl, oder nicht?«

»Die meiste Zeit ist er gar nicht da«, sagte Strassberg. »Willst du wirklich nichts essen?«

Schmidt schüttelte den Kopf. »Kein Appetit.« Vor allem nicht auf ungewürzte Kohlsuppe, dachte er. Es gelang ihm nicht, den aufkommenden Ekel zu verscheuchen. Was erwartete er denn? Das mussten doch alle anderen auch essen. Er stützte den Kopf auf die Hände, schloss die Augen; als er im Sitzen zu schwanken begann, hielt der Nachbar ihn fest. Storch hatte aus der Offizierskantine im oberen Stock wieder Oberleutnant Rüegg herbeigeholt und ihn zu Schmidt geführt. Offenbar hatten sie etwas miteinander besprochen.

»Ich glaube«, sagte Rüegg, »wir schicken Sie in diesem fragilen Zustand in die Waldegg, falls die Wirtin einverstanden ist. Dort ist wenigstens geheizt. Und Sie haben Ihre Privatsphäre.«

Die Waldegg, ja, das war die Wirtschaft ganz in der Nähe, wo man sich manchmal während der Ausgangszeit in Gruppen traf, um ein Bier, einen Grog zu trinken. Sie gehörte zum sogenannten Ausgangsrayon. Einmal war Schmidt dort gewesen, hatte den andern beim Kartenspiel zugeschaut. Und warm war es gewesen, so warm, dass die meisten mit der Zeit ihre Jacken ausgezogen und über die Stühle gehängt hatten.

»Das wäre …«, er suchte nach Worten, »eine große Erleichterung.« Er bemühte sich, nicht larmoyant zu wirken. Aber es gab für ihn im Augenblick nichts Erstrebenswerteres als die Aussicht auf Wärme. Nie hätte er gedacht, auch nicht in den kalten Winternächten von Davideny, dass Wärme für ihn so zentral sein könnte. Aber dort hatte es ja den Unterschlupf im Kuhstall gegeben, dort hatte ihn ein anderer Geruch umhüllt, ein Kontrapunkt zu dem stechenden Männerschweiß, zur Kohl- und Rübensuppe, es war ein Geruch von Tier, Dung und Heu, in dem noch eine Erinnerung an den Sommer, an das große Draußen hing. Und nie hätte er gedacht, dass er sich eines Tages danach zurücksehnen würde. Auf der Fluchtroute – ein paar Wochen war es her – hatte er mit Selma die Nacht in einem Stall verbracht; inmitten großer Gefahr hatte er in dieser versunkenen Kindheitswelt einen Halt gefunden, die Bestätigung dafür, dass er am Leben war, immer noch.

Rüegg ging weg, kam nach einer Viertelstunde zurück, in schneidigem Schritt, aber offensichtlich gutgelaunt. »Es klappt«, sagte er. »Irma ... ich meine Frau Hartmann, die Wirtin, überlässt Ihnen das Sofa im oberen Stock. Sie heizt auch extra für Sie den Kanonenofen ein.«

»Wirklich?« Schmidt wollte an dieses Glück erst gar nicht glauben, aber es war zu ihm gekommen wie ein guter Geist, und niemand, er sah es den Mienen der Männer an, neidete es ihm.

»Wie viel kostet das denn?«, fragte er unsicher. »Ich habe nur noch wenig Geld.«

Sperber, der in der Nähe saß, ergriff mit Autorität das Wort: »Das lass unsere Sorge sein, wir bringen auch für mehrere Nächte genug zusammen.« Er schaute in die Runde, niemand widersprach.

»Wir können gleich gehen«, sagte Rüegg und klopfte Schmidt anspornend auf den Rücken.

»Gleich?« Er glaubte, dafür zu schwach zu sein, doch er zwang sich, von Rüegg gestützt, auf die Füße.

»Es sind ja nur ein paar Minuten«, sagte Storch, »notfalls können wir dich tragen.« Schmidt sah ihm an, dass er es ernst meinte. »Und wird der Herr Kommandant mit dieser Verlegung einverstanden sein?«

Die Männer sahen einander an und versuchten, keine allzu deutliche Regung zu zeigen.

»Der Herr Major ist ja heute nicht da«, sagte Oberleutnant Rüegg, »ich bin sein Stellvertreter, in Ihrem Fall entscheide also ich.« Nun erschien auf seinem Gesicht doch ein Lächeln, kurz, aber unverhohlen.

Rüegg, Strassberg und Storch begleiteten Schmidt, an ein paar kleineren Häusern vorbei, über den aufgeweichten Weg, stellenweise über nasses Gras hinauf zur Waldegg. Storch trug den Koffer, er hatte gesagt, Schmidt könne sich dann in der Waldegg einfachere Kleider anziehen; so legte er den Weg in Orlows schönem Anzug, mit der Decke über der Schulter, zurück, er schnupperte ab und zu am Stoff, der schwach nach Rosen duftete, das erinnerte ihn an bessere Zeiten. Auch wenn es nur ein paar hundert Meter waren, merkten die Begleiter, dass Schmidt am Ende der Kräfte war, und bewahrten ihn mit vereinten Kräften vor einem Sturz. Einige Male zog er den Hut tiefer in die Stirn, als ob er sich so gegen das Nieseln schützen könnte.

Drinnen in der Wirtschaft setzte er sich gleich hin. Die Gaststube war schwach besetzt, sie würde sich erst am Abend mit Internierten aus dem Lager füllen, die bis neun Uhr Ausgang hatten, aber gut geheizt war sie, und es roch angenehm und keineswegs beißend nach Rauch und Harz. Wie sehr hing er doch an heimatlichen Gerüchen.

Die Wirtin war noch jung, ohne Kopftuch, sie hatte ein offenes Gesicht, begrüßte die eingetretenen Männer mit Handschlag, zu Schmidt aber beugte sie sich nieder und ergriff seine Hand mit ihren beiden. Es waren warme Hände, der feste Druck tat ihm wohl.

»Sie sind also mein Gast«, sagte sie. »Ich heiße Irma. Seien Sie willkommen.«

Schmidt wollte etwas entgegnen, doch man hörte von ihm bloß ein Aufseufzen. Es war wirklich warm hier drin, schweißtreibend fast, er versuchte, die Wolldecke von der Schulter wegzuziehen, die Wirtin sah, was er wollte, und half ihm. Als aber der Anzug aus feinem Stoff zum Vorschein kam, richtete sie sich auf und wich, beinahe erschrocken, einen halben Schritt zurück. »Oh«, sagte sie, »das sieht ja aus wie in einem Katalog vom Herrenausstatter.«

»Ich habe immer gerne schöne Stoffe getragen«, sagte Schmidt und lächelte zur ihr hinauf. »Das musste ich auch, als Künstler, als Sänger, wissen Sie.«

»Ja.« Ihre Stimme wurde wieder fester. »Dass Sie Sänger sind, hat mir der Herr Oberleutnant gesagt.« Sie lachte ein wenig, ihr Lachen gefiel ihm. »Eine solche Kleidung in diesem Haus ist eher selten.«

Schmidts Begleiter hatten stumm, ein wenig verlegen zugehört, immer noch umstanden sie den kleinen Tisch, an dem er saß, beinahe wie eine Ehrengarde.

Die Wirtin sagte nach einer Überlegungspause: »Werden Sie uns etwas zum Besten geben? ... Ich meine: Sobald Sie gesund sind.«

Schmidt wich ihrem forschenden Blick aus. »Momentan geht das beim Zustand meiner Stimme leider nicht ... Ich würde sonst gerne ...« Er brach ab, an die Male erinnerte er sich, wo er bei Ferienaufenthalten am Adriastrand erkannt und gebeten worden war, den Leuten, die ihn umdrängten, ein Ständchen zu bringen, sogar in der Badehose, und nie hatte er es abgelehnt, ihnen den Gefallen zu tun, immer hatte er sich verpflichtet gefühlt, als berühmter Sänger einen Augenblick in ihr Leben hineinzutreten, auch wenn sie sich keine Arie von Verdi, sondern einen der Schlager aus den Filmen wünschten, am liebsten *Ein Lied geht um die Welt*, in das dann einige sogar mit eingestimmt hatten.

Storch blickte auf die Uhr, die Mittagspause für die Internierten war fast vorbei, sie mussten zurück, versprachen aber, regelmäßig bei Schmidt vorbeizuschauen, wenn er länger in der Waldegg bleibe. Er hatte kaum Zeit, sich zu bedanken, da waren sie schon weg, mit einem kameradschaftlichen Schlag von Storch auf seine Schulter, einem Händedruck der beiden anderen.

Die Wirtin – er nannte sie für sich Irma – schlug vor, ihm jetzt im oberen Stock seine Klause zu zeigen. Er brauchte lange, um die Treppe hochzusteigen, verschnaufte zwischendurch, wartete das Ende eines Hustenanfalls ab. Sie ließ ihm die Zeit, die er brauchte, öffnete dann eine Tür, führte ihn, wie sie sagte, in die Wohnstube, die sie für ihn hergerichtet habe. An die Wand gerückt war das Sofa mit gebogener Rückenlehne, dessen Sitzfläche sie mit Leintuch, Duvet und Kissen in ein Bett verwandelt hatte. Das Wichtigste war aber ein kesselförmiger gekachelter Ofen, der, von Buchenscheiten genährt, eine wohltuende Wärme verbreitete. Auf dem Tisch, an dem wohl an Sonntagen gegessen wurde, stand ein voller Wasserkrug mit einem Glas, denn ihr Gast müsse, sagte sie, unbedingt genügend trinken, sie mache auch Kamillentee für ihn, wenn er das wolle. Nebenan sei die Toilette, fügte sie an, ob er sie sehen wolle? Ja, dort war das Klosett, sehr reinlich, mit genügend Papier, ein Lavabo und ein ebenfalls voller Waschkrug, dazu Tücher, eine Seife. Er dachte daran, wie ungewohnt, wie schlimm es für ihn gewesen war, in den ersten Lagertagen neben anderen vor der Pissoirrinne zu stehen und dem scharfen Uringeruch ausgesetzt zu sein, schlimmer noch, sich in der Latrine draußen hinzukauern, mit Zeitungspapier abzuwischen. Eigentlich hatte er ein schlechtes Gewissen, dass die anderen, seine Schicksalsgenossen, ihm dieses Privileg verschafft hatten, und doch nahm er es dankbar an. Irma brachte seinen Koffer ins Zimmer hinauf, sie fragte, ob er den schönen Anzug anbehalten wolle oder doch Alltagskleider vorziehe oder vielleicht einen Pyjama, wenn er einen bei sich habe. Es klang alles so praktisch, was sie sagte, er fühlte sich behütet, sozusagen in mütterlicher Obhut, obwohl sie jünger war als er. Einen Pyjama habe er nicht dabei, sagte er (und dachte einen Augenblick an die seidenen Kimonos aus seiner Glanzzeit), er habe vor seinem Aufbruch wenig Zeit gehabt und nur das Nötigste eingepackt, er lege sich jetzt am liebsten gleich so hin, es mache ja nichts, wenn der Anzug ein wenig zerknittere. Dieser jungen Frau gegenüber, die so viel Verständnis für ihn hatte, fühlte er sich plötzlich beredt und charmant, als habe er das Rad der Zeit ein paar Monate zurückdrehen können.

»Dann machen wir es, wie es Ihnen am besten passt«, sagte sie und schlug die Decke für ihn zurück. Sie half ihm, die Schuhe auszuziehen, lächelte ihm zu, als er sich auf dem Bett ausstreckte. Es war so warm, dass er die Decke gar nicht über sich breiten wollte.

»Dann schlafen Sie jetzt erst mal eine Weile. Ich schaue ab und zu nach, wie es Ihnen geht. Und wenn Sie etwas benötigen, dann sagen Sie es mir. Sollte es dringend sein, können Sie mit einem Schuh kräftig auf den Boden klopfen.«

Er nickte, schon mit geschlossenen Augen; der Klang ihrer Stimme beruhigte ihn. Die Türe schloss sie so leise hinter sich, dass er es gar nicht hörte. Für sich sein, mit genügend Raum rundum, ohne Lärm, danach hatte er sich gesehnt. Er schwitzte leicht, das störte ihn nicht.

23

Jeden zweiten Tag gingen Ruth und ich am Lager vorbei und fragten, ob Joseph Schmidt wieder da sei. Fragen war ja nicht verboten, zu fraternisieren aber schon – das war auch so ein Wort und bedeutete, dass es den jungen Frauen in unserem Alter untersagt war, mit einem Internierten eine Liebesbeziehung einzugehen, Befehl vom Lagerkommandanten, dem Herrn Major, so hieß es in der Käserei, wohin ich ausnahmsweise am Abend, wenn der Bruder nicht wollte, die Milch brachte. Die Bauernburschen verspotteten mich: Dieser Schmidt sei sowieso viel zu klein für mich und dazu ein Jude, die Polen, die eine Zeitlang im Lager waren, seien doch die weitaus attraktiveren Kerle gewesen. Viele von denen waren auch Juden, das habe ich nachträglich erfahren, aber die Bauernburschen wollten das gar nicht wissen, die nahmen bloß auf, was in ihre Schädel passte, und viel war das nicht ...

Nun gut, wie ging es weiter? Eines Tages sagte uns der Lagersanitäter – er hatte einen seltsamen

Namen, Storch –, Joseph Schmidt sei wieder da, noch kränker als vorher, er habe Fieber, friere furchtbar, es sei unverständlich, dass er in diesem Zustand zurückgeschickt worden sei, wer dafür wohl die Verantwortung trage, das möchte er gerne wissen. Aber die Kameraden hätten dafür gesorgt, dass er in der Waldegg ein Zimmer bekomme, dort werde geheizt, sie hätten ihn schon hingebracht ... Da waren wir wieder zu spät, hatten ihn gar nicht gesehen und ihm nicht gute Besserung wünschen können. Ruth hatte sogar eine halbe Tafel Milchschokolade für ihn dabei, Marke Cailler, das war etwas Rares in dieser Zeit. Wer sie ihr gegeben hatte, wollte sie nicht sagen. Im Kolonialwarengeschäft in Hinwil bekam man die meisten Lebensmittel nur gegen Rationierungsmarken, so war das damals ... Ich glaube, wir gingen dann gleich zur Waldegg, nur wir zwei, Ruth und ich, die Zeit dafür stahlen wir uns, und fragten die Wirtin, die Irma, ob wir Joseph Schmidt besuchen könnten, den Sänger, wir möchten ihm bloß alles Gute wünschen. Nein, sagte die Irma, sie blieb aber freundlich, die Lagerärzte seien da gewesen, und die hätten von Besuchen dringend abgeraten, und daran wolle sie sich halten. »Da wird er wohl nicht mehr singen«, sagte ich. Die Irma schüttelte den Kopf, man verstehe ihn kaum noch, wenn er etwas sage, wie er da singen solle?

Morgen bekomme er vielleicht die Medikamente, die er benötigen würde, aber sicher sei das nicht, auch die seien knapp geworden im Krieg. Wir nickten traurig, gingen nach Hause, ein Konzert mit ihm konnten wir jetzt vergessen. Aber stellen Sie sich vor: Als ich Ruth vor drei oder vier Jahren zum letzten Mal sah, hat sie steif und fest behauptet, o doch, Joseph Schmidt habe im Waldegg-Saal für alle, die dabei waren, »Ein Lied geht um die Welt« gesungen, er sei von oben, von Irmas Stube, heruntergekommen, bleich und schwach, er habe sich auf einen Tisch gestützt, aber kaum habe er den Mund geöffnet, sei alles anders gewesen, er habe den Saal gefüllt mit seiner Stimme und auch die Judenverächter hätten danach applaudiert. Der Sänger habe sich verbeugt und sei dann wieder langsam die Treppe hochgegangen. Und niemand habe geahnt, dass er so bald sterben werde. Das sei doch alles nachträglich erfunden, habe ich Ruth zurechtgewiesen, sehr schroff, nein, richtig zornig, doch sie beharrte darauf: So sei es gewesen und nicht anders, und es sei mein Gedächtnis, das mich betrüge, nicht ihres ... Ach, hatte es denn einen Sinn, deswegen so viele Jahre hinterher zu streiten? Wir haben uns seither nicht mehr getroffen. Hätte ich doch nachgegeben, man darf sich auch schöne Dinge einbilden und die Welt so ein wenig verbessern, oder nicht?

24

Es war schon dämmrig, als es an die Tür klopfte. Er wachte fast schreckhaft auf, wusste erst nicht, wo er war, dann fiel es ihm ein, doch das Wort »Herein« wollte ihm nicht über die Zunge. Trotzdem betraten zwei, die er kannte, die Stube, der Sanitäter Storch, zusammen mit Doktor Müller, der jetzt erst von einer längeren Visite in einer Außenstelle nach Girenbad zurückgekommen war. Sie schauten bedrückt auf Schmidt nieder, der zu sprechen versuchte, aber zunächst nur undeutliche Laute zustande brachte. Ein Gebrabbel, dachte er beschämt, das ist ja ein Gebrabbel. Auf Geheiß des Arztes schlüpfte er mühsam, mit Storchs Hilfe, aus der Jacke, Müller, der sein Stethoskop dabeihatte, knöpfte Schmidt das Hemd auf und begann seine Untersuchung, während Storch hinunterging, um aus der Küche heiße Milch zu holen. Willig befolgte Schmidt Müllers Anweisungen, hustete auf Geheiß, zeigte die Zunge, und mit jedem Untersuchungsschritt wirkte Müller noch besorgter.

»Ich glaube«, sagte er, »da ist etwas mit dem Herzrhythmus nicht in Ordnung, aber das würde kompliziertere Untersuchungen erfordern, die hätten unbedingt im Kantonsspital gemacht werden müssen.«

Schmidt fand mit großer Anstrengung wieder ein paar Worte. »Ich brauche einfach Ruhe … nur Ruhe …«

»Gewiss, Herr Schmidt, da haben Sie recht. Wir lassen Sie jetzt mal die Nacht durchschlafen, das ist am heilsamsten. Und morgen nehme ich noch meinen Kollegen mit, Doktor Handelsmann. Aber sagen Sie, wollen Sie in diesem Anzug bleiben? Tag und Nacht?«

Schmidt versuchte ein Lächeln. »Ja, das ist mir wichtig, ich habe lange keinen so schönen mehr getragen. Und er ist ein Geschenk.«

»Ich verstehe«, sagte Müller, obwohl man ihm ansah, dass er Schmidts Beweggründe missbilligte. Er half ihm aber wieder in die Jacke hinein.

Inzwischen war Storch mit der trinkwarmen Milch zurückgekommen. »Es ist ein Löffel Honig darin«, sagte er. »Das wird dich stärken.« Er hielt Schmidt den Becher vor den Mund, hob mit der anderen Hand seinen Kopf ein wenig in die Höhe, damit er trinken konnte. Das tat er, er schluckte, doch plötzlich lief ihm Milch aus dem Mund und befleckte den Jackenkragen. »Das macht nichts«, sagte Schmidt. »Den Anzug benötige ich ohnehin nicht mehr für einen Auftritt.«

»Warum denn nicht?«, fragte Storch, der mit seinem Taschentuch ein wenig Milch vom Kragen aufzusaugen versuchte.

»Ach, das ist vorbei«, antwortete Schmidt nach einer langen Pause und ließ sich, nachdem er mit dem Ärmel den Mund abgewischt hatte, aufs Kissen zurücksinken. »Es gibt zwar«, er stockte erneut, »Pläne mit zwei Mitgliedern des Opernensembles, mit den Herren Lichtegg und Rothmüller, aber da wird nichts daraus …«

Die beiden Besucher nahmen zwei Schritte Abstand vom Bett, flüsterten eine Weile miteinander, Schmidt glaubte zu verstehen, dass Doktor Müller ein Wort wiederholte: »eigensinnig«. Ja, eigensinnig war er, der Joseph Schmidt, was hatte er denn noch zu verlieren? Wenn es ihm gefiel, die Nacht im Anzug zu verbringen, würde er es tun, sein Leben lang hatten ihm genug Leute dreingeredet, seine Schritte gelenkt. Es tat ihm gut, sich zu widersetzen, die Gesundheit förderte es nicht, aber er wollte es so, er, und kein Onkel Leo, keine Mutter, keine Geliebte, kein Dirigent, kein Regisseur hatte das Recht, ihn davon abzuhalten. »Geschniegelt« sei er inzwischen, hatte der Vater ihm vor dem Konzert in Czernowitz vorgehalten. Ja, dann war er eben kleingewachsen und dafür geschniegelt, er hatte es so gewählt, auch jetzt, in einem unpassenden Moment.

Sie halfen ihm noch, die Toilette aufzusuchen, begleiteten ihn zurück ins Bett. Ob er einen Nachttopf in der Nähe haben wolle, fragte Storch. Schmidt schüttelte den Kopf, eine weitere Erniedrigung akzeptierte er nicht. Er werde es schon bis zum Morgen aushalten, sagte er. Sie zögerten, dann gingen sie mit Gutenacht- und Besserungswünschen, schlossen wiederum so leise wie möglich die Tür hinter sich. Sie hatten beobachtet, wie schreckhaft er auf Lärm reagierte; ihre Rücksicht rührte ihn.

Lange lag er da, ließ es Nacht werden und verzichtete darauf, die Lampe über dem Tisch mit dem gefransten gelben Schirm anzuzünden, er hätte, um den Schalter zu drücken, aufstehen müssen, und er wusste nicht, ob er dieser Anstrengung gewachsen wäre. So sank er allmählich in die dichter werdende Dunkelheit. Keine Sterne hinter dem Vorhang, nur Düsternis, aber ihm war wohl hier drin. Die Stimmen von unten vermehrten sich, wurden lauter, nun war die Gaststube bestimmt gut gefüllt, er glaubte jiddische Satzfragmente zu hören, polnische, französische, dazwischen Schweizer Dialekt. Es war nicht der gleiche Geräuschteppich wie im Lager, es klang gesitteter, weniger polternd, vielleicht war es die Wirtin Irma, die für gutes Benehmen sorgte. Und der Abstand durch die Treppe, die geschlossenen Türen dämpften die Lautstärke, so dass sie in seinen Ohren beinahe angenehm war. Ob sich hier Leute vom Dorf, gewiss gegen die Vorschriften, mit den Internierten mischten? Das wollte er fragen. Einmal stimmte jemand mit gefälligem Bariton ein Lied an, ein polnisches, das er nicht kannte, einige nahmen den Refrain auf, als es verklang, gab es Applaus, den das Stimmengewirr gleich wieder übertönte. Er hatte schon halb geschlafen, als die Wirtin rasch bei ihm hereinschaute und sich im schwachen Schein des Ganglichts erkundigte, ob er noch etwas benötige. Er sagte, er sei hier im Moment wunschlos glücklich, und heller müsse es nicht sein. Sie lachte leise. »Vielleicht sind Sie ja morgen schon gesund.«

»Das glaube ich leider nicht«, erwiderte er, und es klang trauriger, als er es gewollt hatte.

»Aber ich wünsche es Ihnen«, sagte sie.

Er fragte sie leise, ob sie sich nicht eine Weile zu ihm auf den Bettrand setze, aber sie wollte nicht, sie habe unten mit einer einzigen Hilfskraft, das sagte sie sehr freundlich, alle Hände voll zu tun und darum müsse sie ihn gleich wieder verlassen; nach der Polizeistunde um halb zwölf werde sie vielleicht noch einmal zu ihm hereinschauen. Jetzt war wohl zehn vorbei, schätzte er, seine Taschenuhr mit den

Leuchtziffern hatte er ja nicht mehr. Und nun lag er da, im schönen Anzug, über dessen schmiegsamen Stoff er immer wieder mit den Fingern strich, fast als wäre es die Haut einer schönen Frau. Hier war er gelandet, nach vielen Strapazen nun doch in einem kleinen sicheren Hafen. Ob er wollte oder nicht, etwas in ihm brachte ihn dazu, in dieser Nacht manche Stationen seines Lebens zu durchlaufen. In Davideny rannte er singend über Stoppelfelder. An der Hand der Mutter ging er voller Ehrfurcht zur ersten Unterrichtsstunde bei Josef Towstein in Czernowitz, diesem strengen Mann mit den gütigen Augen, der ihm zeigte, dass sein Leben die Musik sein könnte. Er scheute zurück vor dem Vater, der sich dann doch der Mutter beugte, er hörte durch die dünnen Wände ihrem erbitterten Streit zu, angstvoll und doch voller Hoffnung, denn er wusste, wie stark seine kleine Mutter war, wenn es um seine, um Joschis Zukunft ging. Er sah sich zum ersten Mal, zitternd vor Aufregung, als Vorsänger in der Synagoge, er verschmolz mit den Tönen, die aus ihm kamen, er nahm den Applaus entgegen wie etwas, das ihn, den viel zu Kleinen, höher hob. Er begegnete den Frauen, die ihm zugetan waren, Mary, Lotte, Selma, er liebte sie, und doch verwiesen sie immer auf die wichtigste Frau in seinem Leben, die Sara hieß, was Fürstin bedeutet. Er betrauerte sie in dieser Nacht, denn er war sicher, dass er sie nicht mehr sehen würde. Und dann sang er noch einmal im Berliner UFA-Palast, von Tausenden bejubelt, und draußen hingen schon die Hakenkreuzfahnen, er sang in Wien, in Prag, in New York, in Tel Aviv, in Brüssel, in Antwerpen. Er begann in dieser Nacht noch einmal seine Odyssee von Land zu Land, den Nazis immer ein paar Monate voraus, zuletzt in Nizza, in La Bourboule, und die Schergen kamen näher und näher. Er war wieder auf seiner langen Flucht, aber auch vor dem eigenen kleinen Sohn flüchtete er, und das war seine Schande. Er haderte mit dem Gott, der den Juden nicht half, doch sein Leben wurde gerettet, er gelangte ins kalte Paradies, das von ihm verlangte, sich zu ducken und dankbar zu sein. Dann kam er ins Lager Girenbad, fand dort überraschend Freunde, Zuspruch, es war nie nur der Schrecken, der ihn bedrängte, es gab in finsteren Momenten auch stets die hellere Seite, und darum lag er jetzt hier, in der Waldegg, in der warmen Stube der Wirtin Irma Hartmann, die ihn beherbergte, ohne Genaues über ihn zu wissen.

Die Schmerzen in der Brust – er wusste, es war das Herz – vergingen aber nicht, sie rissen ihn in einen Strudel von Traumfragmenten, kurzen Wachphasen, nun stand immer wieder Onkel Leo an seiner Seite und machte ihm Vorwürfe, die er nicht verstehen wollte, der Professor Brunner schwenkte mahnend den Zeigefinger und sagte, Juden hätten generell ein schwaches Herz, der eine Passeur nahm ihn zurück über die Grenze, er hatte kein Geld mehr, Selma sang: Jossele hat kein Geld mehr, er sang den Refrain mit: Kein Geld mehr, kein Geld mehr. Wir sind im Niemandsland, sang Selma, die doch gar nicht singen konnte, doch sie sang sehr schön, und sie trug auf den Armen den kleinen Otto, der zu schlafen schien, und er, der Sänger, stimmte mit ein und hatte keine Ahnung mehr, wo sie waren, flach war alles, viel zu flach, dabei gibt es in der Schweiz Hügel und Berge, er ging rundum, immer rundum, und der Schmerz pochte und stach in der Brust. Aber jemand hatte an die Tür gepocht, Irma trat ein, er sah sie plötzlich vor sich, denn sie hatte Licht gemacht, und er kniff geblendet die Augen zusammen, nun aber setzte sie sich, zu den Glockenschlägen von draußen, auf den Bettrand zu ihm und roch nach Wein und Kölnischwasser, sie fragte, wie es ihm gehe, er deutete auf die Brust, er fühle sich schwach, sie sagte, es sei eben Mitternacht gewesen, sie bringe ihm noch heißen Tee, wenn er dies wünsche. Er dankte, vielleicht doch eher ein Schluck Wein, sagte er. Ganz schlecht gehe es ihm in diesem Fall nicht, erwiderte sie schalkhaft, legte einen Augenblick ihre Hand auf seine Stirn, die heiß war und feucht. Sie komme gleich wieder, sagte sie und ging hinaus, er hörte ihre raschen Schritte die Treppe hinunter. Es war merkwürdig, er hatte eine unwiderstehliche Lust, für sie zu singen, vielleicht würde sie gar nicht ahnen, dass es für sie war, und seine Stimme war ohnehin zerrüttet. Dennoch hatte er unvermutet die Energie, sich aufzusetzen, er holte Atem, wusste gar nicht, welchen Ton er anstimmen, mit welchem Wort er beginnen sollte. Aber dann ging es wie von selbst, es sang plötzlich aus ihm, als sei er gar nicht krank, es war seine Stimme, seine ihm so vertraute Stimme, und sie war, wie durch ein Wunder, nur leicht belegt, dann hörte er, was er sang, es war keine Arie, kein Lied, es war das *Ano Avdoh*, das Gebet in aramäischer Sprache, das er zum ersten Mal in der Synagoge von Czernowitz gesungen hatte, er, der blutjunge Vorsänger, *Herr, ich bin dein Knecht,* er hörte, dass die Töne die Stube füllten, er sah, dass Irma zurück war, gebannt in der Tür stehen blieb, und es sang aus ihm, das ganze Gebet, er ließ den letzten Ton verhallen, sank erschöpft zurück aufs Kissen, schloss lächelnd die Augen.

»Was war das?«, fragte Irma, den Tränen nahe.

»Ein Gebet«, sagte Schmidt. »Ein Gebet der Juden, in ihrer alten Sprache.«

»So etwas Schönes«, sagte sie, »habe ich noch nie gehört.«

Er lächelte. »Ich habe heute Abend meine

Stimme wiedergefunden. Dafür muss ich Gott danken.« Auch mit dem Reden ging es plötzlich besser, er konnte es kaum glauben. Wie wenn ein Schleier von der Stimme abgefallen wäre, nein, eine dünne Mullbinde wie bei einer Verletzung, und nun zeigt sich, dass sie geheilt ist.

»Sie singen ganz wunderbar, das weiß ich jetzt. Schade, dass niemand mehr im Haus ist, um Ihnen zuzuhören. Alle sind schon gegangen.«

»Das macht nichts. Sie waren die Richtige. Mir haben ja schon Tausende zugehört. Aber Sie, Frau Irma, noch nie.«

Sie stellte endlich den Krug auf den Tisch, den sie bei sich trug. »Danke. Ich schenke Ihnen Tee ein, wenn Sie wollen.«

Er schüttelte den Kopf. »Zu singen hat mir den Durst genommen.«

»Aber jetzt«, sagte sie, fast ein wenig schüchtern, »habe ich Zeit, mich aufs Bett zu setzen.« Sie tat es mit plötzlicher Entschlossenheit. Nun war sie ihm nahe, ein Frauenkörper, der alte Gefühle in ihm wachrief, als brächte diese Nacht schon Verlorengeglaubtes wieder zurück. »Die Juden haben bei uns in der Gegend nicht den besten Ruf«, sagte sie. »Ich meine, bei vielen nicht. Obwohl man doch weiß, was sie in Deutschland erleiden. Aber diese Musik vorhin, die ist doch, wie soll ich sagen, himmlisch.«

»Davon handelt sie ja.« Er lachte ein wenig, wie nur für sich, und griff, linkischer als in anderen Fällen, nach ihrer Hand, sie ließ sie ihm, erwiderte seinen sanften Druck. »Sie kommt aus uralter Zeit, deshalb wirkt sie so tief. Und ich muss daran denken, wie ich als Kind in der Synagoge war und diese Musik mich ganz gottesfürchtig machte.«

Sie zögerte, lachte nun auch leise, wie wenn sie sein Echo wäre. »Ich gehe selten in die Kirche. Lieber ab und zu tanzen. Und in einer Synagoge war ich noch nie. Da scheut unsereiner davor zurück.«

»Es würde Ihnen gefallen.«

Er spürte ihre Zweifel an der fortstrebenden Bewegung der Hand, die sie ihm dann doch ließ. Sie schwiegen eine Weile.

»Sagen Sie, Frau Irma, wo ist denn eigentlich Ihr Mann?«

Und da sie erschrocken schien und nicht gleich antwortete, fuhr er fort: »Sie sind doch verheiratet, oder?«

»Seit sechs Jahren. Aber mein Mann«, sie stockte, »ist oft ganze Wochen weg, auf Handelsreise, er mag das Wirten nicht. Am Anfang hat er's versucht, ich habe ja die Wirtschaft von den Eltern übernommen.« Wieder eine lange Pause. »Man kann einen Menschen nicht zu etwas zwingen, was ihm so zuwider ist.«

Er streichelte ganz leicht ihre Hand und war sicher, dass er damit nichts Unrechtes tat, er hatte für sie gesungen und für sich, er nahm Anteil an ihr, das war alles. »Und Kinder haben Sie nicht?«

Es dauerte wieder eine Weile, bis sie antwortete. »Wir können keine bekommen.« Er nahm wahr, dass sie lautlos weinte, mit einem kleinen Beben ihrer Schultern, und hätte sie sich vorgebeugt, wären wohl Tränen auf ihre beiden Hände gefallen.

»Ich habe auch keine«, sagte er, verbesserte sich aber gleich: »Das heißt, ich habe eines gezeugt, einen Sohn, aber ich habe ihn nicht wirklich zu meinem gemacht. Er und seine Mutter haben nie bei mir gelebt. Es war nicht möglich bei meinem rastlosen Leben. Und wie traurig das ist, weiß ich erst heute.«

»Ja, das ist traurig«, sagte sie und löste nun doch ihre Hand von seiner, straffte sich ein wenig auf dem Stuhl. Das Licht, das der gefranste Lampenschirm verbreitete, ließ sie bleich erscheinen, zurückhaltend nun. »Vielleicht kommt er ja nicht wieder, mein Mann. Vielleicht sucht er sich eine Neue ... Er denkt, ich sei schuld an allem.« Sie wischte sich mit dem Ärmel über die Augen. Dann sagte sie: »Ich muss gehen«, und stand mit einer entschlossenen Bewegung auf, doch sie wandte sich an der Tür noch einmal an Schmidt: »Wie Sie gesungen haben, das werde ich nie vergessen.«

Er nickte ihr zu, deutete ein Winken an, er hörte ihre Schritte auf der Treppe, dann nur noch den Wind draußen, ein Knacken irgendwo. Aber er hatte gesungen, und innerlich singen mochte er nicht mehr. Sein heißer Kopf schien ins Kissen einzusinken. Er wollte schlafen, trotz der Schmerzen, die nun wieder zunahmen. Schlaf war der Ausweg aus der Unruhe, aus den Heimsuchungen der Reue. Vieles schmerzte, vieles hatte er versäumt. Und doch, das redete er sich nicht bloß ein, hatte er Unzähligen Freude gemacht, eine Tür zur Musik, zur Kunst geöffnet. Was war wichtiger? Er wusste es nicht. Aber nun war es wieder da, das Gespinst der Abhängigkeiten und seiner Versäumnisse, er spürte, dass es ihn gefangen nahm, und doch wusste er mit großer Klarheit, dass er Frieden finden würde. Seinen Frieden. Es pochte laut in ihm, setzte aus, begann wieder. Er fiel in einen Schlaf, der so schmerzhaft tief war wie noch keiner zuvor. Er trieb dahin, Töne trugen ihn, wiegten ihn, rissen ihn mit, waren sanft und wild, waren stürmisch und zart, kamen zur Ruhe, nach der er sich sehnte, da war er im Irgendwo, zu Hause nicht, in der Fremde nicht, aber bei sich, und die Schmerzen ließen ihn los, ließen ihn frei. Es war gut, schwach zu sein und doch schwer genug, um zu sinken, immer weiter zu sinken durch die Jahre, zu einem Ursprung, von dem er nichts mehr wusste.

25

Nach einer ruhigen Nacht wollte die Wirtin Irma Hartmann dem kranken Sänger Joseph Schmidt, der am Vorabend für sie gesungen hatte, ein kleines Frühstück bringen, Kräutertee, geröstetes Brot, weil das den Magen schont und doch den Körper kräftigt. Er ist ein besonderer Mensch, dachte sie, so einen hatte sie noch nie kennengelernt, zutraulich wie ein Kind und doch weise, ihr auf unaufdringliche Weise überlegen. Was selten war, denn in ihrem Gewerbe blieb sie sonst keinem Mann ein Wort schuldig. Es war sieben vorbei, dunkel noch und kalt draußen, es hatte an diesem 16. November 1942 sogar ein wenig geschneit, auf den Fenstersimsen lag ein heller Flaum. Sie stieg mit dem Tablett die steile Treppe hoch, spürte eine leise Bangigkeit in sich, die sie nicht verstehen konnte, denn eigentlich freute sie sich, den Sänger da oben anzutreffen. Sie hatte sogar die fleckige Tagesschürze ausgezogen, damit sie einen besseren Eindruck machte in ihrem gut geschnittenen geblümten Rock. Sie klopfte einmal, zweimal, kein Laut, er schlief wohl noch, so trat sie behutsam ein, ließ wie am Vorabend das Licht nur vom Gang her in die Stube fallen. Das Ende des Vierecks erreichte gerade sein Bett, in dem er auf dem Rücken lag, reglos, mit bis zum Kinn hochgezogener Decke. Ihre Bangigkeit nahm zu. Sie stellte das Tablett auf den Tisch, sie sprach den Gast an, kauerte vor dem Bett nieder: »Herr Schmidt, bitte, ich bin es, die Irma.« Er regte sich nicht, doch dann sah sie, dass er atmete, sie hörte sogar ein leises Stöhnen, wie von einem kranken Kind. Eine dumpfe Luft war hier drin, sie wollte erst das Fenster aufreißen, tat es aber nicht. »Hören Sie mich, Herr Schmidt?«, fragte sie in dringlichem Ton. Eine Art Schnarchen oder eher ein Rasseln kam von ihm. Verstand er sie? Versuchte er, die Augen zu öffnen?

Sie eilte treppab, die Aushilfe war eben eingetroffen, eine Jugendliche aus dem Dorf, sie schickte sie hinüber zur alten Textilfabrik, zu den Internierten, es sei dringend, der Sanitäter solle kommen, besser noch ein Arzt, unbedingt, dem Sänger gehe es schlecht. Dann rannte sie, zwei Stufen auf einmal nehmend, wieder hinauf in die Stube. Schmidt lag da wie zuvor, atmete schwer, gab sonst kein Lebenszeichen von sich. Das Tablett mit Krug und Glas stand noch auf dem Tisch. Sie versuchte ihm – was sollte sie sonst? – Tee einzuflößen. Aber er trank nicht, der Tee rann ihm aus dem Mund, lief ihm übers Kinn, sie trocknete es mit ihrem Taschentuch und spürte erleichtert, dass seine Haut noch warm war, auch der Puls, den sie, die Decke halb zurückschlagend, am Handgelenk suchte, war noch da, unregelmäßig, ja, aber spürbar. Wie klein er war, der Mann, und immer noch trug er seinen Anzug, als müsse er nächstens zu einem Konzert, zu einem Fest aufbrechen. Dann kamen die Helfer vom Lager. Als Erster Strassberg, außer sich vor Sorge, als er Schmidts Zustand erkannte, ihm folgte Storch, der sich über den Liegenden beugte, um den Herzschlag abzuhören. »Schwach, viel zu schwach«, murmelte er, kehrte gleich wieder um, er wolle, sagte er, schon im Gehen, Doktor Müller oder einen anderen Arzt benachrichtigen, sie sollten dem Patienten dringend Coffein und Cardiazol injizieren, wenn überhaupt vorhanden, er fürchte, dass der Patient sonst sterbe.

Das kann gar nicht sein, dachte Irma, Herr Schmidt hatte ihr doch noch vor ein paar Stunden etwas vorgesungen. Sie setzte sich aufs Bett, als könne sie so die mitternächtliche Szene wiederholen, sie griff nach Schmidts Hand, hielt sie fest, während Strassberg, neben ihr stehend, mit kleinen, fast zärtlichen Sätzen den Freund zu beleben versuchte, ihm zwischendurch übers Haar strich: »Wir sind ja da, Joschi … deine Freunde sind da … Es kommt alles gut … Atme einfach tief … Atme …« Aber Irma sah und hörte, dass Schmidt schwächer atmete, die Brust sich kaum mehr hob und senkte, und in ihr wuchs die Panik, dass sie am Bett eines Sterbenden saßen und vielleicht zu wenig getan hatten, um ihn noch zurückzuhalten. Dann ein Poltern auf der Treppe, Doktor Müller stürzte mit seinem Köfferchen herein, gefolgt vom Sanitäter Storch und einem zweiten Arzt, der neu im Lager war, Handelsmann hieß er. Sie schauten den Liegenden an, dann sich gegenseitig. Irma erkannte die Bedrücktheit in ihren Mienen. »Wir können es ja versuchen«, sagte der eine Arzt, »auch wenn uns das Bestmögliche leider nicht zur Verfügung steht.« Sie machten das Injektionsbesteck parat, nahmen aus einer Ampulle den Wirkstoff auf, den sie nicht benannten, gemeinsam zogen sie Schmidt das vornehme Sakko aus, Handelsmann krempelte ihm einen Ärmel zurück, band den Arm ab. Müller stach in die Vene, drückte sachte die Flüssigkeit hinein, und als das nicht zu wirken schien, probierten sie es mit einer zweiten Ampulle, und immer noch war keine Wirkung sichtbar, nur Schmidts Augenlider flatterten ein wenig, wurden aber rasch wieder ruhig, und sonst regte sich gar nichts an ihm.

»Mehr können wir nicht tun«, sagte Müller resigniert, »unsere Mittel sind beschränkt. Wäre Herr Schmidt im Kantonsspital geblieben, gäbe es eine bessere Versorgung.«

»Es ist skandalös, wie sie mit ihm verfahren sind«, fügte Philippe Storch grimmig hinzu. »Man sollte es der Presse melden.«

Handelsmann schüttelte den Kopf. »Das nützt nichts. Vor allem nachträglich nicht.«

Der Klang und die Bedeutung dieses einen Wortes, »nachträglich«, erschreckte Irma, sie wusste, was die Ärzte sagen wollten. Auch als Storch hinzufügte: »Wir warten jetzt noch eine Zeitlang«, war ihr klar, dass sie das Schlimmstmögliche für eingetreten hielten und sie die Einzige war, die noch hoffen wollte. Sie schwiegen nun alle, es war heller geworden, Schmidts Gesicht war bleich, wirkte aber friedlich. Müller, dann auch Handelsmann überprüften mehrmals den Puls und die Atmung Schmidts, Storch hielt sogar einen Taschenspiegel vor den halboffenen Mund.

»Er ist gegangen«, sagte er dann und wendete sich an die Ärzte. »Es war eine akute Herzschwäche, oder nicht?«

»Vermutlich«, antwortete Müller. »Genau wissen wir es nicht.«

Irma war die Einzige, die ihre Tränen nicht zurückhielt, es war ihr egal, dass sie ihr auf die Hände tropften, die vor wenigen Stunden noch der Sänger in seinen gehalten hatte.

»Wir müssen ihn nach unseren religiösen Vorschriften auf den Boden legen und mit einem weißen Tuch zudecken«, sagte Storch zu Irma. »Sie können das hoffentlich akzeptieren, ja?«

Sie nickte, sagte, sie hole ein bisschen Stroh, auf dem nackten Boden könne Herr Schmidt doch nicht liegen. Nach kurzer Zeit kam sie mit einem Bündel Stroh zurück, kauerte nieder und breitete es vor dem Bett sorgsam aus. Dann hoben die Männer den Toten schweigend auf dieses letzte Lager. Sie wünschten, weil auch dies ihrer Religion entsprach, ein wenig Brot mit Salz, das sie ihm auf die Brust legten. Danach gab Irma dem Sanitäter Storch ein frisches Leintuch, mit dem der Tote zugedeckt wurde, und auf sein Verlangen hin brachte sie eine Kerze, die er ans Kopfende stellte und anzündete. Er hole nun einen Rabbiner herbei, sagte er, es gebe ja mindestens drei im Lager, der müsse das Totengebet, das Kaddisch, sprechen, und er werde nachfragen, wo man möglichst schnell einen schlichten Holzsarg bekomme. Es sei vorgeschrieben, dass bis zur Einsargung stets jemand beim Toten wache. Dann ging er.

»Ich bleibe noch«, sagte Müller. »Ich habe es nicht eilig.« Handelsmann seinerseits wollte im

Lagerbüro den Totenschein ausfüllen. Auch er, der große hagere Mann, verschwand.

»Es wird stickig hier drin«, sagte Irma mit Unbehagen. »Kann man nicht ein wenig das Fenster öffnen?« Und sie fragte sich gleichzeitig, ob sie heute die Gaststube schließen sollte, wegen eines Trauerfalls, das hatte sie auf kleinen Kartonplakaten anderswo schon gelesen.

»Das Fenster öffnen wir erst, wenn der Rabbiner da ist«, sagte Müller. Er lächelte traurig. »Dann kann die Seele den Körper verlassen. Das gehört auch zu unserem Glauben. Ich praktiziere ihn ja kaum noch. Und eigentlich müssten sich jetzt zehn Leute aus der Verwandtschaft des Toten versammeln, um ihn zu betrauern. Da findet sich bestimmt kein Einziger. Aber andere werden kommen, viele, denke ich.«

Sie saßen auf den Stühlen am Tisch, eine Weile blieben sie stumm und schauten auf die Gestalt, die sich unter dem Tuch abzeichnete. Das Kerzenlicht modellierte den rundlichen Kopf des Arztes wie auf einem Gemälde.

»Ich verstehe nicht«, sagte Irma mit plötzlichem Aufbegehren, »warum sein Gesicht bedeckt sein muss. So kann man doch nicht Abschied nehmen.«

»Ja, ich verstehe Sie«, stimmte Müller ihr zu. »Es geht mir eigentlich auch gegen den Strich.« Er stand auf und zog, indem er sich tief bückte, das

Tuch vom Gesicht des Toten, setzte sich wieder, und nun strahlte der Sänger, so schien es Irma in diesem adventlich anmutenden Kerzenschein, der sich am Rand mit dem Dämmer verband, eine große Ruhe aus, als ob keine Beschwerden vorausgegangen wären. Die Wangen schienen leicht gerötet, er sah aus, als könnte er im nächsten Augenblick erwachen, und es hätte Irma nicht verwundert, wenn er plötzlich, kaum erkennbar, gelächelt hätte, nur für sie.

Schritte auf der Treppe schreckten sie auf, Strassberg trat ein, erneut außer Atem, den Hut in der Hand. Er grüßte, verbeugte sich vor dem Toten. »Man hat es nicht geahnt«, sagte er, und Irma hörte, dass er geräuschvoll den Atem einsaugte und ein Aufschluchzen unterdrückte. »Niemand hat geahnt, dass sein Herz so schwach war.«

»Er schon«, sagte Müller, »aber in den oberen Rängen wollte man ihm nicht glauben.«

»Vielleicht geht es ihm jetzt ja gut«, sagte Strassberg, leise, in sich gekehrt, er stand mit gefalteten Händen vor dem Toten, und der Kerzenschein, der zu flackern begonnen hatte, glitt über ihn hinweg.

Irma sagte, sie müsse nun bekannt machen, dass das Restaurant heute geschlossen bleibe, sie schreibe es auf einen kleinen Karton und befestige ihn an der Eingangstür.

»Gut so«, erwiderte Strassberg, »aber viele werden kommen, um sich zu verabschieden. Die Nachricht hat sich rasch verbreitet. Und wir sind zornig, dass für einen weltbekannten Sänger, einen von uns, hier nicht besser gesorgt wurde.«

»Das nützt nun auch nichts mehr«, sagte Irma im Gehen. Sie hätte gerne lauter gesprochen, aber es ging nicht.

26

Der Herr Major war nach wie vor – oder schon wieder – abwesend. Und so war es Oberleutnant Rüegg, der den Insassen erlaubte, von Joseph Schmidt, dem Sänger, Abschied zu nehmen, er tat es, wie er beinahe trotzig bekundete, auf eigene Verantwortung.

Fast alle kamen, trotz des leichten Regens. Dass er Jude war, kümmerte sie nicht; die meisten von ihnen waren es auch. Sie standen in einer langen Schlange, unter rasch ziehendem Gewölk, vor dem Eingang der Waldegg und warteten, bis sie an der Reihe waren, einzutreten und die Treppe hochzugehen. Irma hinter dem Ausschank sah, wie viele Spuren ihre Schuhe auf dem Holzboden hinterließen, sie und ihre Aushilfe würden den Schmutz am nächsten Tag aufputzen, jetzt noch nicht. Die Männer in ihren verschlissenen Übergewändern bemühten sich, leise aufzutreten, auch auf den Treppenstufen, sie redeten kaum miteinander oder dann im Flüsterton. Storch empfing sie oben in der

Totenstube, in der nun ein halbes Dutzend weiße Kerzen brannten, sie durften ein paar Minuten vor ihrem Kameraden verweilen, die einen falteten die Hände und murmelten ein Gebet, die anderen beugten ihr Knie. Dann gingen sie hinaus, machten Platz für die nächsten. Es dauerte lange, bis die Prozession – oder wie wollte man es nennen? – zu Ende war. Der Rabbiner, Mendel Huss, war nun auch gekommen, er blieb oben und sprach das Kaddisch, öffnete dann das Fenster, um die Seele freizulassen, und vollführte die vorgeschriebenen Rituale, obwohl er wusste, dass Joseph Schmidt kein frommer Jude gewesen war, eher ein lauer oder zeitweise gar ein abtrünniger. Das mache nichts, sagte er und verzog sein faltiges Gesicht zu einem nachsichtigen Lächeln, wer als Jude geboren sei, bleibe es, gerade im Tod und danach.

Bei beginnender Dunkelheit kam das Leichenauto, das Rüegg telefonisch angefordert hatte, und brachte den Sarg, einen einfachen aus Holz. Joseph Schmidt wurde hineingehoben. Er war leicht geworden, seine Freunde hatten ihm ein Totenhemd angezogen. Strassberg, ein ohnehin starker Mann, und Sperber genügten, um den Sarg gemeinsam mit Storch hinunterzutragen und in den wartenden Wagen zu schieben. Im Schritttempo fuhr er zum Lagergebäude, dort warteten, zusammengedrängt und schweigend, die Internierten. Oberleutnant Rüegg hatte nur eine Begleitung durch dreizehn Personen erlaubt, die dem Leichenauto bis Hinwil, etwa einen Kilometer weit, folgen durften. Aber die Männer, wohl dreihundert, hielten sich nicht daran, sie setzten sich alle in Bewegung, als das Auto langsam weiterfuhr, sie folgten ihm, trotz des erneut einsetzenden Regens, mit gesenkten Köpfen und gezogenen Hüten und Mützen, auch die Wirtin Irma ging mit, ganz am Schluss und als Einzige unter einem Regenschirm, neben ihr der Oberleutnant, der die Männer nun doch gewähren ließ. Sogar die Schweizer Wachsoldaten, die zuerst gezögert hatten, schlossen sich an, denn sie hatten keine anderslautenden Befehle. Einige Männer hatten Laternen bei sich, so war die stumm voranschreitende Kolonne von schwankenden Lichtkreisen beleuchtet; leise Verständigungsrufe, das Tappen und Schlurfen der Schritte waren grundiert vom Motorengeräusch des Leichenautos an der Spitze, das, während es dunkel wurde, mit seinen weitreichenden Scheinwerfern der Kolonne den Weg zu zeigen schien. Der Rabbiner, der trotz seines Alters und seiner schlechten Beine mitmarschierte, betete halblaut und hörte nicht auf damit, obwohl sein Rezitieren schon ein paar Meter hinter ihm nicht mehr verständlich war. Vor wenigen

Wochen noch hatten längst nicht alle gewusst, wer Joseph Schmidt war, dennoch wollten sie ihm nun geschlossen das letzte Geleit geben. Sie wären noch weitergegangen, aber in Hinwil hielt Oberleutnant Rüegg sie zurück. Seine Befehle wurden von den Wachsoldaten aufgenommen und weitergegeben, das genügte, um die Trauernden einmütig zur Umkehr zu bewegen. Sie hatten bezeugt, dass sie einem der Ihren die gebührende Ehre erweisen wollten, auch unter widrigen Umständen. Sie froren und kehrten in schnellem Marschtempo, aber nicht im Gleichschritt nach Girenbad zurück, während der Leichenwagen talwärts weiterfuhr. Es hatte sich rasch herumgesprochen, wohin: zum Israelitischen Friedhof Unterer Friesenberg in Zürich, von dem nur wenige Ortskundige wussten, wo er war, aber Irma wusste es, und sie beschloss, an einem der nächsten Tage hinzugehen und auf das Grab einen kleinen Strauß Chrysanthemen zu legen. Sie hatte sie im Frühling gesät, sie blühten jetzt in ihrem Ziergarten hinter der Waldegg und würden noch bis zur Weihnachtszeit weiterblühen. Weiße und violette, stellte sie sich vor; sie war sicher, dass sie dem Sänger gefallen hätten.

27

Wie hartnäckig meine Frau manchmal doch ist. Sie habe, sagte sie an einem regnerischen Novembertag, in der NZZ beinahe zufällig eine Notiz gelesen, darin stehe, der berühmte Tenor Joseph Schmidt, nach dem ich kürzlich gefragt habe, sei in einem schweizerischen Internierungslager gestorben. Ich spürte, wie meine Miene unwillkürlich gefror. »Davon weiß ich nichts«, sagte ich.

Sie schaute mich durchdringend an. »Das heißt doch«, fuhr sie fort, »dass er in die Schweiz geflüchtet ist.«

Ich nickte. »Wie Tausende von anderen. Die Zeiten sind leider so. Wie soll ich da Bescheid wissen über Einzelfälle?«

Sie blieb ungerührt, behielt ihren forschenden Ton bei. »Er war doch noch jung, soviel ich weiß, nicht einmal vierzig.«

Woher wusste sie das? Ich hatte mir nach dem Zwischenfall mit dem Pfarrer die Akten verschafft, was bei der verzweigten Behördenstruktur ziemlich *mühsam gewesen war, und erfahren, dass Schmidt fünf Wochen zuvor in Genf illegal die Schweizer Grenze überquert habe, dass er dem Lager Girenbad zugeteilt worden und nach einem Aufenthalt im Kantonsspital Zürich vor drei Tagen an einer Herzschwäche überraschend gestorben sei. In der Basler Arbeiterzeitung stand polemisch, dieser frühe Tod des Tenors, offenbar durch mangelnde Pflege beschleunigt, sei eine Schande für die Schweiz. Ich hatte dafür gesorgt, dass der Zeitungsausschnitt nicht über den Schreibtisch von Dr. R. ging, er litt unter solchen unqualifizierten Anschuldigungen noch mehr als ich.*

»Man hat«, sagte ich zu Agnes, »für Herrn Schmidt sicher das Mögliche getan. Unser Gesundheitssystem ist jedem Flüchtling zugänglich, wie du wissen solltest.«

Ich merkte, wie hohl das klang, und verstummte, obwohl ich den Drang hatte, die Entscheidungen, die ich Tag für Tag verantworten musste, noch entschiedener zu rechtfertigen. Wir seien doch in unserem Amt keine Unmenschen, hätte ich anfügen wollen, zwang mich aber dazu, den moralischen Unterton, den Agnes gerne annahm, meinerseits zu vermeiden.

Agnes schien das kleine Zittern in meiner Stimme bemerkt zu haben. »Ich kann nur hoffen«, sagte sie,

»dass all dies, was du zu wissen glaubst, auch wirklich stimmt.«

Das war der Moment, wo ich plötzlich lauter wurde. »Und du? Weißt du, was es heißt, all die unterschiedlichen Ansichten, mit denen wir konfrontiert sind, zu bündeln? Wir sind dazu verdammt, immer wieder den Konsens zu suchen, damit wir den Zusammenhalt im Land nicht gefährden.«

»Ja, mein Lieber«, sagte sie und straffte sich. »Mit dem Zusammenhalt lässt sich aber nicht alles entschuldigen. Schlimme Einzelschicksale können doch manchmal ebenso wichtig sein wie die vorschnelle Einigkeit zwischen den Parteien, oder nicht? Draußen Krieg und Schrecken, drinnen die Selbstzufriedenheit der Verschonten. Ist es das, was dir vorschwebt?«

Nun schrie ich sogar: »Nein, was unterstellst du mir eigentlich?« Wäre ich beim Klavier gestanden, hätte ich mit der Faust auf die Tasten gedonnert und einen durchdringenden Missklang erzeugt. Ich war es dieses Mal, der weglief, sonst war es sie, die bei unseren Zwistigkeiten schneller kapitulierte. Später saß ich bei mir oben am Schreibtisch, starrte aus dem Fenster, irgendwohin. Die Alpenkette, die man an klaren Tagen sieht, war wolkenverhangen, ich erinnerte mich bang an das tiefe Grün des Flusses. Wer bezweifelt denn, dass wir auch einen Joseph

Schmidt hätten aufnehmen können? Aber niemand weiß verlässlich, ob wir unsere Aufnahmefähigkeit nicht schon genügend strapaziert haben und ob es nicht unsere Pflicht wäre, die Grenzen tatsächlich zu schließen. Denn niemand weiß, was noch auf uns zukommt. Das sind, ich gebe es zu, die Momente, in denen es mir lieber wäre, schon morgen pensioniert zu werden und die verstörenden Gewissensfragen anderen zu überlassen. Aber gut, ich werde mich bei Agnes für meine Heftigkeit entschuldigen, das gehört sich so.

Dank und Hinweise

Ich habe mich beim Schreiben dieses Romans in vielem auf die Biographie von Alfred A. Fassbind, *Joseph Schmidt – Sein Lied ging um die Welt*, gestützt. Sie ist 2012, samt beigelegter CD, zum achtzigsten Todestag des Sängers in einer erweiterten Neuauflage im Römerhof-Verlag, Zürich, erschienen. Der Verfasser, selbst ein renommierter Tenor, betreut zudem das Joseph-Schmidt-Archiv in Dürnten, in dem er Zeugnisse und Gegenstände aus Schmidts Leben sammelt. Über die Webseite www.josephschmidt-archiv.ch werden Beispiele aus Schmidts Diskographie in überraschend guter Qualität hörbar. Ich danke Alfred A. Fassbind herzlich dafür, dass er mir seine Sammlung persönlich zeigte und sich die Zeit nahm, auf meine vielen Fragen einzugehen. Ohne ihn wäre dieses Buch nicht zustande gekommen.

Eine frühere, aber weniger umfassende Biographie Schmidts stammt von Karl und Gertrud Ney-Nowotny: *Joseph Schmidt – Das Leben und Sterben eines Unvergesslichen,* Europäischer Verlag, Wien 1962.

Informativ war für mich auch der Sammelband von Jürgen Kesting, *Die großen Sänger,* Hoffmann & Campe, Hamburg 2008, ebenfalls in einer erweiterten Neuausgabe.

Inspiriert haben mich zwei weitere Bücher:

Edith Silbermann, *Czernowitz – Stadt der Dichter, Geschichte einer jüdischen Familie aus der Bukowina (1900–1948),* herausgegeben und kommentiert von Amy-Diana Colin, Verlag Wilhelm Fink, Paderborn 2015.

Stefan Ineichen, *Zürich 1933–1945,* Limmat Verlag, Zürich 2009.

Wichtig war für mich auch: *Die Flüchtlingspolitik der Schweiz seit 1933 bis zur Gegenwart,* Beilage zum Bericht des Bundesrates an die Bundesversammlung über die Flüchtlingspolitik der Schweiz seit 1933 bis zur Gegenwart, sogenannter Ludwigbericht, Bern 1957.

Wertvolle Hinweise entnahm ich den Bänden IV bis VI der 1970 erschienenen *Geschichte der schweizerischen Neutralität* von Edgar Bonjour und dem Band 17, *Die Schweiz und die Flüchtlinge zur Zeit des Nationalsozialismus,* sowie dem Schlussbericht der Unabhängigen Expertenkommission Schweiz – Zweiter Weltkrieg unter dem Vorsitz von Jean-François Bergier.

Den Alltag und die Odyssee eines Flüchtlings in der Schweiz 1942/43 beschreibt detailliert der jüdische Autor Felix Stössinger in seinem Tagebuch *Interniert in Schweizer Flüchtlingslagern,* herausgegeben von Simon Erlanger und Peter-Jakob Kelting, Christoph Merian Verlag, Basel 2011.

2004 entstand, im Auftrag des ORF, eine vierteilige Fernsehdokumentation von Marieke Schröder über Joseph Schmidt, *Geschichte eines kurzen Lebens,* abrufbar im Internet. Dort gibt es zahlreiche Tondokumente zu Joseph Schmidt, darunter Beispiele aus seinem Opernrepertoire und dem Wirken als Kantor.

Ich danke auch meinen beiden Dolmetscherinnen und Reiseführerinnen in der Ukraine, Oxana Matiychuk und Svitlana Shkvarchuk vom Zentrum Gedankendach in Czernowitz. Sie haben mir die Augen geöffnet für die Geschichte der Stadt, ihre jüdische Vergangenheit und die heutigen Verhältnisse.

Ich danke allen aus meinem privaten Kreis und dem Verlag, die mich bei der Entstehung des Romans wohlwollend und kritisch begleiteten; ohne sie hätte ich einige Male den Mut verloren, mich in die schwierige Zeit von 1942 und in die Situation eines jüdischen Flüchtlings hineinzuversetzen.

Lukas Hartmann, im Herbst 2018